新 潮 文 庫

# アスクレピオスの愛人

林 真理子 著



新 潮 社 版

*10166*

目次

# アスクレピオスの愛人

# 第一章　フェーズ4

*1*

成田到着の飛行機の中では、白い宇宙服のような防護服に身をつつんだ男たちが、不気味にうごめいている。

厚労大臣が、

「日本への上陸は水際《みずぎわ》で食い止める」

と明言したとおり、日本政府は新型インフルエンザとの必死の攻防を繰り拡《ひろ》げているのだ。

「ちょっと大げさ過ぎやしないか。まだ強毒性と判断されたわけじゃないし……」

朝のコーヒーを飲みながら、村岡進也《むらおかしんや》が誰に言うともなくつぶやくと、妻の仁美《ひとみ》もテレビの画面に目をやる。

「弱毒性なのかしら。やっぱり」

「そうと決まったわけじゃないが、新型インフルエンザを飛行機の中で止められると思ったら大間違いだ。ウイルスは、船に乗ってだって、風に乗ってだって来る時は来るんだから」

「もう国内でアウトブレイクしてるって説もあるわ」

こういう会話が出来るのも、妻の仁美も進也と同じように医師だからである。といっても五年前、ひとり息子が生まれた時点で、勤務していた病院はやめて、週に二回のパートタイム診療の他はほとんど家にいる。今、妻の心を占めているものは、来年の小学校受験だ。

傍に座る息子のトーストにバターをせわし気《げ》に塗る。

「幼稚園のママたちは恐怖におののいてるわよ。もし受験の時にインフルエンザになったらどうしようって」

「まあ、それも仕方ないさ。時の運というやつだ……」

これは進也の悪癖のひとつで、テレビに見入るとつい受け答えがうわの空になる。そのために不用意な言葉を発して、よく妻から非難を受けるのだ。

しかし息子に朝食を食べさせることに気を取られ、妻は別段今の言葉を咎《とが》めることはなかった。このところ受験に対して少しでも懐疑的なことを口にしようものなら、むきになって反論するのが常だ。

テレビの画面は切り替わり、会議室のような場所を映し出す。そこが海外だということは、背景の様子とどこか白々とした空気感とでわかった。

「WHOのスワン局長が、今回のインフルエンザ警戒レベルを、フェーズ4に引き上げると発表しました」

東洋系の小柄な女性が短かく喋《しゃべ》った後、画面はまた変わった。

「それでは今、WHOのメディカル・オフィサー、佐伯志帆子《さえきしほこ》さんと中継が繋《つな》がっています」

佐伯さんですかとキャスターは呼びかける。

「現地はいま何時ですか」

「真夜中の十二時を少しまわったところです」

女はほんの少しだけ口角を上げた。若くはなかったが充分に美しい。長い髪は控えめにカールされ、肩のあたりで静かに波うっていた。紺色のジャケットに、白いシャツを合わせているが、二つボタンをはずした胸にシルバーのチェーンが光っていた。

地味な服装はいかにも医師であり、WHOのメディカル・オフィサーという知性をあらわしていたが、幾つかの小さな場所から女らしさがこぼれ落ちていて、見る者の目を奪わずにはいられない。それははからずもこの緊急時にふさわしくないほどのあでやかさであった。

「あ、この人が佐伯先生でしょう」

仁美は立ち上がりかけて、また座った。

「ああ、綺麗《きれい》な人。こんな美人がWHOのメディカル・オフィサーだなんて信じられないわ」

こわもてで知られる男性ニュースキャスターも、同じことを感じたに違いない。本題に入る前に少々寄り道をした。WHOといえば、国連の中の専門機関であり、強大な権力を持つ国際組織だ。そこのメディカル・オフィサーといえば、多くの部下を配下に持つ管理職となる。

「日本女性で、WHOのメディカル・オフィサーをしている方がいるとは知りませんでした」

「七年前から現職に就いております」

「佐伯さんは、今度の新型インフルエンザ警戒レベルが、フェーズ4に引き上げられたことについて、日本ではどういう影響があると考えておられますか」

「そうですね。各国の拡大例から見ても、日本での発生は免れないと思っています。この場合、島国ということが有利に働くわけではなく、条件はアジア各国と全く同じでしょう」

志帆子は喋り出すとさらに魅力が増した。早口というのではないが、歯切れがよく、センテンスの区切り方にめりはりがある。それは英語を使いこなし、しかも人の上に立つ仕事をしている者の話し方であった。

「なんか、ものすごくデキる女、って感じよねー」

仁美ははしゃぎ始めた。

「あなた、この人の下に一ヶ月いたのよねー。すごいわー、一躍時の人じゃないの。ねえ、メールしてみたら、日本のテレビで見ましたって」

「馬鹿なこと言うなよ」

表情を読み取られることがないように、進也は注意深く答えた。

「ものすごく忙しい人なんだよ。そんなことでしょっちゅうメールなんかしていられないよ」

それは嘘《うそ》だ。ジュネーブにいる志帆子に三日に一度はメールを送っている。彼女からは返事がくることもあるが、こないこともあった。しかしそれでもよかった。日常のどういうこともない出来事から、医師としての悩みまで、かなり長文のメールを送った。そして最後はよくこんな風に締めくくる。

「また必ずジュネーブに行き、勉強をし直すつもりです。またシーナの下でいろいろ鍛え直してもらいたいです」

シーナというのは、ジュネーブでの志帆子の愛称である。この名前を記すことによって、進也は二人の甘やかな秘密を志帆子の中に甦《よみがえ》らせようと試みている。


「あら、ママだわ」

れおなが大きな声をあげた。予備校生の彼女は、父親と一緒に七時半過ぎには朝食をとる。父親の斎藤裕一《さいとうゆういち》は和風の朝食が好みで、白米に味噌汁《みそしる》、梅干し、ジャコ、といったものが欠かせない。継母の結花《ゆか》は反対に洋食しか受けつけなかった。よってお手伝いの桂子《けいこ》は、和食と洋食、ふた通りの朝食をつくる。

今日び、朝食を用意させるための住み込みのお手伝いのいる家など、そうそうあるものではなかった。しかし売れっ子の美容整形医である裕一には、割高の給与はもちろん、メイドルーム付きのマンションを借りることも出来た。

彼が佐伯志帆子と離婚したのは、今から七年前のことである。当時十二歳のれおなは裕一が引き取った。母親に従《つ》いてジュネーブに行くことを嫌がったからである。

「ママに会いたくなったら、いつでもスイスに行くからいいよ」

というのが、どこまでれおなの本音かわからない。一児の母となっても、決して仕事をセーブしなかった志帆子の生き方というのは、子どもに複雑な感情を与えていたようで、

「ジュネーブに行ったら、日本にいる時よりも、もっとほっておかれるような気がするから」

と祖母に漏らしたひと言が、正直なところであろう。

とはいうものの、母との関係はれおなが年をとるごとに、良好で濃密なものになっていくようで、今では志帆子が帰国する時は、可能な限り娘と会っていたし、娘と会うとなれば、その父親とも電話で話すぐらいはする。よって志帆子を画面で見て、家族で話題にするのに何のわだかまりもない。

「お母さま、本当にお綺麗な方ですね」

お手伝いの桂子さえ、少々図にのってそんなことを言う。五十過ぎの独身の女である。

「本当。私より上なのよ。とてもそんな風に見えないわ。どうしてこんなに若くて綺麗なのかしら」

と結花が口にするが、家族は誰も信用していない。彼女が自分の美貌《びぼう》をどれほど誇りにしているかよく知っているからだ。結花は五年前に裕一と結婚して、今年四十三歳になる。それまではある航空会社のキャビン・アテンダント（CA）をしていた。

彼女は不運だったといってもいい。若い時にチャンスを摑《つか》めなかったうえに、その航空会社はその頃もはや破綻《はたん》への道を歩み始めていたからだ。四十近いCAは、いつリストラされるか不安におののいていたから、大金持ちの美容整形医との結婚は、同じような境遇の女たちをどれほど羨《うらや》ましがらせただろう。

もっと羨ましがらせようと、結花は出産をもくろんだのであるが、こちらは二回続けざまに流産して諦《あきら》めた。短大を卒業してから二十年近く、体を機上で酷使したことが原因ではないかと、結花は自分を責めたものだ。

しかしいろいろ思惑があるからといって、結花は決して陰険な性格ではない。島根の田舎の高校、大阪の名もない短大を出た自分が、バブルを経て、信じられないほどの僥倖《ぎょうこう》を得たのも、人並以上の器量と運のおかげだと素直に認めているところがあった。だから医者の前妻や、医者になるべく予備校に通っている継娘《ままむすめ》には、きちんと敬意を払うのだ。

「れおなちゃんのお母さんって、本当にすごい人なのねえ。WHOなんて、昔習ったことあるけど、こんなところで働く日本人の女の人なんているのねえ……」

と口に出すほどの賢さも持っていた。

「れおなちゃんも頑張って、お母さんぐらいの女医さんにならないとね」

「私は無理だと思うわ」

れおなはゆっくりと口の端を紙ナプキンで拭《ぬぐ》った。顔は父親似だと皆に言われ続け、そして最後にこうお愛想を言われて大きくなった。

「でも頭は、お父さん、お母さん、どちらにころんでも悪いわけないんだから」

医者の子どもはこうしてプレッシャーを受けつつ成長するのであるが、彼女は自分の能力が両親のそれに及ばないことを早くからわかっていた。現役合格は無理だと高校時代の教師に言われていたから、浪人することに抵抗はなかった。しかし来年も両親の卒業した名門私大の医学部には、到底届かない成績である。おそらく入学時に二千万円は軽くかかり、

「あー、医者のドラ息子ドラ娘が入る医大」

と形容され、陰口を叩《たた》かれる私大に入ることになるであろう。が、そんなことは別

段継母に言いはしない。まるで心の屈折を話すようにとられてしまう。だからこの頭のよい若い娘は、こんな風に軽くいなした。

「私、ママみたいに努力家でもないし、海外で働くような度胸もないし」

「本当に、れおなちゃんのお母さんは素晴らしいわね」

善良な継母は心からの賛辞をおくる。

「日本の女の人で、こんな風に世界を股《また》にかけて活躍してる人はちょっといないわよねえ。れおなちゃんやパパが誇りにするのわかるわ」

離婚した夫に、誇りという言葉はかなりそぐわないものであるが彼女は気づきはしない。


白金ソフィア病院は、おととし新築された十二階の建物である。落ち着いたグレイの外壁は、病院というよりも高級マンションに見える。ここは入院費が高いことと、芸能人が入院することであまりにも有名だ。そして東京中の金持ちが、このソフィアクラブに入会していると言われている。入会金五百万、年会費に四十万を払うと、年に二回の人間ドックをはじめ特別の診療を受けられるのだ。三階にはクラブ会員だけが使える特別待合室やリラクゼーションルームがある。人間ドックの際は、ここに待機し、コンシェルジュと言われる若い女性がつきっきりでめんどうをみてくれることになっているのである。マホガニーの調度品や革張りのソファ、シャンデリアはごく趣味のいいもので、さすがの会員たちも最初にここに来た時は驚くほどだ。かかっているユトリロも本物であった。

しかし最上階、十二階の豪華さには負けるはずだ。ここには応接間と理事長室とがある。ベージュを基調としたこの部屋が、おそろしく金のかかったものだということは、見る人が見ればわかるだろう。壁紙やノブひとつとっても、すべてヨーロッパから取り寄せたものであった。理事長は高山辰雄のコレクターとして知られていたから、壁には少女を描いた五十号の絵がかかっている。

彼はまだ五十四歳の若さであったが、「医学界の風雲児」として名を馳《は》せている。十年前、名門、老舗《しにせ》と言われながらも、赤字にあえいでいたこのソフィア病院を買収した時は、それこそマスコミにも大きく取り上げられたものだ。東北の名もない病院を経営している男が、東京の大病院を買い取ったのである。そして彼は三年足らずで、病院を黒字にした。さらに、都内の三つの病院を次々と傘下《さんか》におさめたばかりではない。四年前に彼は信州にある、潰《つぶ》れる寸前の単科大学を買い取った。介護福祉士や理学療法士、作業療法士を養成する小さな大学である。彼はその本校よりもはるかに立派な東京校を病院の近くに開校し、学生を集めたのだ。そして驚くべきことに、もうじき医学部が誕生しようとしている。今や彼のことを風雲児どころか、帝王のように言う者も多い。

彼は毎朝、七時半にこの理事長室にやってくる。秘書もまだ来ない時間なので、一人でコーヒーを淹《い》れ、パソコンを立ち上げる。そしてメールをチェックするもののたいていは無視し、内外のニュースを眺める。志帆子を見つけたのはその画面からだ。彼にしては珍しいことであったが、自らパソコンのキーをうち始めた。

「久しぶりに志帆子を見た。相変わらずとても綺麗だった。僕はパンデミックよりも、そっちの方がずっと気にかかったよ」

すぐに返事が来た。

「東京時間に合わせるために、真夜中に中継しなくてはならなかったの。髪もバサバサで本当に恥ずかしいわ。来月は学会で東京に戻るかもしれません。その時にお目にかかれたら嬉《うれ》しいわ」

サインはＳＨＩＨＯとあった。シーナという呼び名を、彼女は実は気に入っていない。本当はＳＨＩＨＯと呼んで欲しいのだが、西欧人は発音出来ないのだと以前言っていたことを彼は思い出す。そのことを知っているのはもしかすると彼だけかもしれなかった。

2

村岡進也がジュネーブ空港に降りたったのは、前の年の三月であった。その日はよく晴れていて、ヨーロッパ独得の雲の少ない薄い青空が拡がっていた。

学生時代からバックパッカーとして、いろいろな国をまわっていた進也にとって、初めてのジュネーブは案外平凡なところ、といった印象である。清涼で小綺麗でまるでスイスという国そのもののようだ。

機内から降りてくる人々の中に観光客は少ない。進也が乗っていたビジネスクラスにいたのも、ほぼジャケット姿の出張とおぼしき男たちばかりだ。人口十九万人ほどの街に多くの国際機関やプライベートバンクが集中している。物見遊山《ゆさん》の人間を歓迎していないような、空港のそっけなさもそのためかもしれない。

空港でタクシーの運転手に、英語で住所を告げる。出発前に受け取った志帆子のメールにはこう書かれていた。

「長期滞在用のドミトリーは予約してありますが、とりあえずはＷＨＯに直行してください。ランチでも食べながら、今後のことを話し合いましょう」

そのメールを何度読み返しただろうか。住所を記録するという名目で最後はプリントしたくらいだ。考えてみると「夢がかなった」というのは、国立の医学部に受かった時以来だ。

冬のことだ。感染症学会に出席した進也は、そこで初めて佐伯志帆子に出会った。彼女はスピーカーとしていちばん最後に登場し、「世界におけるＷＨＯの役割」というテーマで短かい講演を行なったのだ。

それまでもマスコミを通して志帆子の名前は聞いていた。どこかのテレビ局が、スイスに取材して、彼女のドキュメンタリー番組をつくっていたからだ。そこにはアフリカやアジアの奥地に入り、伝染病の感染を調査する、ＷＨＯのメディカル・オフィサーが登場した。メディカル・オフィサーとは、医師の資格を持つ官職名だが、彼女は中でもＰ５という外交官と同等の地位であり、ＷＨＯの感染症セクションにおいてナンバー２だという。世界中の六百人の応募者の中から、たった一人選ばれたプロフェッショナルだ。それなのに彼女は、充分に若く美しかった。日本風の整った顔立ちは、ややもすると平凡に見えたかもしれない。が、ひとたび彼女が喋り出すと、目は強い光をはなつ。英語とフランス語、そして日本語がこぼれ出す時、唇も微妙に形を変え、その動きはなまめかしかった。

それよりも、目をひいたのは、彼女がいつも豊かな髪を肩までたらしていたことだ。ふつうこうした発展途上国に行く時、女たちはそれが礼儀だといわんばかりに、地味に粗末な服装をする。

しかし志帆子は違っていた。髪をひとつに結んだり、バンダナでおおったりすることもなく、軽いウェイブをつけている。Tシャツにチノパンツといういでたちも、どこかしゃれていて、薄化粧をしているのも画面からわかった。これはどうやらテレビ出演を意識しているのではなく、現地へ向かう時のいつもの流儀であるらしい。

しかしこの段階では、進也は彼女に強く惹《ひ》かれていたわけではない。美しいだけなら、女医にも何人かいる。医師という職業の過酷さから逃れるように、あるいは意外性を狙《ねら》ってか、ファッションに精を出す女医たちだ。

志帆子はそういう女たちとは違っているようであったが、その違いがテレビという媒体からはよく伝わってこなかった。しかしWHOメディカル・オフィサーの肩書きには素直に感嘆した。現場を離れた時から、進也にはいつかWHOで働きたいという願いが芽生えるようになったのである。アプローチの仕方はいくつかあるらしいが、自分の中では踏んぎりがつかない。調べたところによると、WHOで働くスタッフの九割は医師らしいが、場合によってはすぐさまアフリカの奥地に飛ばなくてはならない。何年か前にSARSが発生した時は、WHOの職員が感染して命を落としているはずだ。そんなところへ、妻と幼ない子どもを残して行くのも無謀なことではないだろうか。

しかし一度は国際保健がどういうものか経験してみたい。自分の英語力や実力が、海外でどれほど通用するかという、単純だが自己顕示欲もあった。……躊躇する進也の前に志帆子が現れたのである。

学会での志帆子は素晴らしかった。明晰な口調で、WHOの現状を説明していった。そして近い将来必ずパンデミック、世界的に大流行するであろう伝染病が起こると断言したのである。

「もうひとつの例として、二〇〇七年十月、パキスタン北西部の養鶏場で、高病原性鳥インフルエンザA─H5N1の集団感染が確認されました。感染ルートについては、まずトリからヒトへ、そしてヒトからヒトへと、二段階で起きたと考えられます。パキスタン国立衛生研究所で採取した咽頭スワブの初期検査によると、感染者の一人は、RT─PCRでH5陽性を示しました。また昨年二月、採取した検体のマイクロ中和試験の結果、H5抗体力価は一対三二〇、ウェスタンブロット分析では陽性です……」

彼女はしかし全く、各国の対応が出来ていないことを、次々と数字を挙げて説明していく。学会の講演などというのは、たいてい退屈極まりないものであるが、二百五十人ほどの聴衆は身を乗り出し、メモを取るものも出てきた。

志帆子は最後に、国連への分担金の額が世界で二位であるにもかかわらず、あまり尊敬されない母国のことを痛烈に批判した。

「WHOにお金を渡したからには、もうWHOの眼を持たなくてはいけないんです。世界をどう救うかです。それなのに日本の厚労省からかかってくる電話は、いつだって〝日本は大丈夫か〟なんです。どうしてこんな国がリーダーシップをとれるでしょうか……」

講演が終わった後の拍手は決しておざなりのものではなく、それが証拠に壇上から降りた志帆子はたちまち数人の男たちに囲まれたほどだ。

あの時、自分にどうしてあんな勇気があったのかわからない。ただ志帆子の講演の途中で、自分はもはや心を決めていたからだと進也は後に考える。

かなり時間をかけて、男たちと名刺交換を終えた志帆子がドアに向かって進んでいった時、進也は、

「佐伯先生」

と声をかけた。そして深くおじぎしながら名刺を両手で差し出した。それには携帯番号とプライベートのメールアドレスとが書き足されている。

「僕もＷＨＯで働かせていただけませんか。短かい期間でいいんです。お茶汲《く》みでも、使いっぱしりでも何でもしますから」

「まあ、お茶汲みもしてくれるの……」

志帆子はふっふと悪戯《いたずら》っぽく笑い、自分の名刺入れを取り出した。ピンク色のシャネルなのが少々意外であった。自分の名刺と交換した進也の名刺をしげしげと眺める。

「今、大学院の研究所にいるのね」

「はい。ついこのあいだまで勤務医をしていたのですが、やはり臨床よりも基礎研究をやりたいんです。そのために研究所でまた勉強をし直しています」

「だったら時間は自由なんだ……」

それほど興味を持った風でもなさそうに志帆子は名刺をもう一度眺める。凝視しているわけでもないのに、なかなかしまわない。大学院の名から何かを思い出そうとしているようであった。進也はこちらから教えてやることにした。

「あの、僕がお世話になっている坂巻《さかまき》教授は、確か先生とは、オックスフォード大学で研修を一緒にしたんじゃないかと思うんですが……」

「そう、坂巻先生ね」

志帆子の唇が皮肉そうにゆがんだかと思うと、言葉が漏れた。

「英語がヘタっぴーの、セクハラオヤジのとこにいるんだ」

そして絶句する進也に、じゃあ、と片手を上げた。

「もしかするとご連絡するかもしれないわ」

たぶんこれで終わりだろうと進也は確信を持った。坂巻教授のことがどこまで真実かはわからないが、彼は英語があまり流暢《りゅうちょう》でないのは確かであったし、夫人が三人めであるというのも有名だ。いずれにしても自分があまりいい印象を持たれなかったことだけはわかった。

ところがそれから一ヶ月たち、バレンタインの日に、一本のメールが入った。

「まだそのお気持ちに変わりがないなら、一ヶ月ほどWHOで仕事をしませんか。P4でコンサルタントという肩書きではどうでしょうか」

このP4というのは、WHOにおいては、一般の職員ではなく、医師や専門家を表わすプロフェッショナルの地位だということを進也は後に知った。ちなみに志帆子はP5という立場である。

「やったー、やったぜー」

進也はパソコンの前で万歳三唱をする。一児の父になっても子どもっぽいところがまるで直らないと、よく妻の仁美から文句が出るがこの場合は仕方ない。

「待ちに待ったメールがきたぜー。くると思わなかったけど、きたぜー」

ガッツポーズをとりながら居間のドアを開けた。仁美は息子の裕也《ゆうや》に本を読み聞かせている最中であった。

「最高のバレンタインのプレゼントだよね、こりゃ」

さっき仁美から、本の形をしたチョコレートを貰《もら》っていたが、そんなことはすっかり忘れていた。

「出来るだけ早くジュネーブへ行くことにした。悪いけど一ヶ月ほど行ってくるからさ」

「大学院どうするの」

「休むよ。これを機に辞めたっていい」

医学博士号はとうに取得している。大学院で研究をしていたのは、その前にいた埼玉の公立病院の勤務があまりにもきつかったため、しばらく休養をとる意味もあったのだ。

こんな勝手なことが許されるのも、仁美が医師だからである。子育て中といっても、週に二日ほど企業の診療所に出かけると、一日に十万ほどの報酬は貰えた。進也にしても、週に一度のアルバイト診療で、さらに多くの金額を得ることが出来た。それに加えて仁美の実家は、かなり大きな個人病院を経営している。仁美が少女の頃から働いているお手伝いもいて、息子をいつでも預けることが出来た。おそらく進也がジュネーブに滞在する間は、実家へ滞在することになるに違いない。

妻にひとしきりWHOの説明——といってもインターネットで得たほどの知識しかなかったが——をした後、進也は再び自分の部屋に入ってパソコンを開いた。

「佐伯先生、ありがとうございます。今の僕は嬉しさでいっぱいです。僕に何が出来るかわかりませんが、一生懸命やらせていただきます。可能な限り、一日も早くジュネーブに行きます」

それから半日たって、再びジュネーブからメールが届いた。

「それは何よりです。お泊まりになるところはこちらで手配します。ジュネーブはとてもホテル代が高いので、一ヶ月滞在するならドミトリーがおすすめです。女性なら、うちにお泊めすることも出来るのですが、今回は食事にだけいらしてください。ところで、村岡先生はご家族がいらっしゃるのですか」

「医師をしている妻と、四歳の男の子がおります」

「それは残念です」

それは残念です、それは残念です……いったいどういう意味だろうか。進也はその言葉をジュネーブ滞在中も、帰国してからもずっとひきずっていくことになる。


タクシーを降りた。広い緑の中にＷＨＯはあった。メインビルディングは、横に拡がる九階建てだ。薄水色の窓ガラスと白い桟《さん》とが、空港と同じで清潔だがそっけない。それはまわりの印象からきているのだろう。人通りがまるでないのだ。喧騒《けんそう》の中にあるニューヨークの国連本部とまるで違っている。何やら肩すかしをくわされたような静けさなのだ。

エントランスにある受付で、志帆子を呼び出してもらっている間、進也はガラスの扉に描かれたＷＨＯのマークをしげしげと眺めた。本当に迂闊《うかつ》なことであったが、あれほど憧《あこが》れていたＷＨＯが、どのようなシンボルマークを使っていたか、これほど注意して見つめたのは初めての経験であった。

「蛇がからまっている……」

ずっと今まで、単なるオリーブのマークだと思っていた。ところが違う。一本の杖《つえ》のようなものに、一匹の蛇がくねくねとからみついているのだ。

ふと目を上げると、向こうから志帆子がやってくるところだった。黒いノーカラーのジャケットに、グレイのスカートを合わせていた。志帆子は日本人女性としては中肉中背であろう。プロポーションが特別いいわけでもないのに、ここのロビーでさっそうとして見える。姿勢がいいだけではなく、彼女が首からかけているIDカードのせいもあるに違いない。そこにはあの蛇のマークが揺れていた。

「よく来たわね。疲れてない？」

志帆子がざっくばらんな言い方をしたので、進也はどぎまぎする。

「まずは本部を案内するわ。あなたの職場になるところ」

「よろしくお願いします」

9・11以降すっかり厳しくなったというセキュリティチェックを通った後、広いロビーを二人で歩いた。進也の胸にもゲストと書かれたIDカードがかけられたが、それは明日にでも正式なものに替えるからと志帆子は言った。

「ここに蛇のマークがあるんですね」

と指さした。

「今まで漠然と見てたから、蛇に気づかなかった」

「ギリシャ神話の中に、医術をつかさどる神がいるのよ。アスクレピオスっていうの。その神は杖を持っていて、それで病人を治すの。その杖にいつもからみついていたのが蛇なんですって。つまり私たちWHOの職員は、アスクレピオスの蛇となって、世界中に散らばれっていうことじゃないかしらね」

アスクレピオス……医学を修めたものの習慣として、進也は一度だけ聞いたそれを一度で記憶した。コツがある。自分なりの語呂《ごろ》合わせをするのだ。明日、くれ、ピオスを……ピオスを……。ピオスは何とひっかければいいのだろう。そうだ、ピアスがいい。明日、ピアスをくれ……。

志帆子の耳たぶで小さなダイヤのピアスが光っている。

*3*

名刺を渡したほんの短かい時間を除けば、志帆子とはこれが初対面と言ってもいい。しかしメールで何度もやり取りしているせいか、お互い挨拶《あいさつ》のようなものはまるでなかった。

WHOをまず案内しようと、志帆子はロビーを歩き出す。キャリーバッグを受付に預けた進也はあわてて後を追った。見るともなしについ脚に目がいってしまうのは、彼女が腿《もも》の中間あたりまでの長さのスカートをはいているせいだ。女の脚がいちばん美しく見える長さである。まっすぐに伸び、ふくらはぎに綺麗な筋肉がついていた。それが歩くたびにかすかに動くのを進也は凝視した。後で知ったことであるが、少しでも時間が空くと、WHOの中にあるスポーツジムへ行き、トレーナーについてエクササイズを行なうのである。

「申しわけないけれども……」

志帆子が突然振り向いたので進也はどぎまぎする。彼女の脚に見惚《みと》れていたことを気づかれたのではないかと思ったのだ。

「急にウガンダに行かなきゃならなくなったのよ。あさって、大臣級の会議があって、それにボスが出席するはずだったのに先約があったの。代わりに私が行って説明することになったんだけど、大丈夫よね」

「取り残された子どもみたいな気分だけど、とりあえず大丈夫だと思います」

進也が答えると、やーねと志帆子は微笑《ほほえ》んだ。

「本当にお残りの保育園児みたいな顔をしてるわ。私の秘書がちゃんとやってくれるから大丈夫よ」

ロビーには人気《ひとけ》がないにもかかわらず、小さなコーヒーショップと、旅行代理店のオフィスが設置されていた。

「何しろ二千人の職員が年がら年中出張ばっかりしてるんですもの。ここのオフィスは大忙しよ。私もあとでウガンダ行きのチケットを取りにいかなくっちゃ……」

ひとり言のように口にして頷《うなず》く志帆子の向こうに、手入れがいきとどいた庭園が拡がっている。

「これって、何か日本的な感じがしませんか」

「あら、だってこれ正真正銘の日本庭園ですもの」

日本からの多額の寄付によりつくられたものだという。

「それじゃ、あれもそうか」

「何が……」

「さっき歩いている途中、何人かの胸像が飾ってあったんですよ。その中に見憶《みおぼ》えのある顔を見たもんですから。さっきから考えてた」

「笹川良一さんのブロンズ像でしょ」

「やっぱり」

「あの人は、長いことハンセン病撲滅のための、莫大《ばくだい》な寄付をしてくれてたのよ。それで貢献者っていうことで胸像があるわけ」

「驚いたなあ」

「どうして」

「だってあの人は、日本じゃ毀誉褒貶《きよほうへん》の定まらない人じゃないですか。まさかWHOに胸像が飾られてるとは」

「だっていっぱいお金をくれたことは事実じゃないの。そんなこと、ここじゃ誰も気にしないわ」

志帆子は進也に背を向けてまた歩き出す。テレビの中継でよく目にする大会議室、大画面のスクリーンとパソコンが並ぶカンファレンスセンターと案内されるうち、小さなロビーに出た。カウンターの横にスナックや飲み物の自動販売機が置かれている。

「ここはね、どうってことのない場所のようだけど、私たちにとっては大切なところなのよ。戦闘態勢に入るとね、ここに水やスナックがざーっと並べられて、何日間も帰れないことになるわ。事務の女性たちがケーキをつくってふるまってくれたりして、ちょっとしたお祭りみたいな高揚感があるわね」

「お祭りですか……」

つい問い質《ただ》した自分の口調に、軽い非難の響きが含まれていると思った。

「そりゃ、そうよ。私たちはみんな修羅場が好きだから、そういう時は燃えるわよ。夜も寝ないで、いつもの三倍ぐらい働くの。みんなそういうもんじゃないの」

そう言った後で、志帆子は進也のポロシャツの腹の部分を、いきなりノックした。突然のことで進也は声も立てられない。

「村岡先生、かなりメタボですねえ！　ここには太った人はいないわ。フィールドに出たら、必死に逃げなきゃいけないことが何度もある。太ってることは、自分の命にもかかわることだから、みんな体重には敏感。エレベーターホールのいたるところに、体重計置いてあるの見たでしょ。そもそも、修羅場の好きな人間は太ることがないの」

進也はうまく言葉が見つからない。勤務医をやめ、研究所に通い出してから体重は七キロ増えた。何とかしないとまずいわよと、妻の仁美からもしょっちゅう注意されているのだ。

腹を軽く叩かれて、進也は自分が呑気《のんき》で豊かな国からやってきた医者だということを知らされた思いだった。

「佐伯先生、そんなにいじめないでくださいよ」

こういう時、諧謔《かいぎゃく》で返すのは、若い医師が身につけた処世術というものだ。看護師などには、いつも明るく面白い先生として通してきた。

「メタボの方は、ここにいる間に、少しでも改善するつもりですから」

「あら、それは無理よ」

にっこりと笑った。

「スイスワインってめちゃくちゃ美味《おい》しいの。だからここに出張に来る人って、たいていは太って帰るのよ。村岡先生みたいに、もともと太ってる人ならなおさらよ。まあ、覚悟した方がいいかも」

「そんな、殺生なこと言わんといてください」

進也は生まれ故郷の関西訛《なま》りも入れ、おどけた声を出す。志帆子がうまく隙間《すきま》をつくってくれ、そこに入り込み近づくことが出来た。そんな気がした。

エレベーターで四階に上がっても静寂は続く。人の気配はほとんどしない。

「ここは研究者たちのオフィス。言ってみれば〝アウトブレイクの戦士たち〟の基地というところかしら」

日本で言うと十畳ほどの部屋に、デスクが三つ置かれ、志帆子の秘書の白人女性がせわしげにキーボードを叩いている。

「リンダ、紹介するわ」

志帆子は進也の方に掌《て》を向けた。

「日本から来たシンよ。これから一ヶ月、コンサルタントということで、ここで働いてくれるの。デスクはここを使うわ。あなた、しっかり面倒をみて頂戴《ちょうだい》」

いわゆる帰国子女のようなネイティブな英語ではない。大人になって学問として身につけた英語であるが、その分知的なにおいがする。そんな喋り方は自分と同じだと思う。いつか国際的な仕事をしたいと、医大に入った時からCDとパソコンでずっと独学を続けてきた。上達し金も自由になってからは、英会話教室に通った。流暢だが軽々しくない。そういう人間の英語だと進也は嬉しくなる。そして志帆子が自分を「シン」と呼んでくれたことも、まるでいきなりの贈り物のようだ。

「シン、よろしく。私に出来ることがあったら何でも言って頂戴」

リンダは、四十過ぎだろうか。志帆子よりも小柄で、赤茶けたショートカットと顔いちめんのソバカスが年齢不詳に見せている。

「シン、私の仕事、ちょっと見てみる？」

パソコンの前で志帆子が言った。もはやすっかり呼び名になっている。

「ぜひ」

「あなたさ、勢いでここにやってきたと思うけど、たぶん私の仕事のことなんか、何にも知らないと思うわ」

「そんなことはありません。僕は佐伯先生の発表された論文も読みましたし、過去のインタビュー記事もすべて目を通してきました」

「あのね、私たちの仕事は、そんな表に出てるキレイごとばっかりじゃないのよ」

マウスを動かし始めた。

「これは昨年、トルコに行った時のものよ」

ゴーグルとマスクをつけた志帆子が、薄ねずみ色のシーツをめくって、何やら説明している。後ろの方で遠まきにしている現地の人々がいる。

「出血熱で死んだ患者が寝ていたベッドよ。患者の血液や体液でべとべとしていて誰も近づかない。だからこうやって洗って、こうやって消毒しなさいって教えているわけ。こういうことは、実際にやって見せなきゃ駄目なのよ。だけどね、たいていの人は、息苦しいから、目を離すとすぐにゴーグルとマスクをはずそうとするわ。だからそういうことがどれほど危険かを教えていくの」

次は何人かの兵士と一緒に写っている写真だ。たくましい男たちはみんな肌が浅黒い。国連平和維持軍のパキスタン部隊だという。

「これはリベリアで、ラッサ熱っていうやっぱり出血熱の感染防止に行った時のものね。彼らに対応をレクチャーしているところよ。リベリアは、ろくに食べる物がないから、私たち、こういう時は平和維持軍のベースキャンプで、ごはんをいただくの。彼らはちゃんとコックを連れてきてるから」

背が高い異国の男たちの中で、防護マスクを持って説明している志帆子の半袖《はんそで》から出た腕が、白く光っている。

次はどこかの病室を見守っている志帆子がいる。彼女はTシャツにデニムという格好であったが、隣りにいるのは中年の白人男性だ。深刻そうにベッドの患者に何か話しかけている。

「これは例の鳥インフルエンザの時よ。インドネシアの収容病院に入ったの。ここの集落はかなり山の方で、いろんな因襲があるところね。そういう時は、民俗学者の力を借りることもあるわ」

「この人は誰ですか」

進也は白衣の男を指さした。どうしてそんな質問をしたかわからない。ただすらりとした長身の男が、医者とは思えないほど洗練された雰囲気をかもし出していたからだ。

「この人は、国境なき医師団からやってきたスイス人よ」

志帆子は嚙《か》みしめるようにゆっくりと言う。

「とってもセンシティブな、素晴らしい人だったわ。本気でこの集落のことを心配していたのよ」

やがてリンダが、コーヒーを淹れた紙コップを二つ運んできてくれた。進也は自分にあてがわれたデスクでそれを飲む。コーヒーは粉っぽくてあまりうまくはなかった。

「明日からはコーヒーは自分で淹れてね。サーバーが廊下にあるわ。お客さんじゃないんだから」

「もちろんですよ」

メールでもさんざん打ち合わせをしたのだ。ここで何をすべきかもわかっている。小児科に勤務していた進也は、ここで「パンデミックの際の小児への対応」ガイドラインをまとめるのだ。といっても、一ヶ月でたいした成果があげられるはずもないが。

「それでもいいのよ。あなたのような国際的に何か貢献したいっていう医師を育てるのも、WHOの使命なんだから」

と志帆子は言う。だから自分に憧れて、日本からやってくる医師を、コンサルタントの名目で短期間研修させてやるのである。

「そう、これも見せておくわね」

どさりと机の上に、布のポーチを置いた。腰に巻くデザインで、サンドベージュに青の模様がアクセントになっている。

「これは私たちの命綱よ。ＷＨＯのスタンダード・メディカル・キット。シンは持つことがないと思うけど、これがなかったら、私たちは一日たりともフィールドには出られないわね」

ポーチは、拡げていくと、小袋の中にさまざまなものが入っているのがわかる。下痢止め、消毒液、注射針、各種の抗生物質と確かめていった時、あるものが目に飛び込んできた。その五つほどの包みは、大きさといい形といい、よく知っているものであった。それなのに声に出して聞いてしまった。

「これって何ですか」

「コンドームにきまってるでしょ」

「これは……フィールドで、レイプされそうになったら使うものですか」

「違うわよ」

ネイルはしていないが、綺麗に手入れされた爪《つめ》が、楽しげにそれをいじり出した。

「私たち、簡単な護身術は習ってるし、レイプされそうになった時の、相手の気のそらし方もちゃんとレクチャーされてる。いざとなれば、オシッコをジャーッと漏らせば、相手はその気が失くなってしまうわ」

「それじゃ、これは何に使うんですか」

「楽しむために決まってるじゃない」

志帆子は欧米の女がよくするように、悪戯っぽく肩をすくめた。

「何週間もアフリカやアジアの奥地に行ってごらんなさいよ。もやもやするのはあたり前でしょう。戦闘態勢にある時とか、血なまぐさいものを見た時、そういう衝動が起こるのは自然よね」

さっきパソコンで見た、美男のスイス人医師のことが頭をかすめた。そしてパキスタンの軍人たちの前で、白い腕の内側を見せる志帆子。彼らを説明する時の粘っこい口調から、それとなく性的関係があったことをほのめかしていたのではなかろうか。

「まいったなあ。佐伯先生には、驚かされることばっかりですよ」

たぶん自分は、下卑た薄笑いを浮かべているだろうと思ったが仕方ない。

「まさか、WHOの支給キットに、コンドームが入っているとは思いませんでした」

「だから何度も言ったでしょ。私たちはキレイごとだけでこの仕事してるわけじゃないの。奥地入って修羅場くぐって、死ぬかもしれない危険と隣り合わせで働いてるのよ。好きな時に、気に入った男と寝るぐらいの楽しみはなきゃ」

ねえ、そうでしょと志帆子は顔をのぞき込んだ。進也は頷かざるを得ない。

4

昼どきになり建物の一階にあるカフェテラスに向かった。

思いがけない広さがあり、前面のガラス戸から庭のテラス席へとつながっていた。あれほどひっそりとしていたのに、どこからやってきたのだろうと思われるほど、たくさんの職員たちが食事をとっていた。ほとんどが白人で時々東洋人が混じっている。

志帆子は慣れた手つきでサラダバーで野菜を盛り、それにチキンソテーの皿、ミネラルウォーターのペットボトルを選んだ。パンはとらない。やはり体重を気にしているのだと、進也はつい志帆子の腰のあたりに目をやってしまう。脚はほっそりしているのに、そこに意外なほど肉がついていることに先ほどから気づいていた。しかし四十代後半の女性にしてみれば当然なことで、決してだらしない感じはしない。先ほどのキットの中のコンドームといい、志帆子から女らしいものを次々と見せられているような気がする。

「今日は私が精算するわ。好きなのを選んで」

志帆子にうながされたが、時差のせいかあまり食欲はない。ポテトサラダに魚のムニエル、ハードタイプの丸いパンを選んだ。

「今日は天気がいいから、外に行きましょう」

トレイを持ってテラスに出た。赤い柱に白い床と、まるでリゾートホテルのようなあしらいになっている。大きなパラソルが出ていて、そこに何人かの先客がいた。

「ハイ、アラン」

「やあ、シーナ」

シーナというのは、ここでの志帆子の愛称だと初めて知った。小柄な白人とシーナとは、軽くハグをする。そしてフランス語で短かい会話をかわした。

「彼はね、昨日の夜、スーダンから帰ってきたのよ。半年ぶりの再会だわ」

しばらく置きざりにしたことを埋め合わせるように、会話を説明してくれた。

「佐伯先生は、フランス語もお上手ですね」

「ここではシーナでいいわよ。こっちの人は日本語の志帆子は発音出来ないみたい」

「えーと、シーナはフランス語もうまいですね」

「やっぱりここでは、フランス語が喋れないことには仕事にならないから」

ペットボトルの水を、じゃぶじゃぶとコップに移しながら言った。

「僕は英語がやっとで、フランス語はアーベーセーぐらいしかわかりません」

「英語をちゃんと喋れればたいしたもんだわ。ここに派遣される役人の中にも、ろくに喋れない人がいるから」

「そうですか……」

食事は思ったとおりうまくなかった。魚はすっかり冷えていたうえに、ポテトサラダはほとんど味がしない。志帆子もまずそうにチキンをつついていたが、すぐにやめて、今度はサラダを丁寧に食べ始めた。

「お役人って多いんですか」

「そうでもないわ。今のところ厚労省から派遣された人が五人いるけど、彼らはみんな語学が達者ね。そう、そう、あさって、その厚労省の人のおうちでホームパーティーがあるのよ。大丈夫よね」

「僕も行くんですか」

「そう、私が連れていくつもりだったけど、ほら、急にウガンダに行くことになったから、シン、一人で行ってらっしゃいよ」

「そう言われても、知らない人のおうちに……」

「あら、平気だってば。彼らはみんなドクターで、そのパーティーを開く山下《やました》さんは、あなたと同じ大学出身よ」

あらかじめ経歴はメールで送っておいたから、出身校は記憶していたのだろう。

「山下さんは今、ここにテクニカル・オフィサーってことでいるんだけど、多分、村岡先生より五つぐらい上じゃないかな」

医師同士の習慣として、どれほど年下であろうと、志帆子は同業の相手に「先生」をつけるが、山下という男性は医師というよりあくまでも厚労省の役人とみなしているらしい。

「五歳上だったら、すれすれのところで顔を合わせているかもしれません」

「顔を見たら思い出すんじゃないの。彫りの深い、とてもハンサムな人よ」

「そうですか。うちの学校にそんな人がいたら、すぐにわかると思うのですが……」

かすかな矜持《きょうじ》を込めて言った。進也が卒業したのは、首都圏にある国立大の医学部である。東京から通えるというので大層倍率が高かった。

医学部をめざす東京の受験生たちは、国立と私立を併願することが多いが、どちらも合格した場合、地方の国立よりも都会の私立を選ぶ傾向がある。東京の裕福な家庭で育った学生は、遠い土地で暮らすことを嫌がるのだ。

だが進也の卒業した医学部は、東京からの通学圏とあって人気が高い。それはつまり、医者の子弟も多数受けているということだ。

そういう連中に負けまいとする思いなどはないと信じていたが、一浪の末、合格の報がもたらされた時、進也は不覚にももらい泣きをした。自分の目の前で、父親が号泣したからである。

「シン、頑張ったなあ。お前、本当によくやったなあ。医者の坊ちゃん、嬢ちゃんに混じって頑張ったなあ」

父は放射線技師、母は看護師という家庭であった。二人とも家では多くのことを語らなかったが、若い医師にどれほど理不尽な思いをさせられていたか、後に進也は知ることになる。

「シン、病院で働くからには、ドクターっていう名札を胸にくっつけなきゃダメだ……。本当にダメなんだ」

少年の頃に聞いた、酔った父親のひと言が、案外深く胸の奥に刺さっていたのだと思い知るのはつい最近のことだ。

が、そんな思いを会って二度めの志帆子に告げることはないだろう。妻の仁美にも話したことはない。医者の娘として育った者には、到底わからないいびつな形のものだ。

　ふとインターネットで調べた、志帆子の経歴が頭にうかんだ。志帆子は東京のサラリーマン家庭に育っている。医師になった動機を、

「子どもの頃、ブラック・ジャックに憧れて」

　と答えているが、これはあまり信用出来ない。別のインタビュー記事では、

「自分の祖父が入院した時、てきぱきと診断を下す女医さんを見て、あんな仕事をしたいと思った」

　と答えているからである。いずれにしても、その祖父の死が、志帆子を医師の道へ後押ししてくれたのは事実のようだ。

　成績が抜群によく、誰よりも可愛《かわい》がっていた孫娘に、彼は私立の医大に進むための遺産を残したのである。親がふつうのサラリーマンだから、遺産がなければ到底無理な進路であったに違いない……。

　進也は深刻な顔をしていたのだろう。

「大丈夫？」

　志帆子が目の前で、手をひらひらさせている。

「あ、大丈夫です。一寸《ちょっと》考えごとをしていて」

「ランチが終ったら、タクシーを呼んでドミトリーに行くといいわ。ドミトリーの地図は、もうメールしといたわよね」

「はい、いただいてます」

「それじゃ、明日スタートは九時ということで、私の部屋に来て頂戴。私は八時半には来てるけど。それからあさって、七時に山下さんのところのホームパーティーに出てね。みんな歓迎してくれるはずよ。同じ厚労省から出向している熊田《くまだ》さんが通り道だから、彼にピックアップしてもらいましょう」

トレイを持って立ち上がると、肉感を持ったスカートの腰まわりが突然目の前に来た。

「それじゃ、明日。今日はよく寝て。明日からいろいろ働いてもらうわ」

次の日の朝、時間どおり志帆子の部屋に行ったものの、彼女はパソコンの前に座りっぱなしで、全く相手をしてくれない。秘書のリンダから、

「シーナが、これに目を通しておくようにと」

とPDFがメールで送られてきたが、英文のうえに初めて見る専門用語もあり、読むのにかなり苦心した。昼どきになっても志帆子が席を立つことはなく、リンダにサ

ンドウィッチを買ってこさせていた。

「シン、ごめんなさい。明日はウガンダの大臣クラスにレクチャーしなきゃならないのよ。ランチは一人で行ってきて」

と言われたものの、志帆子を残して行くわけにもいかず、結局同じようなパサパサとしたサンドウィッチを買ってきて食べた。

そして次の日、もう志帆子はいなかった。ウガンダから帰ってくるのは四日後だという。

資料を読むのにも飽きた進也は、五時にはWHOの建物を出て、バスを乗り継いでドミトリーへ帰った。

もうすっかり時差ボケはとれていた。シャワーを浴び七時少し前に、ドミトリーのロビーに降りていくと、小柄な日本人が妻らしき女性とソファに腰かけていた。

「すみません。迎えに来ていただいたのに、お待たせしたんじゃありませんか」

「いいえ、僕たちも今、着いたところですよ」

熊田は名刺をくれた。国連合同エイズ計画シニア・アドバイザーとあった。住所はWHO本部とは違っている。

車の後ろの席に乗り込むと進也は尋ねた。

「あの、熊田……さんは、こちらにいらして長いんですか」

相手に〝先生〟をつけるべきか進也も迷う。みんなドクターだと志帆子は言ったが、厚労省からの派遣であれば、官僚ということになる。ここは〝さん〟づけにすべきなのであろうが、〝先生〟をつけないと不機嫌になる医者というのは案外多いものだ。しかし熊田はそういうタイプではないらしい。

「昨年の秋にやってきましたんで、まだよくわからないんですよ」

年は四十を少し出たぐらいであろうか。まるで歌舞伎役者のような、日本風の整った顔をしている。

「ジュネーブの日本人っていうのは多いんですか」

「二千人って言われてますが、領事館が把握していない留学生を入れれば、もっと多いんじゃないかな」

「街のチョコレートショップなんかで、日本人の女性が案外働いたりしていますよ。オーペアでやってくるんですって、スイスに憧れて」

助手席に座っていた妻が口をはさむ。さきほど紹介されたが、家内というだけで名前は告げられなかった。

「こちらはご存知のように、総領事館と大使のいる代表部との二つありますが、どっちも小所帯ですね。こちらで幅をきかせているのは、JTの人たちかもしれません」

「ほう、JTですか」

日本では禁煙の嵐《あらし》が吹きすさぶ中、JTがこちらに支部を持っているとは知らなかった。

「JTの人たちって、すごいお給料みたいですよ」

おとなしげな外見であったが、熊田の妻は噂《うわさ》好きらしい。

「私たちこちらに来ている者は、たいてい子どもをインターナショナルスクールに入れるんです。レベルの高い私立もあることはありますけれど、いいところに入れようとすると、とんでもないお金がいるんですよ。ですけど、JTの方々って、お子さんをレマン湖のほとりにある、寄宿舎完備のすっごいところに入れてるんですよ。ほら、あの人のお子さんも入っている……」

彼女は興奮した口ぶりで、元世界的レーサーと、日本人の女優のカップルについて語った。彼らの邸宅も、そう遠くないところにあるという。

車は市街地を抜け、ゆるやかな丘陵地帯へと入った。高級住宅地というほどではないが、道の両側には、花の鉢を飾った小綺麗な住宅が並んでいる。その一軒に熊田は車を停めた。

「まだ誰も来ていない。どうも僕らが一番乗りらしいな」

　何度も来ている家らしく、慣れた手つきでインターフォンを押した。内びらきのドアが開き、黄色いカーディガンを着た男が顔を出した。

「やあ、いらっしゃい」

　確かに白人のような彫りの深い顔で、この男が山下だということはすぐにわかった。

「突然お邪魔して申しわけありません。僕も突然、佐伯先生から言われて……」

　東京からいくつか羊羹《ようかん》の箱を持ってきたのは幸いであった。虎屋の包み紙を見て、

「まあ、大好物です」

　と、若く美しい山下夫人が相好を崩した。

　テーブルに席が用意されていたが、まずはこちらにとソファに招かれ、シャンパンが抜かれた。男たちだけでアペリティフが始まった。が、海外で初対面の人間ばかりに囲まれ、進也はいささか緊張している。人見知りはしないつもりだが、肝心の紹介者の志帆子が今日は欠席なのだ。つい口にしてしまう。

「あの、すみません……。初めてのおうちに突然……」

「いいの、いいの。昨日、シーナから携帯に電話がありましたよ。ドクター・ムラオカをちゃんと歓迎してくれって」

山下が笑って、シャンパンをグラスに注ぐ。

「シーナには、僕たち誰も反抗出来ませんからね。僕たちはみんな家来ですから」

熊田があいづちをうつと、たまたまカナッペを運んできた彼の夫人が、かすかに揶《や》揄《ゆ》を含んだ口調で言った。

「そうよね、佐伯先生は女王さまですものね」

「そう。僕たちは女王さまに仕える家来。何だってやりますよ。命令されれば嬉しいし、怒られれば、本当に嬉しいし……」

妻の前でこんなことを言っていいのかと、進也ははらはらする。この後のパーティーが気まずいことになりはしないだろうか。そんな進也の気配を悟ったのか、熊田がテーブルに戻って立ち働く妻を確かめてから、うっすらと笑ってこう告げた。

「だけど奥さん連中は、誰も嫉妬《しっと》しないよ。シーナにかなうはずはないと思ってるし、あの人、日本人の男にはまるで興味ないから」

山下も同じことを繰り返した。

「あの人は外人専門なんだ。日本人の男なんか鼻もひっかけない。単に家来にされるだけだよ」

そうか今日は、新しくその家来になるための歓迎式なのかと進也も苦笑いした。

5

やがて次々と客がやってきた。厚労省の人間たちの集まりと聞いていたが、五組の夫婦の他に、一人外務省の男が加わっている。名刺を貰うと参事官という肩書きであった。子どもたちが受験期なので、単身赴任でやってきているという。

こうしたホームパーティーはしょっちゅう開かれているらしく、女たちは協力して慣れた手つきで食卓に皿を並べていく。いわゆるポットラックパーティーというやつで、それぞれが料理を一皿持ってきている。

「和食が多くて、日本からいらしたばかりの方にはつまらないでしょうけど……」

山下の妻が言いわけしたが、煮物やちらし寿司の他に、牛肉のワイン煮込もあり、いかにもスイスらしく、さまざまな種類のチーズが大皿に盛られていた。

ダイニングテーブルの椅子《いす》だけでは足らず、パイプ椅子や、居間の椅子も寄せ集められたが、それが寛《くつろ》いだ暖かい雰囲気となった。進也はシットダウンディナーが苦手だったが、こうしたパーティーなら楽しめそうだ。料理も気取ったものはなく、どれもおいしかった。

「材料がなくってまがいものですの」

と山下夫人がしきりに謙遜《けんそん》するちらし寿司も、ハムとグレープフルーツの酸味とがよく合っていた。

帰りの運転は妻たちがすることになっているらしく、男たちは次々とワインのグラスを空けていく。志帆子が言っていたとおり、スイスワインは驚くほどレベルが高い。品よくバランスがとれた口あたりは、ブルゴーニュによく似ている……などと進也がつい口をすべらすと、

「村岡先生、ワインにお詳しいのね」

増井《ますい》というテクニカル・オフィサーの妻が話しかけてきた。あかぬけた美人で、さりげない気配りやワインの注ぎ方でたぶんＣＡ出身だろうと踏んでいたらやはりそうであった。

かつて、航空会社のＣＡと、若い医者たちの間では、ほとんど組織的といっていいほど合コンが繰り返されていたからである。

「いやあ、そんなことはありません。ふだんはビールか焼酎《しょうちゅう》ですが、家内の父親が大変なワイン好きで、家に大きなセラーがあるぐらいなんです。君にはもったいない、なんて言われながら、よく相伴させられるんですが、ワインなんてさっぱりですよ」

「あの、失礼ですけど……」

山下の妻が口を開いた。この夫人は品のいい、おっとりした雰囲気で、たぶん金持ちの娘だろうと進也は見当をつける。

「村岡先生の奥さまのお父さまって、江東区の井上《いのうえ》病院の院長でいらっしゃるんじゃありません」

「はい、そうです、家内の父です」

「やっぱり」

山下の妻が頷くと、紺色のワンピースに合わせた、大粒の真珠がかすかに揺れた。

「井上先生からお聞きしたことがあるんです。娘は同級生の村岡という人のところへ嫁いだって。先生のご出身校とお名前を聞いて、もしやと思いましたの。うちの父も江東区で内科をやっているものですから」

医者の世界では、出身校と勤務先、あるいは開業している場所でたいていのことがわかるようになっている。

「そうですか、今度義父《ちち》に会ったら言っておきます。あの、お父さまのお名前は……」

「大屋《おおや》ですわ。大屋クリニックと言ったらすぐにおわかりになるはずだわ」

山下の妻は、実家の名を誇らし気に発音した。

こうしている間に、料理の皿は次々と空になっていったが、デザートのチーズをてんでに切り分け、ドライフルーツやクラッカーと一緒に口に頬ばる。こうするとワインはいくらでも進んだ。白が次々と開けられる。

「スイスワインは初めて飲みましたが、とてもおいしいですね。どうして輸出しないんでしょうか。これ、日本人の好きな味ですよね」

進也の質問に、参事官の男が答える。

「量が少ないので、国内でほとんどを消費してしまう。だからよそにまわす余裕がないんです」

「だけど今日のパーティー、シーナが聞いたら口惜しがるぞ。これだけいいのを揃《そろ》えたんだから」

「私がいない時に限って、高いワイン持ってきてって怒られるに違いない」

酔った男たちは、口々に志帆子の名前を口にし始めた。

「シーナ、例のイタリア人と別れたっていう話だよ」

「イタリア男とシーナとじゃ合わないよ。あの人、この世でいちばん嫌いなのは、アホで軽い男って言ってるからな」

「イタリア人だからって、アホで軽い男とは限らないでしょう」

誰かの妻が冷静に口をはさんだ。

「だってシーナ本人が言っていたもの。イタリア人って、やっぱりアホで軽かったって」

「それがわかっていて、どうしてつき合ったりするのかな」

「決まってるよ。まだイタリア人とはつき合ったことがなかったからさ」

男たちはいっせいに笑い声をたてたが、決して卑猥《ひわい》なものではなく、侮蔑《ぶべつ》のそれでもなかった。みんな志帆子がこの場にいないことが淋《さび》しく、名前を出さずにいられないという思いが伝わってくる。

「村岡先生は、これから一ヶ月、シーナにしごかれるわけですけど、あの人、きついですよ」

「バシバシやりますから覚悟しといた方がいい」

「だけどね、会議の仕方なんかよく見てなさいよ。あの仕切りは、そりゃあ見事なものですよ。発言者の顔は立てながら、ちゃんと自分の望む方に持っていく。あんなことを出来る日本人はちょっといないでしょうね」

「たぶん、そうでしょうね」

進也は自分をジュネーブに来させるきっかけとなった、あの学会を思い出していた。

「あの時もカッコよかったですねえ。具体的に数字をあげるけれども、無味乾燥にならない。ぐいぐいひき込まれるようなお話をされるんです」

一座の中で進也だけが敬語をつかっていた。そのことが彼女との距離を表しているようで、ついこんな軽口をたたいた。

「あんな頭のいい、できる女の人と結婚していた男の人がいるなんて信じられませんよ。そのうえ日本人だなんて」

「斎藤先生でしょう」

谷口《たにぐち》という、やはり厚労省から派遣されている男が、こともなげに言った。

「シーナの旦那さまだった人ですよ。僕の学校の先輩だったから知ってます。今は銀座で大きな美容クリニックをやってらっしゃいますよ」

「美容クリニックですか」

意外であった。WHOのメディカル・オフィサーの前夫が、医者の世界の中では、あるニュアンスを込めて語られることの多い美容外科医とは……。進也のそういう表情を見てとって相手はさらに続ける。

「斎藤先生はシーナとは医大で同級生だったんですが、あちらは全く別の方向にいってしまった。ご主人が美容外科医になったことも、離婚原因のひとつらしいですよ」

しばらく沈黙があった。みな同じ医者の立場から、そのことについてコメントするのは憚《はば》かられるのだ。

「でもすっごく儲《もう》かっているんでしょう」

沈黙を破ったのは元CAの増井の妻である。グリーンとも青ともいえない美しい色の、少し照りのあるジャケットを着ていた。

「あそこのクリニックは、女性誌によく広告を出していますよ。有名なクリニックで、東京の女の人ならみんな名前ぐらい知ってるんじゃないかしら」

「おい、おい、君も通院してた、なんて言うんじゃないだろうな」

夫がふざけて言うと、「そのうちにお世話になるかも」と、妻は軽くいなした。

「まあ、失礼ね」などとわざとらしく怒らないところに、女の年齢と余裕があった。三十代の後半といったところであろうか。もう若い女の範疇《はんちゅう》ではなかったが、それでもフェイスリフティングなど必要としないほど若く魅力的な顔をしていた。

「最近知ったんだけど、あの先生、再婚したのは私の先輩なのよ」

人々がそれほど驚かなかったのは、あまりにもありふれた取り合わせだったからであろう。

「仕事を一緒にしたことはないけど、顔ぐらいは知ってるわ。すごく綺麗な人なのよ。確か芸能人とつき合ってる、って噂も立ったことがあるのよ」

「ふうーん……」

と誰かが深いため息をもらした。芸能人とつき合ったこともあるＣＡ。そうした俗っぽいものと志帆子とが、一本の線で結びついたことの不可解さに対する感嘆であった。

志帆子に従いて、日に二度ほどのミーティングや会議に出る。各国の感染症の発症例が発表され、その対処が報告される。会議はたいてい英語で行なわれるが、顔ぶれによってはフランス語になる。志帆子は英語ほど達者ではないが、全く不自由のないフランス語を喋った。低くて少々ハスキーな志帆子の声は、鼻に抜けるフランス語の発音によく似合う。こういう場合、意味がほとんどわからないので、進也はゆったりとした心で、志帆子の表情を眺めることが出来た。

「シン、あなたもプレゼンテーションをしなさい」

と志帆子に言われたのは、ＷＨＯに通い出して十日めのことだ。

「あなたにずっと小児のガイドラインを作成してもらっていたけど、それをまとめて発表することに決めたわ」

「ちょっと、待ってくださいよ」

進也は大声をあげた。

「僕は日本からやってきて、WHOで勉強させてもらってるただの医師ですよ。そんな僕がプレゼン出来るわけないじゃないですか」

「何言ってるのよ。あなたはコンサルタントっていう名目でここに来てるのよ」

志帆子は腕組みをして、軽く尻《しり》を机の端に置く。アメリカ映画などでキャリアウーマンがよくこの格好をするが、実際にこのポーズをとる日本女性は初めてであった。

「一ヶ月のあなたのコンサルタント料金、いくら支払われるかわかる？　USダラーにして一万ドル以上よ」

「思っていたよりもずっと多いです」

あくまでも研修のつもりであった。

「だからちゃんとそれに見合った仕事をして頂戴」

そして志帆子は、明日からもう会議に出なくてもいいので、プレゼンテーションのための資料をつくるようにと言った。

「シンのために、十五ヶ国ぐらいから研究者を招くわ」

「招くって、あの、みんな飛行機に乗ってやってくるんですか」

「あたり前じゃないの。もしかすると近いところは車で来るかもしれないけど」

「あの、僕のような青二才が、そんなことをしてもいいんでしょうか」

「自分で青二才っていうのはいいわね。プレゼンテーションの最初に言ってみたらどう？　こっちの人は、そういうジョーク大好きだから」

志帆子の笑顔が大層意地悪く見えた。

「やめてくださいよ。このあいだ日本からやってきた僕に、そんなことが出来るわけありません。やめときます」

「じゃ、帰れば？」

「えっ？」

「たらたら見学させてあげるために、うちはあなたに大枚をはたいてるわけじゃないわよ。いい、あなた最初にお茶汲みでも何でもやるって私に言ってきたのよ。お茶汲み出来る人だったら、プレゼンテーションぐらい出来るでしょう」

おかしな理屈であったが、進也はすぐに、はい、と頷いてしまった。

それから毎日、パソコンと首っぴきになり、『ネイチャー』など世界各国の科学雑誌を片っぱしから読んでいく。最先端の論文が載っているからだ。それらの論文を整理してまとめ、一時間ほどのレジュメと資料をつくった。それをすべて志帆子がチェックしてくれた。

「緊急の場合は、工業用酸素ボンベを使うってあるけど、この使い方のマニュアル、もっと詳しく具体的に」

「抗ウイルス治療薬の量って、いったいどれがいちばん正しいのか、こんな曖昧《あいまい》さじゃわからないでしょう」

そしてプレゼンテーションの三日前、志帆子から家に来るように言われた。

「うちで特訓をしましょう」

ドミトリーまでは車で迎えに来てくれた。紺色のボルボを走らせていくと、西の郊外、山下の家とそう離れていないところに二階建ての白い壁の家があった。

「マンションかと思ってました」

「私はね、緑を見るのも育てるのも好きだから、庭がないとダメなの」

外の階段を上がると、二階に玄関があった。玄関を開けるとすぐに広い居間だ。志帆子が熱帯魚を飼っていること、部屋が片づいていることが意外であった。

「お手伝いさんに、週に三回来てもらってるの。フィリピンのとてもいい子よ」

そしてバッグをソファに置くやいなや言った。

「さあ、特訓を始めるわよ」

そうして連れていかれたのはキッチンである。志帆子はジャケットを脱ぎ、熊の模様のついたオレンジ色のエプロンをすばやくつけた。

「私、これから玉ネギ切りながら、あなたのプレゼンテーション聞くわ。さあ、やって」

本当にまな板を取り出した。玉ネギをみじん切りにしながら、志帆子は進也を促す。

覚悟を決め、英語で喋り始めた。

「ドクター・ジューン・ロックマンの『新型インフルエンザ・ウイルス（H1N1）にかかった重症小児患者』によると、百四十の症例を報告していますが、驚くべきことにそのうち三十二人、二十三パーセントが細菌性肺炎を併発しています。十三人がPICU（小児集中治療室）に入室し、この際は早期に抗ウイルス治療薬を処方したことが効果を上げ、死亡者はなく全員退院しています……」

「ふん、案外発音悪いわね」

志帆子は顔を上げずに、鼻で笑った。

「ドクター・ロックマンは、抗ウイルス治療薬の効果を高めるために、早期治療をもっと積極的に行なうべきだと述べています」

「ノー！　ｓｏとａｎｄが多過ぎるわ！」

玉ネギのにおいと共に、志帆子の大きな声がする。

6

プレゼンテーションの日、進也は日本から持ってきたスーツを着、エルメスのネクタイを箱から取り出した。このネクタイは、パリで乗り換える時、空港の免税店で買った。自分へのはなむけのつもりであった。紺色のスーツに水色と黄色の幾何学模様のネクタイはよく似合い、

「これでよし」

と部屋の鏡に向かって声をかけた。

といってもまるで自信はない。そもそも今回のプレゼンテーションは、ジュネーブに来てから急に志帆子に命じられたものなのである。必死になって『ランセット』や米国の医学雑誌『ＪＡＭＡ』などから、世界中の論文や報告を集め、自分なりにまとめてみたが、散漫の感は否《いな》めない。

オフィスに着くなり、志帆子にこう漏らしてしまった。

「あの、本当にこれって、わざわざ十五ヶ国の専門家を招《よ》んでやるもんなんでしょうか」

「そりゃ、そうよ。今日はみんな、シンのプレゼンを聞くために集まってくるのよ」

「だけど、僕のしたことといえば、インターネットで拾ったいろんな論文をまとめただけなんですから、それって誰にでも出来るようなことだし……」

「だけどシンは、ちゃんと自分で分析したじゃないの」

志帆子はマウスを動かす手を止めてこちらを向いた。司会をすることになっている彼女は、白いスーツを着ている。凝った布地でかなり高いものだということがわかる。中は黒いシャツブラウスで、長いベビーパールを二重に垂らしていた。

「あのね、今の世の中、情報を得ることはいくらでも出来る。だけどあなたは、膨大な情報の中からちゃんとチョイスをして、組み立てていったの。それは評価されるべきなのよ」

「だけど、どう喋っても映像使って一時間足らずですよ。そのために、いろんな国の人たちが飛行機に乗ってやってくると思うと、ものすごいプレッシャーで……」

志帆子は椅子を回転させ、進也と向き合った。そうすると、黒いシャツブラウスをいつもどおり二つめのボタンまではずしているのがわかった。喉元《のどもと》がかすかに陽に灼《や》けているのは、先週レマン湖の方へ遊びに行ったからだろう。一緒に行ったのは進也ではない。白人のボーイフレンドの誰かだろう。

「あのね、WHO本部に十五ヶ国が集まるっていうのは決して無駄なことじゃないのよ。なぜかというと、いずれ正式なガイドラインが出来上がった時に、皆が集まって討論したという実績が生まれること。ふたつめは、こういう機会に、世界の感染症の専門家といろんな意見交換が出来るっていうこと。三つめは……」

「三つめは……」

「非常に有意義に予算が消化されるということ」

「じゃ、僕の今日することは、各国交流のダシにされるっていうことですか」

「そういうことよ。だから今日は、昆布《こんぶ》とカツオ節っていう日本が誇る最高のダシになってね」

「まあ、そう言われると、ものすごく気がらくになりました」

「そうでしょう。頑張ってよ」

志帆子はにっこりと微笑《わら》い、その笑顔でいつもよりも化粧が濃くなっていることに気づいた。普段はされていないリキッドのアイラインがほどこされていた。が、それは綺麗だと進也は思った。

ダシの身の上で、まさか大会議室でプレゼンテーションをするとは想像したこともなかった。円い大テーブルは、テレビの中継で何度か見たことがある。正面の壁には大きくWHOのマークが掲げられていた。天井がおそろしく高いので、そのマークも大きく威圧的ですらある。こうしてみるとはっきりと、アスクレピオスの杖にからみつく蛇がわかる。ギリシャ神話の医学の神の手足となり、人々を救う蛇はつぶらな瞳《ひとみ》をしていた。進也はその蛇に見守られる形でスピーチを続けている。

「次にドクター・ロミーナ・ジョーンズが『ジャーナル・オブ・パンデミック・レスポンス』に二〇〇九年、発表した例を報告したいと思います」

自分の声が思っていたよりもうわずっていないのは、書いたもののとおりに異国の言葉で喋っているからであろう。

「ドクター・ロミーナは、二百五十人以上の新型インフルエンザに罹患《りかん》した小児入院患者の経過を報告していますが、このうち十七パーセントにあたる四十三人がPICU(小児集中治療室)に入室して、五パーセントにあたる十三人が死亡しています。抗ウイルス治療薬による治療については結論が出ていませんが、これらのことから考えて、決して軽症とあなどることなく、より積極的な治療がのぞまれます。以上、新型インフルエンザのパンデミック時における、小児への対応についての報告を終えます」

頭を下げると、ぱらぱらと小さな拍手が起きた。おざなりというほどではないが、まあ、こんなものだろうという決して積極的ではない拍手であった。

「ドクター・ムラオカ、ありがとうございました。日本からわざわざいらして、このようなガイドラインをつくってくれたことに心から感謝します」

マイクを持った志帆子があらたまった様子で頭を下げた。

「それでは次に発表者への質疑応答に移りたいと思います。何かご質問のある方はいますか」

手を挙げたのは、ロシアの国立感染症研究所から派遣された男であった。彼の国の大統領そっくりの風貌をしている。

「ドクター・ムラオカの言っていることがよくわからないのだが」

進也は体中の血液がいっぺんに凍りついたような思いになった。

「結論がわからない。あなたはいったい何を言おうとしているのだ。早期治療の重要性はわかった。だが抗ウイルス治療薬はいったいいつ使えばいいんだ。量はどのくらいがいちばん適当なんだ」

そして彼は、

「混乱《コンファウンド》している……」

とつぶやいたのである。

進也は狼狽《ろうばい》して思わず、志帆子を見たが彼女は静かに頷いただけだ。

「おっしゃっていることはわかります……」

英語の母音がしゃっくりのようにひっかかっている。

「しかし各国の臨床例はまちまちで、いちがいには結論を出せません」

志帆子が後を引き取った。

「ドクター・ムラオカはこう言いたいのでしょう。現在、新型インフルエンザの小児への対応はまちまちです。今のところ出来ることは、抗ウイルス治療薬、タミフルやリレンザを積極的に使うこと、これに尽きるのですが、その投与のタイミングも特定出来ません。まさに混乱《コンファウンド》しているのです。これがドクター・ムラオカが出した今日の結論ではないでしょうか」

ロシア人の学者は、まだ納得出来ないぞという皮肉な笑いをうかべたが、とにかく頷いた。こうして進也のプレゼンテーションは無事に終わったのである。

プレゼンテーションの慰労と送別を兼ねて、志帆子が食事に招待してくれたのは、帰国の二日前である。

「一ツ星の店だから、きちんとした格好をしてくるように」

と言われていたので、一着だけ持ってきた例のスーツを着た。ペイズリー柄のネクタイは日本から持ってきたものだ。

約束の七時半に志帆子が現れた。黒い光る素材のワンピースを着て、その上にシフォンの同じ色のストールを羽織っていた。昼間のパンツ姿とはえらい違いだ。これは志帆子、というよりもヨーロッパ人の特徴かもしれぬが、夜の集まりの前には必ず家に戻ってシャワーを浴び、洋服を着替える。いずれにしても、自分と二人きりの食事でも、このように着飾ってくれたことが進也には嬉しい。ほんのひとときであっても、他の男たちが渇仰《かつごう》する女王をひとり占め出来たような気分だ。

「まずはプレゼンの成功を祝って乾杯しましょう」

シャンパンのグラスを合わせた。

「あれが成功なんでしょうか」

「たいしたものよ。WHOの大会議室を使って、世界中の専門家相手に堂々と喋ったんだから」

「別に堂々っていうわけじゃない。カツオ節として精いっぱいのことをしたまでですよ」

志帆子が笑った。こういう冗談が大好きなのだ。

「シーナがいなかったら、どうなっていたかわからない。本当に感謝しています」

シーナという愛称が、やっとなめらかに出てくるようになったと思ったら、もう別れだった。

店はイル橋の近くにあった。ローヌ河にクルーズ船が何艘《そう》も浮かんでいるのが目の前に見える。一ツ星といっても、観光客はあまり足を踏み入れない店のようだ。きちんとした服装のカップルが目につくが、地元の金持ちらしい。志帆子も常連らしく、支配人がやってきて今回はどうしても子羊を食べていってくれと早口のフランス語でまくしたてた。

「そうね、もうそろそろ子羊がおいしい季節ですものね」

ワインは志帆子が決め、スイスの白ではなくボルドーのしっかりした赤を注文した。志帆子の決定は早いにもかかわらず、初老のソムリエとしばらくフランス語で話している。志帆子が説明するには、そのワインの選択について彼が何かジョークを言ったらしい。男たちは日本人、スイス人に限らず、志帆子を前にすると相手にしてもらいたくて饒舌《じょうぜつ》になるようだ。自分もそんな一人なのだろうと、進也は酔いと共に自嘲《じちょう》めいた思いがにじみ出てくる。

「この一ヶ月、本当に有意義な時をすごさせていただきました。本当にありがとうございます」

あらためてもう一度頭を下げた。

「いえ、こちらこそいろんな刺激を受けたわ。私はね、シンみたいな若い人が、国際保健に関心を持ってくれるのが嬉しくてたまらないの。WHO本部なんて、来てみなきゃわからないところでしょう」

「本当にそうでした。いつか山下さんや増井さんのように、厚労省からの出向でここに来るのもいいかなあと思ってます」

「そうね。そうしてくれたら私も嬉しいわ。だけどシン、あなたこれからどうするつもりなの。ずうっと研究所にいるわけでもないでしょ」

「それがまだ、勤務医に戻る決心がついてないんです」

進也は浦和の公立病院で、小児科医として勤務していたときのことを話した。三日間当直ということもあり、疲労と睡眠不足とで精神的にも追いつめられていったこと、肺炎で亡《な》くなった女児をめぐり、親から訴訟寸前の対応をされたことなども、感情を交えないように手短かに語った。

「なるほどね。日本で若いドクターが苦労してるのはよく聞く話よね」

「今ですと、妻もバイトしてますし、僕の週に一回のバイト診療とで充分にやっていけるんです。はっきり言って、バイト診療の方が勤務医だった時よりも、収入がいいぐらいです。まだ研究したいこともありますし、しばらくこのままでもいいかなあと思うことがあります」

「だけど、いつかは患者の元に帰らなきゃね」

志帆子は唇の端についた、赤ワインの滴《しずく》をひとさし指で拭いながら言った。

「バイト診療だと、患者さんが見えてこなくなるわ。やっぱり医者は、一人の患者とちゃんとつき合わなきゃいけないのよ。死までも見届けなきゃいけないの。臨床から遠ざかってるけど、私ね、心の中でいつもその気持ちを持ってるわ。医者ってね、自分の患者を持って、時にはその人の死も引き受けなきゃいけないって……」

志帆子は遠い目をする。その視線の先にあるものをどうしても知りたいと思った。

「あの、シーナはどうして医者になろうと思ったんですか」

「前にも話したことがあるかもしれないけど、中学生の頃にブラック・ジャックの漫画を読んで、絶対に医者になろうって決心したのよ」

「僕はそんなこと信じないな。シーナの本当の理由を知りたいな」

「あのねえ、シンもそうだと思うけど、医者の子どもじゃないのが、医者になろうって考えた動機って、かなり恥ずかしかったり、センチメンタルだったり、ってものよね。とてもヒトさまには言えないな」

「でも、僕は知りたい。どうしても」

自分の目がはからずも、志帆子の目と強くからまったのを感じた。

いったい何だ、と進也は思う。いくらワインを二本飲んだからといっても、相手は自分の上司とも言える女性ではないか。酔いにまかせて、まるで口説いている時のような口調になってしまった。しかし舌は進也の意志に反して、強い言葉を反復していく。

「どうしても、僕は知りたいんだ。どうしても、本当のことを」

志帆子は目をそらし、退屈そうに答えた。

「そのうちに、気がむいたらね……」

長い食事が終わり外に出ると、ローヌ河の対岸のあかりもほとんどが消えていた。ジュネーブの街は、ネオンがほとんどない。遅くまでやっているレストランやバーのあかりが道を照らしているだけだ。ヨーロッパ特有の闇《やみ》を好む人種の、なまめいた夜がとうに始まっていた。

「店に戻って車を呼んでもらいましょうか」

「少し歩きましょうよ」

志帆子が鼻にかかった声で言う。子どもがものをねだるようにだ。一瞬にして無防備になった志帆子に進也は混乱している。混乱、混乱……。

あのロシア人の学者の言葉が甦った。

「混乱《コンファウンド》している」

そして志帆子の声。

「混乱《コンファウンド》している。これがドクター・ムラオカの結論なのです」

志帆子の腕がごく自然に進也の腕にからみつく。絹の薄いストールを通しても、彼女の腕が熱く火照《ほて》っているのがわかった。次の瞬間、腕だけではもどかしくなった進也は、志帆子の肩を抱く。高いヒールをはいた彼女の顔は、驚くほど近くにあった。唇を近づけてきたのは志帆子だ。先ほど彼女がひとさし指で拭った赤ワインの味がした。そのワインの味をもっと知りたくて、唇を割って舌までも確かめようとした時、志帆子の唇が不意に離れた。

「ご褒美よ」

相変わらず鼻にかかった甘い声がした。

「この後は次に来た時よ。そのためにも、もっといい子になっていてね」

もう一度腕をからめて歩き出す。

「さあ、早く車を拾って頂戴」

# 第二章 金の糸

## *1*

斎藤裕一が、己の人生において勇気ある行動をしたと自負することは二回ほどある。

そのひとつは、親の反対を押し切って美容外科医になったことだ。

彼の父親は、八王子の郊外で小さな診療所を開業していた。内科もやれば小児科診療もするという、いわゆる町医者だ。熱を出した子どもを抱えた母親が、夜中にチャイムを押すなどということがしょっちゅうの家だった。通いの看護師が一人いるだけだったから、そんな時は母親がすぐに着替えて手伝うことになっている。町医者の妻というのは、保険請求もしなくてはならないのでその忙しさといったらない。学校から帰ってくるとダイニングテーブルに向かい、電卓を叩《たた》いている姿が見えた。

五年前に父は肺癌《はいがん》でこの世を去り、後を継いだのは四つ違いの兄だ。風貌《ふうぼう》も性格も父親にそっくりな兄は、診療所を多少改築したものの、患者も経営方針もすべて引き継いだ。今では年とった母の代わりに兄嫁が、苛立《いらだ》たし気にパソコンのキーボードを叩いているのを見ることが出来る。

次男坊という気楽さもあり、医大を出た後は、幾つかの病院で研修をさせてもらっていた。都内の大学病院の皮膚科を選んだのは、いつか父親の診療所に〝皮膚科〟という一診療科を加えるのもいいかもしれないと考えたからだ。

そうしているうちに、医局の教授から、

「君は美容外科に向いているかもしれない」

と言われたのである。

「美容外科ですか……」

釈然としなかった。二十年前の医者のヒエラルキーの中では、美容整形は最下位に属すると考えられていたからだ。特に健保適用外の包茎手術専門の医師などは、そのピラミッドにも入れてもらえなかったほどである。

事実、父親は亡くなる直前まで、

「女の顔をいじって金を稼いだって、いったい何の価値があるんだ」

と折に触れては小言を口にしていたものだ。兄もたまに会うと、似たようなことを言う。

しかしあの時、教授はこんな風に続けた。

「君の手先の器用さは、ちょっと真似《まね》出来ないよ。それに君には、センスとサービス精神がある。皮膚科医になるのはもったいないなあ。美容外科の方が向いていると思うよ。美容外科はこれからすごく伸びる分野だし、やってみたらどうだい」

その言葉が確かにあたっていると、都内の有名クリニックに勤め始めてすぐにわかった。患者とじっくり話し合って、その悩みを聞いてやる。そうしながら、相手の顔をのぞき込み、指で彼女、あるいは彼のこめかみに触れていく。

「ここをちょっと切りましょうよ。手術っていうほどでもないものです。それでこうして目が上がって……」

実際に吊《つ》り上げてやって、鏡を渡す。

「十歳は若くなるはずです。フェイスリフトのいちばん簡単なものですから、いちばん自然に仕上がりますよ」

そうしているうちに患者の顔から、不安と疑いが消え、晴れ晴れとした期待に満ちた表情に変わっていく。斎藤はそうした相手の顔を見るのが好きであった。美容外科はまさにデザインだ。相手の顔をひと目見て、斎藤はすぐに「完成図」が浮かんでくる。人間の顔というのは、ほんの一ミリ、上がったり大きくなるだけで劇的に変わる。それを告げ、自分の手で仕上げていくのが楽しくてたまらない。そして完成のあかつきには、相手の顔は喜びで光り輝く。

「先生、本当にありがとうございます。もう諦《あきら》めていたのに」

これで大金が入るのだから、美容外科医というのは、なんといい商売だろう。当時、この専門の医者を蔑《さげす》んだり、仲間はずれにしたりするのは、他の医者の嫉《ねた》みだろうと斎藤は思ったものである。それは美容整形をして美しくなった女に対し、あれこれ陰口をたたく女の心理によく似ている。

それが証拠には、この何年かで美容外科医の数は驚異的に増えた。昔は医局もなく国立の医大からこの道に進む者はまれであったが、今では東大医学部卒の美容外科医は何人もいる。そもそも東大病院に美容外科が設置されているご時世なのだ。

おかげで過当競争になり、おきまりの価格破壊が起こった。少し前まで一回五万円だったボトックスを今では数千円でやってのける美容外科医がいくらでもいる。彼らは単にひと瓶四万円ほどのボトックスを薄めに薄めて使っているのだろうが、そんなことはふつうの患者にわかるはずはない。さらに安い料金の医者を求めて、韓国ツアーも流行《はや》り出した。

　斎藤はこうした移り気な、中途半端な年齢の女たちにはとっくに見切りをつけ、富裕層の初老の女たちに狙《ねら》いを定めた。目を大きくしたり、唇にヒアルロン酸を打ったりするのは、キャバクラ嬢の患者が多い、新宿や渋谷のクリニックに任せておけばいい。斎藤の経営する「東京並木通り美容クリニック」は、文字どおり銀座の一等地にある。美容整形クリニックの名前は、奇をてらったものやカタカナよりも、院長の名前か地名にした方が信頼感を得やすいという。最初に勤めたクリニックの院長が教えてくれたのである。

　ここでは専《もっぱ》ら若返りのための高度な施術が行なわれていて、リフトアップの手術では定評がある。こめかみや耳の後ろを切開し、そこから顔の筋膜をひき上げていくのである。手術をためらう女たちのためには、一回四万円のレーザー治療というものもある。レーザーで皮膚に無数の穴を開け、軽い火傷《やけど》のような状態をつくる。その回復力でもって肌を甦《よみがえ》らせようというものだ。

　が、今このクリニックがいちばん得意とするものは通称〝金の糸リフト〟と呼ばれるものである。目頭から細い金糸を皮膚の下に格子《こうし》状に埋め込んでいく。筋肉は異物であるこの糸にひっかかり盛り上がっていく仕組みだ。斎藤は改良に改良を重ね、この糸を五メートル埋め込むことが出来るようになった。おそらく日本一の技術だろうと自負している。その代わり料金は高く、両の頰で百五十万請求している。が、毎日患者はひきもきらない。

斎藤は美容外科医になって気づいたことがある。それは自分はセンスもあるが、経営能力も非常に高いということである。

幾つかの有名美容整形クリニックが、医療訴訟と脱税とによって姿を消している。斎藤はリスクの大きい豊胸や脂肪吸引といった手術をすべてやめ、腕のいい弁護士を顧問においた。

さらに税金対策においても、彼は素晴らしい勘を持ち合わせていた。派手な経営がたたって倒産した、通信販売の化粧品会社の経理課長をスカウトしたのもそのひとつだ。倒産は社長の放漫経営によるものだと聞いている。下っ端の経理課長に罪はない。会社が潰《つぶ》れた体験はきっと素晴らしいノウハウとなって彼の中にあるだろう、という斎藤の読みはあたった。その経理課長は、今や彼の経営上の右腕となっているのだ。

彼は広告費を抑えることをまず提案した。テレビＣＭなどは、税務署に目をつけられるだけだ。ターゲットを絞って、高級女性誌にタイアップ広告を出す方がずっとよいというのである。クリニックのチェーン展開も絶対にしてはいけないという。東京並木通り美容クリニックの一ヶ月の売り上げは一億であった。派手にテレビCMをしているクリニックの売り上げが一億五千万と言われている。だからはるかに効率はよい。関連クリニックを増やしていくと、確かに売り上げは増えるであろうが、その分経費もかかる。重要なことは、いかに節税するかだとその元課長は言った。よって斎藤は彼のアドバイスに従い、いくつかの関連会社を作った。高価な先端美容の機械をリースする会社、ナースの人材派遣の会社などである。これらの会社と本体とを微妙に操作することにより、斎藤は億という単位の税金を免れることが出来たのである。

「ですけど、私から言わせれば、美容整形なんて、世間からいろいろ言われるほど儲かってはいませんよ」

元課長は言う。

「だって院長、売り上げトップクラスが、月に一億五千万円っていうんでしょう。私はよく知ってますが、一日五百万の売り上げがあるパチンコ屋なんてざらにありますよ。腕ききの医者を三人、ナースを四人雇っても、パチンコ屋の売り上げには追いつかないんですからね」

確かにそうだと斎藤は思うようになっている。そうかといって、金が第一だと考えているわけではない。

「お前は金に目がくらんで、医者の魂を腐らせてしまったのだ」

と亡くなった父親から罵声《ばせい》を浴びせられたことがあるが、冗談じゃない、と今なら反論出来る。自分は単純にこの仕事が好きなのだ。確かに人の命を救うことはないかもしれないが、心を救うことはしている。生きることに疲れ果てた女が、皺《しわ》をとって若返らせてやることで、まるで別人のように明るくなる。フェイスリフトをした後、

「これで夫が私のところに戻ってきてくれるかもしれません」

と泣いた女もいる。ああいう女たちをひと目死んだ父親に見せたかったが、きっと
「フフン」と鼻でせせら笑うことであろう。そういうことはすべて女の虚栄心と決めつける人間であった。それよりもたいした熱でもないのに、真夜中の二時にチャイムを鳴らしまくる患者の方が、ずっと大切だと考えている大昔の医者であった。佐伯志《し》帆《ほ》子《こ》と離婚した時は、勝ち誇ったように、

「ほれ、嫁さんにも愛想をつかされた」

と言ったものだ。夫婦のことなど何も知らないくせにと、あの時は猛烈に腹を立てたが、今はそれも遠い思い出になっている。

勇気ある行動のふたつめとしては、研修医だった志帆子を、セクシュアルハラスメ

ントから、体を張って守ったことであろう。

医大の入学時から、志帆子は大層目立っていた。二人が通っていた私立の医大は、金持ちの医者の子弟が多く、初日から高価なブランド品を身につけてくる女子学生はいくらでもいた。お嬢さま然とした美貌の学生もかなりいた。しかしそういう女子学生と志帆子とはまるで違っていた。

ふつうのサラリーマンの娘ということで、着ているものも、ふつうのジャケットにジーパンという類である。そうかといって身なりに構わない、というわけでもなく、小さなアクセサリーや、色の組み合わせになみなみならぬセンスを見せていた。髪をポニーテールにしているが、何かの折にふわりと垂らすこともある。そうするとその年には見えない成熟した香りがあたりに漂うのである。そう大きくはない切れ長の目は、いつもひたむきな強さをたたえていて、取りつく島がないように見えるのだが、ふとした時、たとえばコンパで飲んでいる時など不意になまめかしく輝き出すことがあった。十八、十九の青年たちの中にもそれに気づく者がいて、志帆子はたえず男たちの噂《うわさ》にのぼるようになった。

しかし女子学生の評価は、そう単純なものではなく、かっきりと二手に分かれていたのである。

志帆子は動物実験や司法解剖のアルバイトをかけもちしていて、教養課程の授業はうまくサボタージュしていた。それにもかかわらず成績が抜群にいいことについて、ある同級生は、

「ものすごく頭がいいのね」

と憧《あこが》れの視線を注ぎ、またある者は、

「すっごく要領のいい人なのよ」

と、反発をあらわにした。その女子学生に言わせると、志帆子は性格が悪いというのだ。

「あの人って、人の彼氏を取るって有名なのよ」

後につき合うようになってから、志帆子は斎藤に言ったものだ。

「あの人たちって、自分に魅力がないのを棚に上げて、彼氏だって思い込んでる男がこっちにくると、キイキイといきり立つのよ。まるで猿にそっくりよ」

「だけど君が何もしなければ、あっちだって寄ってこないよ。君が何かしたんだろ」

嫉妬《しっと》混じりに斎藤が問い質《ただ》したところ、

「そうかもね」

と肩をすくめた。

「私ね、どうもああいう女たちが苦手なのよ。医者の娘に生まれただけで、自分たちもすごく頭がいいって過信してる女たちがね」

四年生になった頃から、志帆子はめきめきと美しさを増した。助教授と不倫をしているという噂が立ったが、志帆子は笑って否定した。

「バッカみたい。そういうめんどうくさいことをするもんですか」

その頃から青年たちは志帆子のことを「色っぽい」と表現するようになった。コンパで酒を飲んだ時の酔い方、漂わせる空気が、他の女子学生とまるで違っているというのだ。こうして男たちの間で、志帆子の人気は高まるばかりであったが、女たちの間では微妙だったかもしれない。数少ない女子学生の中で、志帆子が孤立して見えることもあった。

「何かあの人たちとは、一生理解し合えないような気がする」

と志帆子はつぶやいた。

「あの人たちと私って、見ている先がまるで違うの。絶望的なくらいにね」

あまたの男たちの中から、どうして志帆子が自分を選んでくれたのか、斎藤にはよくわからなかったが、とにかく卒業する少し前から、二人は恋人といえる関係になった。

決定的になったのは、卒業後、研修医として、しばらく志帆子が母校の大学病院に勤務していた時のことだ。当直の夜、志帆子はソファの上で突然、指導教授に襲われたのである。何とか逃げおおせたものの、恐怖と怒りで体を震わせる志帆子を見て、斎藤の中で大きなものが爆発した。自分もいずれその病院で勉強させてもらうつもりであったが、そんなことはどうでもいいと思った。志帆子の見ている前で、その教授に電話をかけた。

「あなたが僕のフィアンセにしたことは犯罪です。いいですか、僕たちはあなたを訴えるし、マスコミにも公表するつもりです」

これが驚くほど志帆子を感動させたことを、斎藤は今でも奇跡のように思い出す。結局教授とは、内輪で和解したのであるが、この事件がきっかけで二人は結婚することになった。もっとも、志帆子に決断を迫ったのは、斎藤の勇気と誠実さではなく、腹の中に宿った命だったと彼はすぐに知ることになる。

2

志帆子が妊娠したとわかった時、斎藤裕一の胸にはまず歓喜が押し寄せ、思わずやった―、と叫んだものだ。しかしそれが落ち着いた後、次にやってきたのは大きな不安であった。

「志帆子が今、子どもを産むだろうか。いや、産むはずはない。きっと堕《お》ろすに違いない」

二十八歳の志帆子は、その頃母校の大学病院から都内の別の大学病院に移っていた。この病院では初めて採用された女性の脳外科医で、それこそ歯を喰いしばるように勤務していた。しかし彼女の野心がそれだけで終わるはずはないだろうというのは誰の目にもあきらかであった。

医大を卒業した年、志帆子はオックスフォード大学の医学部に留学し、外科の臨床研修も受けていた。ここで脳外科医になる決意を固め、いずれアメリカへ渡り、ハーバード大学で博士号を得たい――というのが志帆子の夢であった。いや、夢ではない。彼女の語学力と優秀さをもってすれば、それはいずれかなうことは間違いない「願望」であった。

志帆子の目は世界に向いているのだ。日本の狭い医学社会で、常にセクハラまがいの嫌がらせを受けてまで臨床医を続けるはずはない。今、日本にとどまっているのは、いっとき母国の現状を理解するためだろうと斎藤は考えていた。そんな女が、はからずも妊娠したからと言ってやすやすと子どもを産むだろうか。

「いや、そんなはずはない」

それにこの不安にはもうひとつの大きな理由があった。志帆子が本当に自分のことを愛してくれているのだろうかと、斎藤はずっと深い疑問にさいなまれていたのだ。

在学中からつき合い始め、いずれは、という約束をかわしていたものの、心が穏やかだったことはない。オックスフォードで、志帆子はどうやら同級生とつき合っていたようだ。白人の男と恋人然としている彼女を見たと、留学中の知り合いから情報が入ってきたこともあるし、深刻そうにぶ厚い英文の手紙を読んでいるのをこの目で見たこともある。しかし嫉妬などとても出来なかった。それで相手を怒らせることが怖かった。

斎藤の母親は、かねがね息子にこう忠告していたものだ。

「あなたの手には負えない人よ」

医師である父はもっと辛辣《しんらつ》であった。

「女の顔いじくって金をもらう男のところに、脳外科の女がくるわけはないだろう」

当時はまだ、外科医こそ医者の花形と言われる風潮が残っていた。中でも脳外科は最先端の知識と技術を必要とする。女性医師は日本に数えるほどしかいなかった。

どう考えても、念願の脳外科医になった志帆子が、自分の体に宿ったものに、あっさりすべてを明け渡すとは思えない。

しかし志帆子は高々と宣言したのである。

「私は産むわよ」

「本気か」

「そりゃ、そうよ。だって子どもを授かったのよ。産まないはずはないじゃないの」

あの時の嬉《うれ》しさは今でも忘れない。次の日、斎藤は一人で区役所へ行き、婚姻届をもらってきた。本当は二人で行きたかったのであるが、病院勤務の志帆子はそれこそ眠る間も惜しむような忙しさだ。その頃既に、都内の美容整形クリニックに籍を置いていた斎藤が、こまごまとした用を足すのは当然のようになっていたのである。

式も披露宴もしないつもりであったのだが、それはあんまりだと両家の親が反対し、五十人ほどでパーティーを開いた。ちょうどレストランウエディングが流行り出した頃で、白金台のフランス料理店を借り切ったのである。

志帆子の母親はよく知っていたが、父親とはそこで初めて会った。ずっと別居していると聞いていた。すこぶるつきの美男子で、志帆子は父親に似たらしい。しかし二重の大きな目は彼だけのものであった。大手のカメラメーカーで、海外勤務を経験した彼は、背が高くタキシードがよく似合う。パーティーの後半、かなり酔ってラテンの歌を歌い出した。メキシコ支社長をしていた時に憶《おぼ》えたものだという。そしてシンプルなウエディングドレスを着た志帆子の胴に手をまわし、軽く踊り始めた。志帆子は嬉しくてたまらないという風に、笑い声をあげる。今度は父親がぴったりと頬を寄せると、笑いながら喉をのけぞらせた。とても父と娘とは思えないほどなまめかしい光景であったと思い出すのは、斎藤だけであろうか。

ともかく斎藤は、佐伯志帆子という多くの人々が賞賛し憧れる、とてつもない才色兼備の女を手に入れたのである。ここに招待されていない何人かの同性は陰口をたたいているに違いないが、それも志帆子がいかに魅力的な女性であるかという証《あかし》であろう。

あの日、斎藤はせがまれて何度か志帆子に寄り添い写真をとられた。白いレースのドレスを着た志帆子は大層美しく、よい香りがした。そして時々腹に手をあて、斎藤だけにわかる笑顔をした。この腹の中には自分たち二人の子どもがいるのだとメッセージを伝えていたのだ。

斎藤はその時、奇妙な思いにとらわれたものだ。自分はなんと幸福なのだろう。しかしこの幸福が長く続くはずはない。それはわかる。この女を愛した自分だからよくわかる。

短かいヴェールごしに、志帆子の横顔が見えた。笑顔が消えると、そこには形のよいひややかな唇があった。医学の道を歩く女の顔だ。厳しさとつらさのあまり、何度も歯で嚙《か》みしめられた唇だ。こんな女が、こんな結婚程度のことで、子ども程度のことで、本当に幸福になるわけがないではないか。

この斎藤の予感はすぐにあたることになる。

妊娠がわかるやいなや、志帆子はすぐに脳外科から内科に替わった。脳外科医の激務が、身重の女に耐えられるはずはなかったからだ。

この頃の志帆子の変化は斎藤を驚かせた。今までボタンをつける時間さえ惜しがっていた妻が、生まれてくる赤ん坊のためのおくるみやベビー服を毛糸で編み始めたのである。それどころか医師であることを隠して、地域の出産教室に通い始めた。マタニティスイミングのクラスでは友人をつくり、彼女たちと電話で長話をしたりする。

それは初めて見る志帆子であった。

「無理をしなくたっていいんだよ」

斎藤は言ったものだ。

「君はふつうのお母さんと違う。ふつうの母親にならなくたっていいじゃないか」

「運命を楽しむのって、私のモットーだって知らなかったっけ」

臨月の志帆子はかなり太って丸顔になっていたため、その言葉はそう不似合いではなかった。

「病院も前に比べればぐっとラクになったし、休暇も取れる。これは神さまからもらったお休みだと思って、じっくり楽しむことにしたの」

やがて望みどおり女の子が生まれた。れおなと名づけたのは、いずれ海外でも活躍するようにという願いを込めたのだ。

しかし運命と志帆子との蜜月《みつげつ》は長く続かなかった。

れおなが一歳になると、志帆子は本格的に仕事を再開した。朝、れおなを保育所に預けると、迎えはベビーシッターに頼む。そして帰宅までいてもらうことになる。ベビーシッター代は一時間二千円で、夜の十時を過ぎると二千五百円にはね上がる。ある月はベビーシッター会社からの請求書が四十万近くになったことがある。生活費は折半だったから、思わず驚嘆した斎藤に、志帆子の悲鳴があがった。

「どうしてあなたが、子どものめんどうをみてくれないのよっ」

クリニックでの勤務も大層忙しくなっていた。診療時間は午後八時までだったが、その後は院長に連れられて銀座や六本木に出かけることが多い。

バブルの終わりの頃の街は、崩れゆく寸前のだらしない快楽に満ちていた。誰も彼もが、急ぐように何かを求めていた頃だ。目の前の日常からほんの少し目をそらせば、目もくらむような華やぎがあった。若い斎藤が楽しくないはずはない。毎夜、日付が変わってから帰る彼に、志帆子は鋭い目を向けた。

「どうしてこんなに遅いの。いったい何をしているの」

「院長につき合っていたんだよ。今、うちの病院はどう拡張していくか、むずかしいところなんだ。だから毎晩話し合わなきゃいけないんだ」

「そんなこと、昼間にすればいいじゃないの」

「夜じゃなきゃ、院長も僕も体は空かない」

「私はどうなるの。今日、ベビーシッターさんと約束していた時間は九時だったわ。延長してくださいって頼んだら、今日は困ります、って言われて、病院からタクシーを飛ばして帰ってきたのよ。もうくたくただったけど必死だったわ。それなのにあなたって、好きな時間まで飲んで、酔っぱらって帰ってくるのね」

志帆子の目から、はらはらと涙がこぼれた。まさか泣かれるほどひどいことをしているとは思わなかった斎藤は、後ずさりしたい気分になる。

「住み込みのベビーシッターを雇えばいいじゃないか。金で済むことなら金を出せばいい。君も思う存分仕事をすればいいんだよ」

「そんなこと、私の給料じゃ無理よ。それぐらいわかっているでしょう」

「だったら君がやめればいいんだよ」

さらりとこの言葉が出て斎藤は自分でも驚いた。

「子どもが小学校に入るぐらいまで、仕事を休んだっていいじゃないか。僕のまわりの女の先生たちもみんなそうしているよ」

「あなたまでそんなことを言うのね」

涙はやんで、志帆子の目は強い光をたたえていた。それは憎しみといってもいいほどだ。

「私も病院から同じことを言われてるわ。辞表を出したらどうかって。女は出産したらしばらく休むかやめるものだって。結婚しても子どもが生まれても、あなたは前と同じように、いいえ、前よりも仕事をして、夜遊びだってしている。それなのに私は、いつも形相を変えて、うちと病院を往復してるのよ」

「僕はそういう君のフェミニスト的なところって、苦手なんだ」

本当にそうだった。志帆子の時間が足りないならば、プロの手を借りればいいではないか。大学病院勤務の志帆子の給料はしれたものであるが、斎藤の収入は大企業の社長のそれを越えていた。住み込みの手伝いやベビーシッターを雇ってもいいと考えていたほどだ。こんな風に泣かれるくらいならば、その方がずっとましだ。

「私はフェミニストでも何でもないわ。ただ力を合わせて子どもを育てたいだけ。それなのにあなたは、子どもを育てるのは女だってはなから考えてるじゃないの」

「そんなこと考えてないよ。ただ僕も本当に忙しいんだ。男には子育て中、っていうエクスキューズはないんだよ。そこのところはわかってくれよ」

「じゃ、女には子育てっていうエクスキューズがあるからいいって言うの」

不毛な争いは果てしなく続き、別居という話が持ち上がった頃、斎藤に耳よりな話がもたらされた。最新の美容整形技術を学びに、しばらくロサンゼルスの研究所に行かないかと言うのだ。この頃斎藤は、自分の天職を美容外科と決めていた。

「日本では、美容整形って、あまりにも不当に低く見られているんだよ。皺伸ばしや二重瞼《ふたえまぶた》をつくるだけじゃない。顔を通じてメンタリティを変えていく技術なんだ」

などと妻に向かって話す時、斎藤は怖《おそ》れている。うっすらとした微笑をたたえている唇が、いつ冷笑に変わるかを怖れている。

父の言葉が甦る。

「女の顔いじくって金をもらう男のところに、脳外科の女がくるわけはないだろう」

……

行きたいならどうぞと、志帆子は言った。

「あなたにとって、美容整形っていうのは大切な使命なんでしょう。あなたのキャリアが磨かれるっていうのならば、どうぞ行ってくればいいじゃないの」

ただしこうつけ加えるのを忘れなかった。

「私には全くわからないことだけど」

その時に斎藤は、志帆子との別れをはっきりと感じたといってもいい。

ともかく嫌なことから逃れるように、アメリカに向けて出発した。その間志帆子はそれまで疎遠《そえん》だった実家の母親を頼りにするようになった。長い別居生活の末に、志帆子の両親は離婚していた。

前からわかっていたことではあるが、志帆子の母親は、大変な資産家の出であった。名前を言えば誰でも知っている製紙会社の創立者の一族である。志帆子の医大の学資は祖父の遺産から出ていた。経済力のある母親にとって、自分の離婚も、娘の離婚もたいしたダメージを受けるものではない。平凡な自分の人生を悔いる母親は、娘のキャリアを徹底的に応援した。れおなは、祖母に育てられたようなものだ。

やがて帰国した斎藤は、女三人の濃密な空気にどうしても入っていくことが出来ず、そのまま別居生活に入った。別れて住んで一年めに、斎藤は志帆子からの電話を受けた。大学病院を辞め、国立感染症研究所に入るというのだ。

「脳外科に戻るのが、君の希望じゃなかったのか」

「子持ちで臨床続けるのはむずかしいってわかったの。それに国際的な仕事をするのも面白いかなと思って」

あっ、それから、と志帆子は思い出したように言った。

「離婚、もうちょっと待ってくれない？　来年はれおなの受験だから」

「どこを受けるんだ」

志帆子は自分の母校である、名門ミッションスクールの名を挙げた。

「あんな女ばかりの学校は絶対によくないって言ったのは君だよ」

「仕方ないでしょ。育ててる母があそこに入れたいって言うんだから」

結局この母が死んだ年に二人は別れ、志帆子はジュネーブに一人旅立ったのだ。

3

久しぶりに前妻の姿をテレビで見た斎藤裕一は、何やら落ち着かぬ気分になった。未練というものではないが、活躍する別れた妻というのはやたら眩《まぶ》しい。不思議な気さえする。ＷＨＯの大きなマークの下で、国際的視野に立ち新型インフルエンザを解説する女。たいていの人がこの画面を見て、こう感慨を漏らすだろう。

「日本にこんなすごい女がいたのか……」

この女と共に暮らし子どもまでなした。もちろんセックスも何回とした。それが本当のことだったのか、自分でもよくわからなくなっている。わからないので今の妻の賞賛も軽く聞き流すことが出来た。

「本当に志帆子さんって、立派な方なのねぇ。このあいだも雑誌に出ていたわ。世界で活躍する日本女性十人、ですって」

「ふうーん、他の九人っていったい誰なんだ」

「もちろん緒方貞子さんがいるわ。それからオノ・ヨーコ、五嶋みどりさんに草間彌《や》生《よい》っていうアーティスト、あとはえーと、どうしても思い出せないわ」

「思い出せないぐらいなら、きっとたいした人じゃないんだよ」

「いいえ、有名な人よ。私、きっと思い出せるからちょっと待ってて」

結花《ゆか》は集中しようと眉を寄せる。四十三歳にしてはひたむきな表情だ。邪気というものがない。斎藤はこういう妻を可愛《かわい》いと思う。その印象は最初に会った時から変わらない。

仲のいい美容外科医仲間から誘われたワイン会で初めて会った。

「ソムリエの資格を持ったCAを何人か招《よ》んでるから」

という中に結花がいたのである。もう若くないことはすぐにわかったし、結花よりも美人は三人いた。しかし斎藤は彼女から目が離せなくなった。

大きな目のまわりにかすかな弛《たる》みが出始め、ちょっと泣き出しそうなのも気に入った。終始職業的な微笑《ほほえ》みを浮かべていたが、他の女たちのように様子を窺《うかが》っているようには見えなかった。それよりも、

「この女を思いきり笑わせてみたい」

と男を苛立たしい思いにさせる女だ。会話もグラスを持つ手つきも、すべてなめらかなようでいて、どこかにぎこちなさがあった。

酔いがまわるにつれ偽悪的な仲間が、彼女たちの会社の状況に触れると、何人かか

ら、

「その話はやめてください」

はしゃいだ悲鳴があがった。

「会社があんな風だと、私たちいつ路頭に迷うかわからないんです」

「私たちの年だと、いつ何があってもおかしくないんですから」

「だったら結婚するしかないね」

その男が言う。それを言うために、今日の会を催したと思わせるほど、生々しい口調であった。

「君たちだったら、その気になればいつでも出来るだろう」

「そんなことありませんよ。男の人はやっぱり若い人が好きだもの」

「世間で言われるほどモテていたら、この年まで独身《ひとり》でいませんよ」

美しい女たちでなかったら、物欲し気に聞こえる言葉であった。が、案外本気だったのかもしれない。

あの頃はもう携帯電話は普及していたが、今のようにすぐさま皆で番号やアドレスを交換し合う習慣はなかった。斎藤はなんとかして結花の携帯番号を知りたいと思い、かなり骨を折った。そんなことは久しぶりだった。金を充分に持っていて、しかも独身の医者に対し、女たちはたいてい思わせぶりな態度を示したものだ。あまり売れなくなった女優や、とうの立った女子アナウンサー、CAといった女たちは、プライドの高い分、これぞと思う男には捨て身に近い態度に出る。自分ほどの女がこれだけ本音を見せるからにはそちらも誠意を示せと言わんばかりだ。

志帆子と別れて以来、斎藤はこうした女たちとの駆け引きの中で生きてきたといってもいい。そうしたものに疲れた時は、ごくあっさりと水商売の女とつき合ったりした。

が、結花はそういう女たちとはどこか違っていた。つつましい、とか、無欲というのではない。金持ちの男と結婚して、贅沢《ぜいたく》な暮らしをしたいという思いをはっきりと持っていた。しかし結花のそれは、斎藤にとって何とも単純な愛らしい願いに思えた。結花は世俗的な野心は持っていたが、それをかなえるにはあまりに愚鈍で怠惰に見えた。自分の美貌や魅力は意識しているだろうが、充分に活用していないためにいつのまにか錆《さ》びていってしまっている。そんな風情《ふぜい》が、斎藤には好ましかった。

結婚してからの結花はそう野放図なことはしない。決して浪費家というのではないのだが、気がつくと身のまわりはそれらしいブランドもので固められ、宝石もひとつふたつと増えていった。

結花が大層喜んだのは、結婚してすぐの頃、ハネムーンを兼ねてロンドンの学会に行った時のことだ。結花が手配して、ファーストクラスの前の方の座席を取った。航空会社は、このあいだまで勤務していたところである。後輩のCAたちが何人か挨拶《あいさつ》にやってくるのを結花は鷹揚《おうよう》に迎えた。

「結婚して夫とファーストクラスに乗って、そしてかつての仲間たちにサービスしてもらう。これって私たちCAの夢なの」

シャンパンのグラスを軽く頬にあて結花がささやく。

「こういうのって、あなたから見ると、ものすごくくだらないことでしょう。なんてミエっぱりの女たちだって思うでしょう」

「いや、そんなことはないよ。そういうのが女ってもんだろう」

と答えるのは、なんと楽しかったことだろうか。

「そういうのが女ってもんだろう」

紋切り型に女を理解するのは、しんからやさしい気持ちになる。斎藤はその時、久しぶりに別れた妻のことを思い出した。あの女をわかろうとして、自分はどんなに努力しただろうか。わかったと思い、わかったふりをして、自分なりの理解を口にしてはそのたびに激怒された。

「あなたは私のことを、何もわかっていないのよ」

そういえば別れた妻は、「女」というひとくくりに自分を当てはめ、夫を責めたことはなかった。

「女というものが何もわかっていないわ」

と決して口にしなかったのは、元の妻のなみなみならぬ自負心のあらわれだったろう。そのくらいはわかる。やっとわかる。

それに比べて、隣りに座る女の美しくわかりやすいことといったらどうだろう。形よく組まれた脚を眺めながら、愛するというのはこういうことではないかと斎藤は合点した。五年前のことだ。

斎藤の出勤は遅い。たいていのことは四人のドクターに任せている。そのうち一人は常勤ではなく、週に二回、ある一流国立大学の形成外科からやってくる。パンフレットにも大きく顔を出しているので、たいていの患者は常勤だと思っているに違いない。その代わり彼には、一日二十万という報酬が支払われる。悪くない額であろう。

斎藤は一日に二人だけ手術をすると決めていた。彼が得意とする「金の糸リフト」は、百五十万円という金額であるが、それでも予約は殺到していた。たいていは金持ちの女たちの口コミである。

斎藤は院長室に入り、秘書から受け取ったメモを読んで顔をしかめた。そこには早《はや》川品子《かわしなこ》の予約が取り消されたことが書かれてあった。

「こういうドタキャンがいちばん困るんだよ」

あたるでもなく秘書に向かって言ったがそう大きな声ではない。早川品子はある電機部品会社の社長夫人でお得意様だ。誰でも知っている一流企業の社長夫人といっても案外吝《しわ》い。社宅時代の金銭感覚をそのままひきずっている。世の中でいちばん金を持っていてかつ使えるのは、東証二部ぐらいの手堅い会社を、一族で経営している連中だということを、彼は肌身で知っている。本業の他に不動産収入もたっぷりとある。早川品子は典型的なそういった企業の社長夫人で、その使いっぷりのよさといったらなかった。いつも目がくらむような宝石を身につけているが、その首筋はゴルフ焼けをしていて黒く弛んでいる。とても六十を過ぎたばかりには見えなかった。斎藤は自らレーザー治療やサーマクールを施してやり、かなり上に持ち上げてやった。早川品子は大層喜び、何人も友人を紹介してくれたものだ。今でも月に一度、レーザー治療をするためにこのクリニックに足を運ぶ。一回四万円。首筋と唇にもレーザーをあてるので、オプション込みで六万七千円の治療費も、キャッシュで払っていく。が、その際にはどう落とすのかわからないが、必ず領収書をもらっていった。

頃合いを見はからって彼は言ったものだ。

「早川さん、そろそろ金の糸リフトをしましょうよ。レーザー治療より確実に肌が若返りますよ」

「だってあれ、整形手術でしょう」

こういうことにこだわる女はとても多い。さんざんヒアルロン酸やボトックスの注射をうち、レーザー治療やサーマクールといった高レベルの治療も受けていく。しかしメスを使う施術は、整形手術と言って嫌悪《けんお》するのである。

「私、他のことはいっぱいしても、整形手術はするまいって決めているんですもの」

「早川さん、金の糸は整形手術じゃありません。何度も言っているようにメスを使いませんから」

「あら、そうなの」

「目頭から糸を入れていくんですよ。五メートル入れます。これが出来るのは、日本でも僕だけですよ。いいですか、この金の糸をしても誰も気づきませんよ。ゆっくりと本当に自然に、皮膚が上がっていくだけですから。早川さんみたいに陽焼けで肌がダメージ受けている人は、これがいちばんんですよ」

斎藤の言葉に、やっと決心がついたようだったが、やはり手術の日になって心が迷ったに違いない。こんなことはしょっちゅうある。金持ちの女たちの気まぐれにつき合えなかったら、とても美容外科医など出来るはずはなかった。ともかく夕方の手術まで、ぽっかり時間が空くのだ。斎藤は携帯を取り出し、短かいメールを打った。これから行ってもいいか、という問いに、どうぞというたった三文字の答えがあった。

「ちょっと出かけてくるから車を呼んでくれ」

秘書に命じた。車といってもタクシーである。三年ぐらい前まで運転手付きの車に乗っていたのであるが、行き先をいちいち見張られているようでやめてしまった。出勤する際も、地下鉄か、そうでなかったらタクシーを使う。

五分もしないうちに緑色のタクシーが裏口に到着した。彼のクリニックには、正面の受付のある玄関とは別に、車がぴったりつけられる裏口を用意していた。芸能人や政治家が利用する場所だ。彼のタクシーも、いつもここにつけてもらう。

「麻布十番まで。鳥居坂の近くに行ったら詳しく言うから」

深沢怜《ふかさわれい》のアトリエ兼店舗がそこにはある。四十八歳、同い齢《どし》の怜との仲はもう十年以上になる。妻の結花よりもずっと古い。志帆子との離婚後も結婚ということをちらりとも考えなかったのは、若い頃に離婚した怜に男の子が一人いたこと、そして彼女が全くそのことを望んでいなかったからだ。

怜はパールアクセサリーの会社を経営していた。グレイに近い黒真珠をうまく使ったネックレスやブローチは、よく女性誌にも紹介されている。特にヒットしたものは、ベビーパールを使った百二十センチのネックレスだ。留め金を調節することによって、長さを変えることの出来るこのネックレスは、一時期飛ぶように売れ、そのおかげで彼女は古く小さいけれども自社ビルを手に入れたのだ。

一階は店舗、二階は事務所、三階は彼女のアトリエと住まいになっている。三階に入るのだけはインターフォンで呼び出さなくてはならない。三〇一のボタンを押すと、

「はーい」

という聞き慣れた女の声がした。

エレベーターを降りるとすぐに玄関だ。アールデコというのだろうか、斎藤から見るとかなり悪趣味に部屋を飾り立てていた。彼女の息子はアメリカに留学しているから今はひとり暮らしだ。怜はいかにもこの部屋にふさわしい、とろんとした青い生地の長いワンピースを着ていた。

スリッパをはかず素足だ。銀色のペディキュアがやたらと光る。

「忙しかったんじゃないのか」

「そんなことないわ。夜にひとつ約束があるけど」

二人はここで、やや儀礼的ともいえる長い口づけをかわした。

「顔を見せてごらん」

怜はくっくっと笑いながら、顔を上向きにする。斎藤は彼女の顎《あご》に手をかけ、さらに近づけた。昼の光の中、詳細に点検した。

完璧《かんぺき》だった。先週に比べ、彼女の皮膚はあきらかに張りを持ち、肌が上がっていることの証に、法令線のあたりの毛穴がかなり消えていた。

「やっぱり糸を七メートルにしたのがよかったのかもしれない」

「でもやって一週間は、かなり違和感があったわ」

「そんなものすぐに消える」

斎藤は怒ったように言った。自分の成果が傷つけられたような気がしたからだ。

世間の人は知らないだろうが、美容外科医の多くは、愛人を実験台にしている。あるいは実験台にするために愛人をつくるのだ。斎藤も怜に、数々の施術を行なってきた。その甲斐あって彼女の顔は、年齢よりもはるかに若く美しい。おかげで彼女は、女性誌のグラビアにも数多く登場し、賞賛を受けているのだ。彼女の願いは、いつか一流の出版社から本を出すことと、そして海外に進出することだ。

なんと可愛い夢なのだろう。なんと愛らしい女なのだろう。寝室に行こうと、斎藤は彼女の肩を抱く。その時、朝テレビで見た元の妻の姿が甦る。WHOのマークの下に凜《りん》として立っていた女。あんな大それたことをしている女と暮らしていたのは夢だったのではないだろうか。あの姿を完全に振り切るために、斎藤は女を突然激しく抱きすくめる。

*4*

小原《おばら》俊矢《としや》を苦労人と評する者は案外多いが、それにしては彼の生まれ育ちは裕福過ぎる。

仙台の近くの街で彼は生まれたが、その土地で小原病院といえば知らない者はいないであろう。三百床ほどの総合病院である。祖父、父と続く医者の家系であった。母方も医者の家系で、親戚《しんせき》の中には東北大学の医学部長を務めた者もいる。長男であった彼は当然のことながら医者をめざし、成績も抜群によかった。地元の県立高校で、

「学校始まって以来、初めての東大理Ⅲの合格者が出るかもしれない」

と騒がれたほどで、本人もすっかりその気になった。祖父は東北大学、父は秋田大

学の医学部で、彼の家系にはまだ東大医学部を出た者はいない。

「お前なら出来るだろう」

と、父親は期待をかけた。高校の休みのたびに上京し、ホテルに泊まって予備校の講習を受ける、などという贅沢なことも許された。しかし彼は受験に失敗した。次の年もだ。

他の大学も受けようとしたのだが、父が許さなかった。

「医者にはふた通りしかないんだ」

父は言った。

「東大の医学部を出た医者と、それ以外の医学部を出た医者だ。京大も東北大も、聖マリアンナも慈恵も北里も、みんな〝それ以外〟でくくられるんだ。お前は東大の医学部を出た医者がどれほどの力を持つか知らないだろう。お前はもう少し努力すれば、それを手に入れられるんだ。だから諦めてはいけないんだ」

そう息子を励ました父親は、小原の三度目の入試の少し前に急死した。クモ膜下出血であった。小原は厳粛な気持ちで、「弔い合戦」に臨んだのであるが、やはり不合格であった。そして三年めの浪人生活を始めた彼の元に、事務局長が訪ねてきた。小原病院の経営が思わしくなく、このままでは倒産するかもしれないというのである。

急いで帰郷した彼は、病院の帳簿をすべて読み、すべてのスタッフと面接をした。その結果、この病院の規模にはふさわしくない高度な医療機器の導入による負債が膨らんでいること、非常勤の医者の報酬があまりにも高いことなどがわかったのである。彼は診療科目を減らして目立たないリストラを図り、親族のつてを頼って若い優秀な医者を入れた。特に力を入れたのは老人医療である。当時は高齢化問題など口にする者は少なく、ゆえに未開拓の分野だったのだ。

といっても、二十一歳の彼が出来ることには限界があった。この時手をさし伸べてくれたのが降沢貢《ふるさわみつぐ》である。この母方の親戚の衆議院議員は、当時は中堅といったところであろうか。しかし厚生族だったのが小原に幸いした。病院の経営をめぐって、さまざまな知恵を与えてくれたのである。書類の書き方ひとつで、莫大《ばくだい》な補助金が下りるか下りないかが左右されることも、小原は彼によって知った。その見返りとして、彼が大臣になる前後、かなりの献金を出さなくてはならなくなったが、それを補って余りあるものを小原は受け取ることになる。

やがて病院は順調に業績を上げ、三年めには回復の見通しが立った。この機を逃さず、彼は再び上京して受験に挑戦した。病院の経営にあたって身にしみてわかったことがある。いずれ自分が理事長になるにしても、医師であるかないかでは信用度がまるで違うということだ。それに彼はこのまま病院の経営に専念するつもりはまるでなかった。忙しい合い間にも、医学部受験の準備をずっと続けてきたことは彼の密《ひそ》かな誇りであった。今なら頭はそう衰えていないであろうという彼の目論見《もくろみ》はあたって、東大は到底無理であったが、そこそこの私立医大には合格したのだ。

六年間彼は東京と故郷を往復し、病院経営にも力を尽くした。大学を出て三年めに降沢の後援者の娘と結婚した。父親は東北ではよく知られた信用金庫の理事長をしていた。小原は結婚した年、ほとんど潰れかかった老人リハビリテーション病院を買収する。そして大幅に改修し、設備、スタッフも考えられる限りの最上のものを備えた。今まで「姥捨《うばす》て山」と称されていたその病院が、明るく快適なものに変わると、全国から患者が集ってきた。まだ再起を諦めていない脳溢血《いっけつ》の患者たちだ。この隆盛から、小原は理学療法士や作業療法士の養成を思いつく。まだこうした資格が社会的に認知されていない頃だ。彼が新たにつくった専門学校からは、多くの人材が育ち、それぞれの病院を支えることになる。

彼の打つ手、打つ手はすべて成功をおさめ、ひとつの病院が評判をとると、そこから枝葉が育つようにさまざまなビジネスが生まれる。近くの病院から「買ってくれないか」と持ちかけられる。こうして小原病院グループを拡大させてきた小原の念願が叶《かな》ったのは昨年のことである。傘下《さんか》の大学に医学部設置の認可がもうじきおりるのだ。この認可までには、大層手間と金がかかったが、これによって医者には不自由しなくなるだろう。医者というのは信じられないほど名誉欲が強い。医師や医学博士という肩書きだけでは満足しないのだ。この一年だけでも、こういう輩《やから》に「教授」という肩書きはどれだけ効いただろうか。彼らに「教授」という名称を与えてやる限り、系列の病院に医師不足は起こらないはずだ。この大学は元々介護福祉士などを育成する、ほとんど潰れかかった単科大学であった。そこを買い取り、小原が理事長に就任したのは五十歳の時であった。この時は小原がついに大学経営にまで手を出したと騒がれたものだ。

世間では小原のことを、

「まれに見るやり手」

「医学界に現れた経営の神さま」

と形容するが、それを見聞きするたび彼は不思議な気分になる。患者には出来る限りの医療とサービスを与える。そのための人材を用意する。足りなかったら学校をつくり育て上げる。ごくあたり前のことを、自分はコツコツしてきただけではないか。それなのにどうして驚かれたり揶揄《やゆ》されたりしなくてはいけないのであろうか。

そんな時、彼は自分が医者で本当によかったと思う。医者というのは、医者以外の人間の言葉をまるで信用しないからだ。

小原は早寝早起きである。午後十一時には寝て、午前六時には起きる。酒を飲めない体質なので、会食にはほとんど顔を出さない。食べたいものがあったら、家で妻か手伝いに作らせる。銀座のクラブなどというところへは、年に数回、人に連れられて行くぐらいだ。

小原グループの総帥《そうすい》が、銀座にも新橋の花柳界にも縁がないというとたいていの人が驚く。自分にはどうやらそんなイメージがあるらしいと、小原はそのたびに苦笑いをする。

上背があって肩幅も広い。美男子といえないこともない顔立ちなのに、あくが強い印象を与えるのは、大きな目と鼻のせいに違いない。丸い二重の目と四角い鼻とが、まるで漫画に出てくるキャラクターのようだ。ただし主役ではなく、ちょっと悪いことをする傍役であろう。娘がひとりいるが、この目と鼻をすっかり受け継いでいた。妻の友紀子《ゆきこ》に似れば、もっと美人に生まれただろうと小原自身も思う。

妻の友紀子は若い時、誰もが振り返るほどの美貌であった。東京の音大でピアノを学んでいたのだが、親も本人もプロになるつもりはまるでなかった。友紀子が大学に進む頃、地方の資産家の間では、娘を音大に進ませるのが流行《はや》ったものだ。金が大層かかることが、そこいらの女子大とは違うハクをつけるうえ、四年間ひとつのことに集中した実績は、男を遠ざけているに違いないという信用にもなる。事実友紀子は、おっとりとしたつつましい娘であった。見合いの席でひと目惚《ぼ》れした小原は強引に話を進め、仙台のホテルで盛大な披露宴を行なった。三十二歳の時だ。もっと早く結婚をしたかったのだが仕方がない。適当な相手がいなかったのだ。東京で恋愛は何度かしたが、結婚に至ることはなかった。みんな学歴や家柄に難があったのだ。中に本当に好きになった娘がいたが、母親や親族の反対を思うと、それだけで気持ちが萎《な》えた。そういうことに反抗するのに、自分の大切なエネルギーを使いたくはなかった。大体、結婚や子どもをつくるといった煩雑な作業は、若いうちにさっさと済ませておきたかったのだ。それなのに友紀子との間には、なかなか子どもが生まれず、小原はどれほど焦《あせ》ったことだろう。五年めにやっと娘が生まれ、その二年後に息子が生まれた。この間不妊治療に多額の金を遣った小原は、白金ソフィア病院を買収した時、不妊の専門外来を思いつく。「不妊」とあからさまに名づけたら患者が来づらいであろうと、ソフィアレディスセンターとしたところ、毎日患者が押しかけ、待ち合い室の椅子《いす》が足りなくなるほどだ。今ではこのレディスセンターは、病院の稼ぎ頭となっている。

ところで友紀子は、子どもが生まれてからというもの、かつての無邪気さを取り戻し、楽し気に金を遣うようになった。もともと大金持ちの娘であるから、金には鷹揚である。デパートの外商が足繁《しげ》くやってきては、ブランド品や宝石を置いていく。医師の夫人たちでつくるボランティア団体の役員になり、寄付金を集めるためのパーティーや講演会をしょっちゅう開き、その金を届けるためによくインドやカンボジアに行くようになった。

その間、小原は愛人のところへ入り浸る。酒は一滴も飲めなくても、小原は女を口説くことが出来る。相手はフリーライターをしている女だ。小原のところへ取材に来て知り合った。いっとき小原のまわりにはきな臭い噂が立ったのだ。ソフィア病院を買収したことがきっかけであった。小原が政治家や官僚相手に金をばらまいていると言われ始めたのだ。

「あなたは降沢厚労大臣と、非常に親しいということですが」

「そりゃ、親父の代から応援していましたからね。献金もしていますよ。だけどちゃんと法律にのっとったやり方ですから、よく調べてみたらどうですか」

小原は愉快で仕方がない。相手が確証をつかんでいないことがすぐにわかったからだ。それなのに女は「正義」をふりかざし、突進しようとしてくる。小原はこういう鼻っぱしらの強い女が好きだった。しかもなかなか可愛い顔をしている。着ているものがいかにも安っぽいのも気に入った。名刺の連絡先に電話をかけ、食事を誘ったらすぐに食いついた。ジャーナリストなどというこざかしい肩書きをつけていたわりには、有名人の金持ちとつき合うことが嬉しくて仕方ないらしい。ものをねだるようになったがそれも可愛いと思う。

佐伯志帆子と会ったのは、その愛人との関係も五年を過ぎ、別れる、別れないで揉《も》めていた頃である。知り合いの官僚から電話があった。

「WHOでメディカル・オフィサーをしている女性が、今月一時帰国するんですよ。よかったら一緒に食事をしませんか」

一緒に食事をしませんか、といっても小原が支払うのが前提だ。自分たちでは行けないような贅沢な場所を用意しろということらしい。

和食と日本酒に目がないと聞いて、小原は六本木の料亭を予約した。六本木の大通りを入ってすぐの小さな林の中にあり、古い邸宅を利用している。新橋や銀座と違ってマスコミの目が届かないため、政治家と会ったりする時に使う店だ。庭が広く、夜などは暗い緑に囲まれて、ここが六本木だとはとても信じられないほどだ。

「かなりの美人ですよ」

と官僚は言ったが、まるで信じていなかった。WHOの管理職というからには、かなりの年だろう。「美人」とは、小綺麗《こぎれい》なおばさん、ということなのだろう。

しかし現れた女は想像とまるで違っていた。夏のことだったので白いスーツを着ていたが、女の官僚や政治家が着るような、パッドの張ったつまらぬデザインではなかった。やわらかい少し透ける素材で、ジャケットの下には紺色のキャミソールを合わせていて、胸のふくらみがはっきりとわかる。大きな、まだ形の崩れていない胸であった。

酒が強い。官僚の言ったとおり日本酒が好きなようで、なみなみとグラスに注がれた冷酒を、手にとって嬉し気に眺める。

「ああ、こんなおいしいお酒は、ジュネーブではまず飲めません」

江戸切子のグラスに唇をあて、そしてちゅっと吸った。酒飲みの女がするなまめかしい動作である。すぐに飲み干したので、小原が酌《つ》いでやった。

「まあ、ありがとうございます」

二杯めもすぐに飲み干した。

「私、ジュネーブへのお土産に、よく紙パックの日本酒を頼むんですけど、やっぱり日本で飲むものとはまるで違うわ」

「今、佐伯先生のお飲みになったのは、日高見《ひたかみ》っていって日本でも一、二を争うもんです。うまいのはあたり前かもしれませんね」

「そうなんですかァ」

伸ばした語尾にかすかに媚《こ》びがあった。

「はい、私の故郷の酒ですよ。よろしかったら、お送りしましょうか」

「まあ、本当。本当に送ってくださるのォ」

早くも酔ってしまったようだ。呂律が少々まわらなくなっている。

「うれしーい。こんなおいしいお酒、ジュネーブでも飲めるなんてうれしいな」

歌を歌うように言う。小原は少し混乱する。この幼さは彼女が酔っているせいだろうか。それともこちらに甘えているせいであろうか。そのどちらもだと小原は判断する。

酒を飲んで女が子どもじみたしぐさをしたら、それは誘ってくれという表現である。最後の決定権を相手に与えようというずるさだ。

「こんな女、何度も見てきたじゃないか。動ずることはない……」

心の中でつぶやいたが、それは全くの虚勢だと自分でもわかった。

小原俊矢は目の前の女を見つめる。

まだ充分に若く美しい女である。そしてたっぷりとした色気をたたえていた。酒が滅法強く、白い喉《のど》を見せてくいくいとグラスを空けていく。

「ああ、おいしい」

と時折、人さし指で自分の唇を押さえた。そのしぐさはどう見ても媚を含んでいる。こちらを誘っている、とは言わないまでも男としてしっかりと視界に入れている、と告げているようである。

しかし小原は女の経歴と肩書きを、この今の甘ったるいしぐさとどうしても結びつけることが出来ない。女のＷＨＯメディカル・オフィサーという身分は、時折冷や水のように小原の首すじを刺激する。

「にやけてるんじゃないよ」

彼は自分に言い聞かせた。

「酒に酔って少々ゆるくなっているけれど、本当はおっかないえらい先生なんだから」

しかしそれにしても、志帆子の酒を飲むピッチは早かった。

「ああ、本当においしいわ。料理ともよく合っていいお酒ばっかり」

小原は女将に言って、別の日本酒の瓶を何本か運ばせた。この店では入手困難と言われる越後の「亀の翁《お》」も常備している。志帆子はグラスにそれをなみなみと酌いでもらい、薄く笑うようにして味を確かめる。

「濃くて深い味だわ。私、今、流行りのフルーティな日本酒なんてまるで認めませんよ。日本酒はくどいぐらいにおいしくなけりゃ」

志帆子はかすかに呂律がまわらなくなる。初めて会った男に対し、この無防備さはどうだろう。小原は彼女と今日来ている官僚との仲を疑ったぐらいだ。しかしそんなことはないらしい。明日の国会での大臣答弁原稿に不備があったとかで、彼はしょっちゅう携帯に着信が入り、長電話をするために廊下に出ていく。

またふたり取り残されると小原は所在なくて、煙草《たばこ》を取り出した。あの頃は料亭の個室ならば灰皿はふつうに置いてあった。

小原がマイルドセブンに火をつけると、志帆子は、

「それじゃ私も」

ハンドバッグの中から四角いケースを取り出した。中を開けると細い葉巻が出てきた。志帆子がそれを指にはさみ一瞬、間があいた。小原は火をつけてやる。志帆子は慣れたように軽く頷《うなず》いた。ひどく不遜《ふそん》な態度であったので、小原は軽く皮肉を言う。

「WHOにお勧めでも、やっぱり煙草を吸いますか」

「本当は良くないんですが、日本に帰って来た時だけは吸ってしまいます。WHOはタバコには厳しいところですが、それ以外の面ではとても大らかな職場です。たいていのことは大丈夫」

「そうですか。意外ですね。ああいうところはタバコだけでなく、私生活にはとてもうるさいと思ってましたが」

「とんでもない。不倫だってまるっきり珍しくない職場ですよ」

こう言われると会話の流れで、小原はこう聞かざるを得ない。

「それじゃ、佐伯先生もさんざんそういうことを経験されているんでしょうね」

口にした後、自分の発した言葉の陳腐さに腹が立ってくる。いったい何が悲しくて、医者が二人、こんなくだらぬ会話を交わさなくてはならないのだろうか。

しかも志帆子の答えがやたら癇《かん》にさわった。

「あら、私は独身ですから、相手さえ選べば不倫なんてことにはなりませんよ。だけど言い寄ってくるのは、たいてい既婚者ですけどね」

「ほう、そうですか」

小原は次にこう言わざるを得ない。

「佐伯先生はさぞかしモテるんでしょう」

おそらく相手は男にこう言わせたいのだろう。今言わなければ、こう言葉に出すまで、ねっとりとした攻勢をかけてくるに違いないと小原は判断した。

「そうですね。モテますね。昔から……」

志帆子はふふっと笑った。その瞬間、鼻の穴から煙がひと筋出たが、決して下品な感じはしない。肘《ひじ》をつき、呆《ほう》けたように志帆子は唐突に語り始める。

「私って、昔からそりゃあイヤなめにばっかりあってきたんです。研修医だった頃は、さんざんセクハラを受けました。私が疲れてぐったりしていると、男の人はみんな私が誘っていると思うんです」

そうだろうなあと小原は思った。目に見えるようだ。宿直の時の休憩室で、志帆子は白衣のまま、ソファに身を投げ出す。今日のようなやわらかい生地のスカートから、形のよい脚がのぞいていたに違いない。きっと何人もの男性医師が、これを挑発ととったことだろう。

「佐伯先生もいろいろ大変だったんですね」

このありきたりの慰めが決して好色めいて聞こえないように、小原は経営者としての一面を見せる。

「うちにも何人か女性医師がいますが、待遇面でもそりゃあ気を遣っていますよ。みんな長くいてくれますからね。おそらくセクハラ、なんてことは起こってないと思います」

「そうですよね。小原先生の病院は大躍進ですものね」

志帆子は大きく頷くが、葉巻を指にはさんだままなので、あまり真摯《しんし》には聞こえなかった。

「私、ジュネーブでもこの頃小原先生のお噂をよく聞きますよ」

「そりゃあ光栄だな。だけどどうせよくない噂でしょう」

例の医学部認可をめぐり、週刊誌に政治家との癒着と書かれたばかりであった。

「いいえ、そんなことないわ」

かぶりをふる。急に少女じみた志帆子の言葉は真実味を帯びてきた。

「みなさん小原先生のことを誉《ほ》めていたわ。あの人は天才だって。患者のニーズもわかるし、医者のニーズもわかる。あんな人は今までいなかったって」

「そりゃあ、誉め言葉なのかな。金儲《かねもう》けがうまいってことなんでしょう」

「そんなことありませんよ。病院がうまくまわって、患者さんが大勢やってきたら利益が出るのは当然だわ」

「そうなんですよ」

小原ははっきりと答えた。二ヶ月と少し前、取材にやってきた週刊誌記者に言ったことと同じだ。

「僕のことを金儲けがうまいとか、医者のくせにいろんな策を弄《ろう》しすぎるっていう連中がいるけれど冗談じゃない。僕はね、もともと大病院の息子で、子どもの頃から金になんか苦労したことがないよ。そこいらの成り上がりなんかとまるっきり違うんだ」

「やだ、小原先生ってばそんなにむきにならなくても。まるで子どもみたいだわ」

志帆子はまたハンドバッグからさきほどのケースを取り出し、葉巻用のカッターで火のついている先を器用に切る。有能な脳外科医だったという過去を、ふと小原は思い出した。早口で命令する。

「日本にはまだいるんでしょう。早く携帯の番号を教えなさい。もっとおいしい店に案内するから。彼が電話から戻ってこないうちに、さあ、早く」

小原が志帆子と関係を結んだのは、その夜から四日めのことだ。一度めよりもはるかに酔った志帆子を、ホテルの部屋に送っていった。

「ありがとうございました。おやすみなさい」

志帆子はベッドに腰をおろし、たどたどしく礼を言い手を振った。しかしこの女の手口はもうわかっていると、小原は愉快でたまらない。おかしくて声を出して笑ってしまった。

「何がおかしいのよォ」

志帆子はふくれた顔をして、それが何とも可愛かった。小原は何も言わず、そのまま押し倒す。

「声を出すわよ」

志帆子は言った。

「あのソフィア病院の理事長が、セクハラなんて、さぞかしマスコミは大喜びでしょうね」

「あのな」

小原は音がするほど勢いよくスカートをまくり上げながらささやいた。

「今までの男は、みんな途中でやめたからセクハラになったんだ。俺は途中で絶対にやめないからセクハラにならない」

くぐもった声で志帆子は小さく笑い、それがすべての合図となった。

あれからもう四年の歳月が流れる。といっても二人が会うのは、志帆子が帰国した時に限られている。しかも日本にいる時の志帆子は、会議に講演とびっちりとスケジュールが組まれていた。この一、二年は、「世界を舞台に活躍する女性医師」ということで、マスコミに取材されることも多い。小原が購読している経済誌にも志帆子がグラビアで特集されていることがある。

昨年の秋は、仕事にかこつけて小原がパリに行き、そこで志帆子と落ち合った。ジュネーブからパリまでは、飛行機ならば目と鼻の先だ。

フォーシーズンズホテルのスイートに部屋をとり、三日間志帆子と共に過ごした。夜は評判のレストランへ行き、二人で健啖《けんたん》ぶりを競い合う。志帆子は決して太っているという体型ではないが、驚くほどよく食べた。日本人が苦手とするジビエにも目がない。ちょうど猟の季節に入った頃だったので、ウサギやキジがメニューにあったが、そういうものを目ざとく見つけて注文した。そしてこれに合うワインを、じっくりとソムリエと相談する志帆子は、いかにも楽しそうだった。

「ロマネ・コンティでも、ペトリウスでも、好きなのを頼みなさい」

ほとんど酒を受けつけない小原は、こんな風に志帆子をけしかけた。

「まさか。こんな店でロマネ・コンティを飲んだら、それこそ天文学的数字になるわ。

もっとリーズナブルでおいしい赤はいっぱいあるわよ。ねえ、ムッシュ、そうでしょ」

傍のソムリエに同意を求める。志帆子のフランス語の達者さに小原はまたもや驚かされる。英語は完璧と聞いていたが、フランス語がここまでうまいとは思わなかった。

「だってジュネーブにいて、フランス語が話せなかったら、やっぱり不便ですもの」

志帆子はこともなげに言うが、大人になってからの語学習得の困難さは、小原自身も経験していた。いつもだと海外出張は、バイリンガルの秘書が同行する。

「なあ、志帆子。日本に帰ってくるつもりはないか」

それは以前から考えていたことであった。

「志帆子ならすぐさまうちの教授になれる。いや、次期学部長だっていい。君の経歴があればまるで問題ないよ」

「なに、それ。うちの教授って、おたくのなんかインチキっぽいあの大学のことね」

志帆子はくすくす笑い出した。

「なんだ、インチキっぽいとは。失礼じゃないか」

小原は半ば本気で怒った。

「冗談じゃないよ。あそこからたくさんの人材が育って、うちの病院に就職してくれている。東京校だって君は見に来てくれたことがあるじゃないか」

「そうだったわ。あそこは不思議な学校よね。長野の本校よりも、東京校の方がずっと立派なビルなんだもの」

「あたり前だ。あんな人里離れたところで、一生懸命学ぼうなんてけなげな学生がいるわけはない。本校なんか認可をとるためにあればいいんだ。都心にどれだけカッコいいキャンパスを用意できるか、っていうのが大切なんだ。福祉だ医療だっていう学生ほどそうさ」

「本当にあなたって、人の心を読むのがうまいわよね。いっそのこと精神科医になればよかったのに……。いいえ、あなたは人の話を聞くのがあまり好きじゃないからやっぱり無理よね」

　ワインは一人で空けてしまったので、志帆子はかなり酔っている。

「でもね、考えたわよね。あなたがあの大学の教授っていう肩書きをあげれば、あなたの大学は医者で不自由することはないわね」

「あたり前だよ。いいかい、医者なんて金か名誉かのどちらかが欲しいものなんだよ。金が欲しい医者は、さっさと開業するから大学病院に残ってるのは名誉が欲しい連中だ。そういうのに教授の肩書きをやらなくてどうする。東大の附属病院がアホなのは、ケチケチして、年とってからじゃないと教授の肩書きをやらないからだよ。各医局に一人しか教授はいなくて、あとは准《じゅん》教授ばっかりだ。あれを俺だったら二十人に増やす。そうしたら、日本中から優秀な医者がどっと東大病院めがけてやってくるのにね。どうしてそれがわからないんだろう」

「そう、あなたが成功したいちばん大きな理由はね」

志帆子はおごそかに言った。

「あなたは医者のことをまるっきり尊敬していないからよ。それで病院をやるからすべてうまくいくのよ。そんな人って、今の日本であなたぐらいだもの」

5

実際のところ志帆子との仲が、これほど長く続くとは思わなかった。

今でも彼女が日本に帰ってくるたび、二人きりで会う。食事をした後は、六本木のマンションへ行くこともあった。再開発で建てられたそのマンションは、盛り場の喧《けん》騒《そう》からも遠く離れ、広い庭園を有していた。

完成した時はあまりにも高額なため、売れ残るのではないかと懸《け》念《ねん》されていたが、それは全くの見当違いというものであった。バブルを生き延びた人々がこぞって部屋を求めたのである。

小原もセキュリティの高さと、内装の豪華さにひかれて、そう広くない部屋をひとつ買っておいた。ふだん使うことはない。こちらは最近気まぐれで集めるようになった、現代絵画を飾ったりしている。

志帆子にも帰国した時は、この部屋を使うように勧めているのであるが、決して泊まることはない。常宿にしている新宿のホテルで、朝から人と会う約束をびっしりと入れているからというのが理由だ。

この部屋にやってくると、志帆子は冷蔵庫に用意されたシャンパンをゆっくりと飲み、そしてさらに時間をかけて小原との性交を楽しむ。それが習慣化されていく頃、

「この女は、いったい何が目的なのだろうか」

小原は考えることがあった。

金が介在しているわけではない。そして小原がいくら自惚《うぬぼ》れの強い男でも、愛情ゆえだとは到底思えなかった。

「きまってるじゃない。あなたのセックスがいいからよ」

一度尋ねた小原に、志帆子は即座にそう答えたが、やはりそれも信じる気にはなれ

なかった。志帆子がうっすらと微笑んでいたからである。志帆子が歯を見せて笑ったのをあまり見たことがない。薄く形のよい唇の端をかすかに上げる笑い方は、いつもこちらを不安にさせる。〝冷笑〟という言葉を小原は思い出さずにはいられない。

しかし寝たばかりの女に、軽蔑《けいべつ》されるようなことを自分はしただろうかと自問する。そしてついこんなことを口にした。

「寄付してもいいんだ」

「どこへ」

「もちろんWHOだ。数億ぐらいの金ならどうにでもなる。それで君の立場がよくなるっていうなら、あの笹川の爺《じい》さんほどのことは無理としても、多少のことはしてやってもいいんだぜ」

「まあ、ご親切に」

志帆子は実に愛らしい笑顔になったが、これが冷笑だということぐらい小原にもわかる。

「でもそんなにご心配いただかなくても大丈夫。わが祖国から充分のことをしていただいているから」

この拒絶によって、小原は二度と寄付という言葉を口にしなくなった。

そしてこの四年間のつき合いで、小原が出した結論は、自分は「後腐れのない日本人」だから選ばれたのではなかろうか、ということである。最初からわかっていたことであるが、志帆子には露悪的なところがある。自分は外人の男が好きだということを隠さない。

「白人の男は、肌が綺麗だから好きなの」

例によってこの部屋でしこたまシャンパンを飲みながら言った。日本酒好きの志帆子であるが、ベッドに入る前はシャンパンを飲む。特に気に入っているのが、クリスタルのロゼで、小原は彼女のために部屋の冷蔵庫を桃色の高価な酒で充《み》たしてやる。酒をほとんど口にしない小原の前で、志帆子は次第に酩酊《めいてい》していく。ソファにだらしなく横たわり、上着、ストッキングと、一枚ずつ体から剝《は》がし始める。すぐに呂律がまわらなくなり、小原が促すまま過去の、現在の男のことを話していくのだ。小原はこの前戯の時間がたまらなく好きだった。許されるなら、志帆子の独白をこっそりとテープに録《と》っておきたいと思うことさえある。いや、普段の彼だったらそのくらいは躊躇《ちゅうちょ》なくしたであろう。数々の交渉の場面で、人に言えないようなことはいくらでもしてきた。が、志帆子との時はそんなことはせず、目の前の時間だけをたっぷりと楽しむ。

いつもは早寝早起きの小原であるが、志帆子と過ごすこの夜だけは違う。コンテンポラリー・アートが無造作に置かれた部屋で、照明を落とし、まるで繭《まゆ》のような空間をつくる。そしていつの間にかバスローブに着替えた志帆子は、シャンパングラスを手にしたまま、さまざまなことを告白していくのだ。

「いちばん肌が綺麗なのは、やっぱりベルギーの男よ。白くなめらかで、よく見ると血管が透けてみえるわ。あの肌に触ってごらんなさい……男のあなただってきっとうっとりするにきまっているから」

それは志帆子の今の恋人のことだ。パーティーで知り合ったそのベルギー人は金融マンで、ふだんはブリュッセルに住んでいる。志帆子との逢瀬《おうせ》のために、週末ごとにやってくるという。

「だけどセックスを楽しむのは、フランス人がいちばんかもしれないわ。このあいだつき合っていたフランス人はよく、ミル（千）っていう言葉を使うの。今日の日付にミルをかけて、私の年齢にかけて、今の時刻にかけて、キスのミルを浴びせるのよ。頬に、額に、顔に、そして体の敏感なところを狙うの。だけど次にどこに行くかわからないから、私の体は期待でぴくぴく震えてくるのよ。ねえ、フランス人って、どうして舌の使い方があんなにうまいのかしら……。フォアグラとか、マグレ・ド・キャナールとか、生牡蠣《なまがき》とか、あのトロリとした白アスパラガスの新芽とか、そんなものばかり食べているから、舌があんなに熱く絶妙に動きまわるんだわ。キスだけでも、うっとりしてしまうのに、あそこに口づけされたらもう駄目だわ。あの人たちって、舌を縦に丸めてペニスの代わりにするのよ。それでミルをされてごらんなさい。私は何度も気を失うの……。だけどまたミルによって起こされる。あんな幸福で気持ちい時間ってないわ……。そしてね、もうこれ以上無理っていう時に、フランス人の彼はね、今度は本当の自分のものを入れてくる……。そうするとね、わかる？　またさっきとはまるで違う大きな幸福が待っているのよ……」

このあたりで小原は合いの手を入れてやる。

「君がこんなに淫乱《いんらん》な女だって、ジュネーブの連中は知らないだろう」

「ふふふ……」

志帆子は心から楽しそうに笑う。この時だけ白い歯が少し薄闇《うすやみ》の中で光る。

「みんな私が恋愛体質で、外国人が好きだっていうことを知っているわ。日本人を相手にしないっていうことはわかっている。だから争いが起きないんじゃないの」

ジュネーブの国際機関に勤務する日本人の男たちに、志帆子は女王のように崇《あが》められている。女王が異国の男と恋をすることは認められても、平等であるべき自国の男の中から一人を相手に選ぶのは、到底許されない行為であった。それがわかっているから、志帆子はジュネーブでは、決して日本人の男とはつき合わない。それに男たちはみんな既婚者なので、女たちを敵にまわすことになる。志帆子がそんな愚かなことをするはずはなかった。

「だけどたまに日本人としたいこともあるの」

志帆子は告白する。

「そんな時も、厚労省の男とはしないわ。あの人たちの中の一人とそんなことをしたら、間違いなく広まるのはわかっているもの」

口が固いのは外交官だというのだ。しかし志帆子は何年か前に失敗した。経産省から出向してきた参事官とこっそり会い始めたところ、男は日本にいる妻と別れると言い出したのである。

「外交官って、出世をまず第一に考える人たちだと思ってたからびっくりしたわ。やっぱり出向だと少し違うのかしら」

この時、男が逆上して別れるのに苦労したという志帆子は、それ以来日本人の男とつき合うことをきっぱりやめたようだ。時たま日本から研修にやってくる若い医者に、ちょっかいを出すことはあるが、相手に誤解を与えない程度だという。

「私は今の仕事が大好きなの……」

バスローブ姿の志帆子は、こっちに来てと両手をのばしてねだる。小原は傍に座り、ぴったりと頰を寄せてその後の言葉を聞いてやる。

「私は今の仕事に生き甲斐《がい》を感じてるの。でもね、恋したりするのや、男も大好きなの。好きで好きでたまらないの……」

「うん、そうだろう、わかってるよ」

小原は子どもにするように、髪ごとつかみ自分の方に引き寄せる。するとこの女がどうして自分と別れないか、少しわかるような気がするのだ。

これは酔っていない時に、志帆子が言った言葉だ。

「あなたの俗っぽいところ、いっそ清々《すがすが》しくて私は好きだわ」

確か病院の新しい経営方針に触れ、自分のアイデアから生まれた制度のことを話した時である。

小原が理事長を務める白金ソフィア病院は、よくも悪《あ》しくも金持ちご用達だとさんざん言われてきた。確かに入会金五百万円の会員制のクラブには、政財界の大物から有名芸能人までが名を連ねている。しかし当然といえば当然であるが、患者のほとんどは健康保険を使うふつうの人々である。いくら設備のいい有名病院であろうと、診療報酬の点数は同じなのだ。

一方、世の中に名医と言われる医師は何人かいる。患者の多くは、多少の金を出してもいいのでそういう医師に診てもらいたいと思っている。ソフィア病院はそうした医師と患者との橋渡しをすればいい。

小原は何人かの医師と交渉して週に一度か二度「予約日」をつくることにした。はっきりと金額も提示する。三十分の相談と診療に二万円の予約料を払えば、名医と呼ばれる者に診てもらうことが出来るのだ。

眼科と皮膚科に限ったところ、予約が殺到して小原も驚いた。中でも人気が高いのは、「眼瞼下垂《がんけんかすい》」の権威である眼科医による相談である。加齢によって上まぶたが下がってくる者は多いが、これを簡単な手術によって多少上げることが出来る。早く言えば一種の整形手術なのであるが、今やこの一回二万円の相談時間は、予約が二ヶ月先でも取れなくなっているほどだ。

このシステムはマスコミでも取り上げられ、病院の名をまた高めることとなった。

「ジュネーブにいても、あなたの悪い評判は聞こえてくるけど、それでもいいじゃないの」

「悪い評判って何だよ。気になるな」

「気にすることはないわよ。お金儲けのうまい医者がよく言われるはずはないんですもの」

しかし小原は腹が立つ。ついこのあいだも週刊誌に書かれたばかりなのだ。それは計画中の医学部に対し、近くの医大から認可取り消しが請求されるのではないかという臆測《おくそく》記事である。マスコミのやり方はわかっている。いよいよ小原が医学部を持ったことが不愉快でたまらないのだ。

「聞いてくれよ。俺は医学部をつくる時、絶対に学費を年額二百五十万円以下にしろって言ったんだ。ふつうのサラリーマンの息子や娘が入れる医学部っていうのが俺の夢だったからね。だけど草加医大が、それじゃ自分たちがやっていけないって騒ぎ出した」

草加医大というのは、新設した医学部のすぐ近くにある医大である。以前は千万単位の学費と国家試験の合格率の低さで知られていたが、最近はすべてが改善され志願者も増えている。それなのに近くにそんな〝お得な〟医学部をつくられたらたまらないというのが本音であろう。

といっても、あちらが水面下でいろいろと動いているにしろ、認可取り消し、などということが出来るはずもなかったし、もはやその時機は過ぎている。

「それなのに、マスコミの奴らときたら、全く勝手なことばかり書きやがって」

志帆子の前だと、小原もいつしか生の感情をぶつけていく。これは志帆子には言ったことがないが、自分と彼女とはとてもよく似ているのではないかと小原は思うことがある。

志帆子がいちばん生き甲斐を感じる瞬間は、アフリカやアジアの奥地にいる時ではない。そこから泥だらけの服装で帰った直後、シャワーを浴び、髪を直し、イブニングドレスに着替えた時だという。資金集めのチャリティパーティーに出るのが大好きなのだ。大勢の人々に訴え、自分の魅力で大金を手にする、この時がいちばん生きている実感がすると。いかにも志帆子らしいと思う。

最近日本滞在中の志帆子はさらに忙しくなっている。二人で食事をするのがやっとだ。六本木の部屋で交わされるあの陶酔のひとときが失なわれて久しい。

しかし「シーナの会」は、かなりの頻度で行なわれていると聞き、小原は思わず嫌味を口にした。

「なんだ、やっぱり若い男を優先するのか」

「シーナの会」というのは、志帆子の元で研修をした医師たちの集いである。いつのまにか世話人が出来て、志帆子が帰国するたびに飲み会を企画するらしい。

ＷＨＯで働きたい、何かやらせてくれという気概ある医師を、志帆子が引き受けてもう三年になる。短かい間でも経験を積んだ医師は、十二人になろうとしているという。

「そりゃそうよ。私だってああいうまっすぐな若い人たちに接しないと。日本に帰ってくると、すぐに汚濁にまみれてしまうんですもの」

志帆子はそんな軽口を叩いた。

# 第三章　傷《きず》　痕《あと》

## I

通称「シーナの会」、日本に帰ってきた志帆子を囲む同窓生の会は、麻布一の橋にある中華料理店で行なわれた。

出席者は進也を入れて七人、中には研修医もいる。みんな志帆子に憧《あこが》れてジュネーブに飛び、WHOで研修をさせてもらった者たちだ。

志帆子はこの店の名物である、濃厚なフカヒレスープを誉《ほ》めちぎった。

「なんておいしいの。私がいくら和食が好きっていっても、毎日懐石とお鮨《すし》じゃ飽きちゃうもの。ああ、おいしい。こんなおいしいフカヒレって、まずジュネーブじゃ食べられないものね」

「シーナって、何か食べるたびに、ジュネーブにはない、って言いますね」

埼玉の大学病院に勤務する吉村《よしむら》が言った。もうじき四十になる彼は、「シーナの会」の中ではいちばんの古株だ。「国境なき医師団」に在籍していた経験もあり、いつ国際舞台に飛び出そうか窺《うかが》っているところがある。志帆子との連絡役も引き受けているのだが、小太りで眼鏡をかけ、年齢の割に頭髪が著しく後退しているという容貌《ようぼう》の持ち主だ。進也は彼が志帆子とどれほど狎《な》れ狎《な》れしくしていても、決して心が騒ぐことはない。

「そりゃそうよ。中華もフレンチもイタリアンも、こんなにおいしいところがぎっしり詰まった街って、東京の他どこにもないわ。世界中いろんなところに行くけど、この豊かさと質にはかなわない。おちぶれたっていっても、やっぱり東京ってすごいところよね」

「おっ、シーナが珍しく日本を誉めましたね」

吉村がちゃかすと、

「いやね。私は日本をけなしたことなんか一度もないわ。ただ外から見ていて、日本が甘ちゃんでどうにもならないって思うだけ。国防ひとつとってもそう。笑っちゃうような性善説で国を守ろうとしているわけでしょ。国家が理想を掲げるのは仕方ないけど、理想っていうのは多少の愚かさと無知を伴うものだって知らなきゃ」

「理想が愚かさと無知を伴うっていうのは、よくわからないです」

口をはさんだのは加藤《かとう》という研修医だ。今、後期研修中だが、これを終えたらすぐにでもネパールへ飛び、そこでの地域医療をやってみたいと目を輝かせて語ったばかりだ。

「まあ、愚かしさ、っていうよりも愚直さ、って言った方がいいかもしれないな。加藤君だってさ、ネパールのことを何にも知らないから、現地の子どもを救いたいと言えるわけでしょう」

「僕はおととしと昨年、ネパールへボランティアとして行ってます」

「だけど、十日間ぐらい滞在するのと、ずうっといるのとじゃ、まるっきり気持ちが違ってくるはずよ。理想なんて、なんていやなもんだったろうって、後悔する日がきっとくるわよ」

「ちょっとなあ……。夢砕かれちゃうよなァ」

加藤が大げさにしょげたふりをしたとたん、志帆子はれんげをもつ手を止め昂然《こうぜん》と皆を見渡した。

「だけど私は、青くさくってくちゅくちゅしてるあなたたちが大好きよ。医者なんか理想を持っていなかったら、なんの価値もないじゃないの」

おお、と男たちはいっせいにため息を漏らした。芝居がかった志帆子の言葉は、一瞬にしてこの場の空気を変える。

「言っとくけど、理想なんか持っちゃって、国際保健をやりたいなんて言ってるあなたたちは、一生お金に縁がないわよ。あなたたちがWHOに飛び込んでくるたんびに、私はこれでまた一人、貧乏人の医者をつくるんだわと心配するんだから」

男たちは今度は温かい笑い声をあげた。

「アフリカや中東ではね、ホテルなんかないから、私はよく教会に泊まる。するとね、神父さんやシスターが、それこそギリギリの生活をしながら現地の人を救おうとしているのよ。私はああいう時だけは、キリスト教って本当にすごいって思うの。私たち日本人はね、そうじゃない分、理想っていう自分だけの小さな神さまを胸の中に持たないとね。この神さまが、私たちにネパールやアフリカに行くようにそのかすんだけど、その時はもう仕方ないわね」

志帆子は右手に老酒《ラオチュー》のグラスを持ち、目の高さに掲げた。吉村がすばやくその意を汲《く》んで皆を促した。

「じゃ、我らの神さまとシーナに乾杯」

その後、座は急にくだけた親密なものになり、年代ものの古酒が甕《かめ》のまま運ばれてきた。

「すごいわ、これ。二十年ものですって」

志帆子がめざとく甕についていたラベルを読みあげた。

「今日の幹事は誰だっけ」

「はい、僕がやらせていただいてます」

秋山《あきやま》は都内の大学病院に勤める内科医だ。志帆子の医大の後輩にあたる。この「シーナの会」の幹事は、研修医を除いてまわり持ちで、店の選択と支払いをすることになっていた。従って懐《ふところ》具合やセンスによって、店は魅力的なところとそうでないところが出てくる。といっても自分たちの女王を招くにあたって、居酒屋や安手のレストランということはあり得ない。みんな知恵をしぼって評判のおいしい店にするのであるが、それにしても今日の宴は豪華であった。総理もよく使う高級中華料理店で、選び抜かれた酒が出されたのである。これなら一人三万円近くするのではないかと進也も先ほどから驚いていた。

「どうしたのよ、秋山先生、急にリッチになっちゃって」

「シーナにはもう二回ドタキャンくらっていますから、今度は頑張りましたよ」

「だけど大丈夫なの、こんなに大盤振るまいしてもらっちゃって。何か心配になっちゃう」

「安心してくださいよ。薄給の僕ですが、この日のためにアルバイト料をちゃんと貯《た》めておきましたから」

秋山は自分とほぼ同い齢《どし》なので、常勤先の給料は四十万円ほど、ボーナスを入れて年間六百万程度だろうと進也は推測する。しかし彼も週に一度か二度はアルバイト診療に行っているはずだ。そこでの給与が一日十万円程度。「一生貧乏」と志帆子は言ったけれど、日本にいる限り医者はやはり高収入になるであろう。とはいうものの、ケタが全く違う医者というのはこの国にいくらでもいる。神の種類がおそらく違う人々だ。

志帆子は吉村と進也にはさまれていたが、やがて上機嫌で葉巻をふかし始めた。会話は志帆子を中心にしながらも、斜め、横と自由にとびかうようになった。

進也は見るともなく、志帆子の肩から腕を視界に入れることになった。いつもながらシンプルだが質のいいものを着ている。シルクが混じっているのだろう紺色のジャケットは、優雅な光沢があった。本当のことを言えば、志帆子も貧しさとは縁がない。メディカル・オフィサーの彼女は、日本の医者ほどではないにしても、それなりの給与をWHOから貰《もら》っているはずだし、メディアに登場する機会も多く、名声を勝ち得ている。彼女は理想という神を大切にしながらも、現世での成功も着実に手に入れていた。もし彼女がいっとき神のことを忘れ日本に戻ってこようとしたら、多くの病院や研究機関が、莫大《ばくだい》な報酬と立派な肩書きを用意して迎え入れようとするに違いなかった。

不意に志帆子が体の向きを変え、香水の甘い香りが強くなった。プライベートでは、志帆子は香りを忘れない。

「ねえ、村岡先生は就職しないの」

「いや、それについては、いずれご相談しようと思っていたのですが……」

進也はうろたえる。まるでこちらの心の内を探られていたようだ。

「実は神奈川の病院からひとつ話がありまして、どうしようかと考えているところです。いずれは海外に出たいとは思っていますが、子どもが小学校に入って落ち着くまでは、やはり日本にいた方がいいかもと」

「それもそうだけど、私は医者がいつまでもパートタイムをやってちゃいけないっていう主義なの。医者は一人の患者とじっくり向き合わなきゃね。つらいことだけど、最期《さいご》だって看取《みと》らなきゃならない。そういうことをひとつひとつ積み重ねていくのが医者ですからね」

「はい。前にシーナにそう言われて、僕もずっと肝に銘じていましたので」

あの夜のことをほのめかしたつもりだった。帰国を前にしたジュネーブでの食事の時、いつまでもバイト診療ではいけないと志帆子から忠告を受けたのだ。そしてその後、彼女から接吻《せっぷん》を求めてきた。それはごく気まぐれなものだったと今さらながらわかる。この場にいて隣に座っていても、志帆子は全く平然とふるまっていたからだ。もしかするとここにいる若い医師たちにも、別れ際《ぎわ》、よく頑張った褒美として唇を与えたかもしれなかった。吉村とはまさかないだろうが、他の男たちだったらあり得ることだ。

しかし進也に詮索《せんさく》する気は起こらない。こうして大勢の中に混じり、彼らと同じように志帆子を渇仰《かつごう》して見上げていると、彼女がいかに超然とした、自分から遠い存在かがわかる。

吉村が話の流れで、いきなりソフィア病院の名を口にした。

「あそこはすごいじゃないですか。長野に買っておいたボロ学校に、もうじき医学部が出来そうですね」

「そうだったわね」

「ふつうじゃ考えられないことですよ。なにしろ医学部の認可が下りたのは、三十年ぶりのことなんですから」

「あら、そうなの」

「巷《ちまた》では、厚労省へのプッシュはもちろん、製薬会社からも何かあったんだろうと皆が噂《うわさ》していますよ」

製薬会社というキーワードが輪の中に投げ込まれ、若い医師たちはにぎやかに喋《しゃべ》り出す。

「このあいだ製薬会社の研究会に行ったら驚いてしまいましたよ。もうタクシーチケットを出せないそうです」

「信じられないなあ」

秋山が言う。

「ちょっと前までは、すごいフルコースが出て、二次会、三次会までたっぷり飲ませてくれて、その後タクシーチケットをくれましたから、僕ら埼玉、千葉のはずれだろうとゆったり帰れましたよ」

「いまだに残っているのは『ケースカード』の謝礼くらいか……」

「『ケースカード』って何ですか」

加藤が吉村に尋ねる。

「そうか、加藤君は知ってるはずないか。製薬会社が調査が目的ってことでさ、アンケート用紙を配るんだけど、五、六ヶ所○をつけるだけで一枚三万円はくれるね。僕なんか一ヶ月五、六枚はやったから、すごくいい小遣いになるよ。だけどおかしなことにさ、このケースカード、一ヶ所でも○をつけないと、裏にその理由をずらずら書かされるんだよ。ものすごく時間がかかる。適当に◎印つけると一分間で終わるのに、なまじ良心が咎《とが》めてつけないと、一時間かかるっていうアンケートなんだよ」

「何のために製薬会社はそんなことをするんですか」

「まあ、手の込んだリベートっていうやつだろうね。製薬会社はあの手、この手を使って俺たち医者にいい思いをさせてくれた。接待漬けなんてあたり前だったけど、もう時代が変わったし、世間の目も厳しくなった。ケースカードはまだあるけど、加藤君は、製薬会社からいい目を見せてもらおうなんて考えない方がいいよ」

「ちょっとあなたたち」

志帆子が言った。

「あなたたちの神さまの話をして、乾杯したばかりなのに、製薬会社のリベートの話なんて、ちょっとセコくない」

「いやあー、久しぶりに帰国したシーナに、少し下界の話題を提供しようと思っただけですよ」

吉村が言い、皆が笑った。この男は本当に如才ないと進也は思った。話もうまいし開業医になったら成功しそうだ。それなのに近い将来、どこかの国際機関に入り、発展途上国の医療に尽くしたいと真顔で言う。もしかすると「理想」という神は気まぐれで、それが似合わない人間の胸にも宿るものかもしれなかった。

2

その夜は結局二次会でカラオケへ行った。

志帆子は歌うことが好きだ。中島みゆきや髙橋真梨子といった、じっくり歌い込む歌手をレパートリーにしている。しかしそれほどうまくはない。高音部が時々裏返る。ある年齢からの女の歌い方だ。今の若い女だと、まるでプロのような歌唱力を持つ者が多い。志帆子はマイクを手にすると生真面目《きまじめ》に歌い始める。はずしたり、ふりをつけたりすることもない。

男たちは、

「最高、シーナ」

「先生、たまらないっス」

などと声をかけるが、それが世辞だということを志帆子は充分に知っているようだ。

「私はカラオケだけは、ヘタの横好きだわ」

時々口惜しそうに言う時があった。

「私がこんなにヘタになったのは、ジュネーブに住んでいるからよ」

ジュネーブにも、カラオケを置いている店がある。しかし志帆子が知り合ったスイス人は、信じられないほど音痴ばかりだという。

「日本人だと、歌えば、まあ、どんな人でも最低ラインっていうのがあるでしょう。だけどスイス人にはないのよ。悪ふざけでこんなにひどく歌っているんじゃないかと思うくらい」

というのもかつてスイスの義務教育には、音楽の時間が含まれていなかった。音楽は、あくまでも自分の趣味範囲で楽しむものという考え方なのだ。

「あの人たちに混じったら、誰だって歌がヘタになっちゃうわよね」

「そういえば、昔こんなジョークがありましたね」

もっぱらカラオケのリモコン係をつとめる大学病院勤務の松本《まつもと》が、こんなことを言った。

「絶対に存在しないもの。ドイツ人のコメディアンに、アメリカ人の哲学者、日本人のプレイボーイ、それからイギリス人の音楽家、っていうやつ。これだったら、スイス人の音楽家っていうのもいけるかもしれない」

「ほら、あれもあるじゃん、何だっけ……」

かなり酔っているのは吉村だ。

「ほら『第三の男』でさ、オーソン・ウェルズが言うやつ。スイスの平和って何を生み出したんだ、鳩時計だけじゃないかって……」

「ああ、あれねえ」

志帆子が頷《うなず》いた。

「確かにそれは言えるかもしれないけれど、スイスって実は懐《ふところ》の深い国よね。いろんな国際機関が、東京じゃなくてジュネーブにあるのは、やっぱりスイスっていうブランドのせいよ。国がブランドを持つって大変なこと。日本はまだ持てやしない。だから私も、スイスにいるわけよね。あの国にはちゃんとした見識が確かにあるもの」

「音痴ばっかりでも」

「そういうこと」

志帆子が答えてみなが笑った。

「さあ、そろそろ私、帰るわ。ホテルまで誰か送ってちょうだい。今日の幹事でいいわ」

と志帆子が解散を命じた時、皆はほっとしていた。もう一時をまわっていたからだ。

志帆子がソファにかけていたツイードの上着をとり上げると、吉村が後ろからかけてやった。ありがとうと志帆子はものうげに袖《そで》をとおす。するとノースリーブの二の腕がかすかに震えた。しょっちゅうジムで鍛えているといっても、志帆子の腕には四十代の女にふさわしいやわらかい肉がついていた。進也にはそれが好ましい。年上の、中年と言われる女に、これほどたくさんの魅力があるとは思ってもみなかった。志帆子だとかすかについているぜい肉も、やわらかい体の証明書のようであった。

カラオケボックスの階段を上がる時、志帆子はそれとなく進也の傍に立った。体臭と香水に混じってかすかに甘いにおいがする。たぶん志帆子が吸う葉巻の残り香だろう。

「村岡先生、メール、待っているわ。すぐにね」

タクシーの手配を命じるような口調で言った。

家に帰るとリビングの電気だけがついていた。妻の仁美と息子は向かいの部屋で寝ている。もうそろそろ自分の部屋で寝かせろ、と言っても妻は聞かない。五歳の息子と、ベッドを隣り合わせて寝ている。時々はぴったりとくっついていることもある。

「マザコンに育ったっていいわよ。人に迷惑かけるわけじゃなし。私はそれでいいもの」

よく冗談めかして言うが、案外本音かもしれなかった。

冷蔵庫から、ペットボトルのウーロン茶を取り出し飲んだ。そして一枚のメモを見つけた。

「長谷川《はせがわ》さんという女の人からTELあり。よかったら、ケータイにお電話くださいとのこと」

番号が書いてあった。

長谷川という名前には二人心当たりがある。一人は高校時代の同級生だ。進也の学校は県下でも有数の進学校であったから、女子にも優秀な生徒が揃《そろ》っていた。彼女も国立の女子大に進み、確かその後、どこかの大学院へ行って研究者になっていたはずだ。もしかすると、彼女からクラス会か何かの知らせかもしれない。それならいい。

それならいいけれども、もう一人の長谷川という女とは、出来たら連絡を取りたくはなかった。しかし彼女から電話がかかってきたとしたら、いったいどういうことなのだろうか。何が起こったのか。そしてどうして自宅の電話番号を知っているのだろう。そういうことをすべて含めて知りたかった。

彼女ともう一度話したいのでは断じてない。けれども何があるのかは知りたかった。だから進也は、次の日こちらから電話をかけてしまった。

しかし用心のため自分の携帯からではなく、アルバイト先の固定電話からかけた。

「はい、長谷川です。ええ、そうですよ。三年D組の長谷川よ。村岡君、本当に久しぶりね」

こんな反応を期待していたが、やはり違っていた。

「はい……、長谷川でございますが」

女の声に記憶はなかった。特徴のないやさし気な声だ。おそらく三十代前半。きちんとした教育としつけを受けた女の声。

「あの、村岡と申しますが、お電話いただいたようで」

「あっ、村岡先生」

女の声ががらっと変わった。

「お電話して申しわけありません。私、二年前にお世話になった、長谷川理奈《りな》の母でございます」

「ああ、理奈ちゃんの……」

やっぱりあちらの方だったと、進也は体中がこわばっていくのを感じた。このまま電話を切ってしまいたい。しかし同時に進也は好奇心を抑えることが出来ない。この女は、どうして電話をかけてよこしたりしたのだろうか。

「あの、突然こんな電話をかけて申しわけないと思ったんですけれど、私、病院で浅《あさ》野《の》さんとばったりお会いしたものですから」

浅野という名前がきっかけとなり、受話器を手にした進也の中に、たくさんのものが甦《よみがえ》ってくる。いちどきに。

「浅野さん、すぐに挿管の用意を！」

「浅野さん、心停止です、マッサージを！」

あれは二年前の宿直の夜であった。五歳の少女が母親とやってきた。夕方からずっと嘔吐《おうと》と腹痛が続いているというのだ。

「何か変わったものを食べませんでしたか」

「これといって何も……」

おぼろげにではあるが、母親の顔が浮かんできた。小児科医というのは、母親の顔も観察する必要がある。だらしなさそうな顔つきの母親なら、誤飲を疑わなくてはならないからだ。しかしその母親は、聡明《そうめい》そうな整った顔をしていた。夜の十時過ぎだったので、化粧もせず髪をひっつめにしていたが、それは子どもを看病する母親として当然の姿だ。

「この何日か、生肉や生卵を食べたことはありませんか」

「いいえ……どちらもありません」

「夕食は何を食べましたか」

「はい、鶏のから揚げとマカロニサラダ、それからキュウリの漬け物と豆腐の味噌汁《みそしる》です」

「から揚げが生っぽかったということはないですか」

「それはないと思います」

触診し、念のためにエコーを行なったが、虫垂炎でもなく、子どもに多い腸重積でもなかった。進也は少々腑《ふ》に落ちないながらも、こんな診断をくだした。

「たぶんウイルス性の胃腸炎だと思います。念のため、点滴をして一晩様子を見ましょう」

少女の容態が変わったのはそれから四時間後であった。激しい腹痛と嘔吐で意識を失い、そして心臓が停止した。

腎不全であった。腎臓が全く機能しておらず、腹水も溜《た》まっていたのだ。

子どもの場合は、解剖の承諾を得られることはまずない。少女の死の原因は、太い針をさし内臓の組織を採取してわかったのである。

「お前、医者だろ。なんで腎臓が悪いってわからなかったんだよ！」

駆けつけた父親に胸ぐらをつかまれた。眼鏡をかけた自分と同じような年の男だ。彼は思いのほか力があり、白衣の衿元《えりもと》のボタンがちぎれたほどである。

「訴えてやる。こんなことじゃ、娘はうかばれない。こんなヘボ医者にかかったばっかりに殺されたんだからな。これは医療ミスじゃないか。そうだ、間違いなく医療ミスだからな」

小児科医をしていて、子どもが目の前で死んでいったことはそれまでに何度かある。しかし胸ぐらをつかまれ、訴えてやる、と言われたのは初めてである。

「長谷川さん、そういうことは迂闊《うかつ》におっしゃらないでください」

小児科長が呼び出され、話し合いに入る。

「理奈ちゃんの腎不全は、腎後性腎不全といって非常に珍しいタイプのものなのです。

こちらとしてもできる限りの手を尽くしたのですが」

「それって言いわけじゃないか」

目を血走らせた父親が科長ではなく、こちらの方を見る。医者である自分が、どうしてこれほど憎悪《ぞうお》の目で睨《にら》まれなければならないのかと、進也はつくづく情けなくなる。

「医者だったら、どうして腎臓が悪いってわからないんだ。最初の診察で気づくはずだろ」

「長谷川さん、私たちはすべての臓器を把握しているわけじゃないんです。腹痛だったら、まず胃と腸を疑います。そして精いっぱいのことをするんです」

話し合いは果てしなく続くと思われたが、母親の、

「もうやめてください。理奈のお葬式が出せなくなっちゃう……」

という号泣で終わりを告げたのだ。

そうだ……、電話の相手の顔をすっかり思い出した。うりざね顔で、ひと重瞼《まぶた》の目だ。素顔しか見ていないが、化粧をしたら美人の部類に入るかもしれない。

「あの、その節はいろいろとお世話になりまして……このあいだ三回忌をすませました」

「そうですか……」

そのことを知らせたかったのか。葬式には病院の方針で行っていない。

「それで浅野さんが教えてくれたのですが、村岡先生、あの後すぐに病院をおやめになったそうですね」

「別にあのことが原因じゃありませんよ。他の理由ですから」

進也は少し苛立《いらだ》ってくる。こんなことを聞いていったいどうするというのだ。

「私、あの時、村岡先生がどんなに一生懸命やってくださったか知っています。本当にやさしい、いいお医者さんだったとずっと思っていました。あの時の主人のこと、どうか許してやってください。ひとりっ子で本当に可愛《かわい》がっていましたので、あのような態度をとったと思うんです。失礼ですが、村岡先生は今、お勤めしていらっしゃらないって本当ですか」

どうしてそんなことまで喋ったのか。進也は浅野を恨めしく思った。中年の有能な看護師で、人の噂話をするようにも見えなかったのだが。

「いま研究したいことがあって、決まった病院に属していないだけです。近々、公立の病院に勤務しようかと考えていますので」

そっけなく言ったつもりであるが、受話器の向こうから、

「ああ、よかった……」

という深い安堵《あんど》のため息が漏れた。

「私、浅野さんに会ってから、もし先生があのことが原因で、お勤めをやめたんだったらどうしようか、うちの主人のせいで優秀な先生がもったいないことになっているんじゃないかって、ずっと悩んでたんです。本当によかった……」

どうやら泣いているらしい。進也は話を打ち切るために、唐突にこの質問をした。

「長谷川さん、失礼ですが、どうして僕の家の電話番号をご存知だったんですか」

ふつう医師が、患者に自宅の住所や電話番号を教えることはまずない。病院側も絶対に秘密にする。

「葬式の後、私、先生に手紙を書きました。病院に出したんですけど、先生がお返事くださって。そこに電話番号も書いてありました」

「そうでしたか……」

まるで憶《おぼ》えていない。

「私、それが本当に先生のやさしさ、っていうか誠意のようで有難かったです。いつか耐えられなくなったら、先生に電話して胸の内を聞いてもらえるかもしれない。まあ、勝手なことを思ってずっと生きてきました。でも、先生、何とかやっていけそうなんです」

そこでひと息ついた。

「浅野さんと会ったのは、産婦人科です。妊《みごも》りまして、来年早々に出産予定です。男の子です」

「それはよかったですね」

「生きていればどうにかなるもんなんですね。先生、お願いします。また小児科の先生やってくださいね。子どもの命、いっぱい救ってやってくださいね」

不意に温かいものが、進也の胸に流れ込んできた。

3

「シーナ、もうジュネーブに戻り、いつものようにお忙しい日が続いていることでしょう。

『シーナの会』は、本当に楽しかったですね。シーナは僕たち医者にとって、憧れであり目標です。というよりも、もっと大きなもの。僕たちがなぜ医師で居続けようとしているかの、大きな解答のような気がします。

僕はやがては国際保健をやってみたいという、相変わらず青くさいことばかり考えています。が、そうでなければやり甲斐《がい》が生まれない気がして仕方ありません。

けれどもシーナは、あの会の時、

『青くさいあなたたちが大好きよ』

と言っていましたよね。僕は金持ちになれなくても、シーナに好かれる医者になればそれでいいかなあと思っています。

シーナはまたアフリカや中東の奥地へと入っていくのでしょう。僕たちはシーナのそのパワーに心から敬服しながらも、体のことが心配でたまりません。どうか頑張り過ぎないでください。

また東京でおめにかかることを、本当に楽しみにしています。僕もまた、機会をつくってジュネーブに行くつもりです。

村岡進也」

「このあいだはお世話になりました。とっても楽しかったわ。

ジュネーブでは若く初々《ういうい》しく見えたあなた方ですけれども、東京で会うといっちょ前の医者の顔をしているのがおかしかったわ。

私は今、アフリカじゃなくてプロバンスに来ています。ベルギー人の友だちと一緒に、中世の街並みがそのまま残るアルルに滞在しているんです。

ここはとても美しいだけじゃなくて、食べものが素晴らしいの。ドーデの『風車小屋だより』の世界そのものの美しい丘を歩いたり、野生のフラミンゴを見たり、渓流で泳いだ後は、素朴な南仏料理をいただきます。新鮮なヤギのチーズには、これまたフレッシュなオリーブオイルとオレガノをかけ、茹《ゆ》でた野菜には、アイオリといってニンニク風味のマヨネーズソースを合わせます。

ワインはコート・デュ・ローヌ・ヴィラージュ、そう高級とはされていませんが、こちらの料理とよく合うんです。ミストラルが吹くと、とても寒いというけれども、今は乾いた空気と橙色《だいだいいろ》の太陽があります。エニシダ――こちらではジュネと呼びます――の花の香りが街中に漂っていて、夜になっても消えることはありません。空には神さまがちりばめたような満天の星。その下にテーブルを出し、クロスをかけワインとグラスを置きます。そして何本でもワインをあけながら、他愛ないお喋りをしていると、本当にこの世の楽園にいるような気分になってきます。

もちろんこの休暇の前に、ちゃんと仕事もしているんですよ。日本から戻ってすぐ、イギリス政府の会議に招かれました。この国はかつては私が学んだところですが、今は大臣級の方々が、私の話を聞きにきてくれています。

そういう人々の視線を一身に浴びて、スピーチをする高揚感というものを、シンも一度うちのプレゼンで経験していますよね。イギリス人というのは、ちょっとしたジョークが大好きですから、スピーチではまず、前の首相のスキャンダルをちょっとひねって笑いをとり、それからこちらにひき込みました。私の言葉のひとつひとつが、五十人ほどの人々に吸い込まれ、そして共感をよんで跳ね返ってくるのがわかります。みんなが私の言葉をひと言も聞き漏らすまいと心をかたむけてくれるあの瞬間。そしてスピーチが終わり、一瞬の静寂のあとに起こる大きな拍手。その時エクスタシーを感じます。身体が硬直していくのが本当にわかるんです。

このエクスタシーを超えるセックスはほとんどない。本当にないわ。私のように仕事に身を捧《ささ》げる女が男を置き去りに出来るのは、この仕事が与えてくれるエクスタシーのせいだと思います。本当のセックスの時、男はさっさと達してしまい、女はとり残されるけれども、仕事の場合は違うの。女だからこそ強烈なエクスタシーがあり、そのためには夫だって恋人だって置いていけるんだわ。長々としたメールになりました。私の近況をお知らせしました。

それじゃまた東京でおめにかかりましょう。もちろんシンが、また一人でジュネーブに来てくれることを祈っているけれど。

佐伯志帆子」

志帆子にはいつもまどわされることばかりだと進也は思った。エクスタシーという言葉が、これほど頻繁に出てくるとは驚きだ。長々と休暇の素晴らしさを書いているが、いったい何を言おうとしているのかわからない。

俗っぽいことを嫌う進也に、これほど優雅な生活をおくるのには、ある程度の収入が無ければばならないと示唆《しさ》しているのだろうか。それともエクスタシーという言葉を打ち出して、自分をまた挑発しているのだろうか。

まさかと進也は打ち消す。ここに「ベルギー人の友だち」と書かれている。そういえばジュネーブで会って以来、時々メールを交す厚労省の人間が、噂としてこんなことを書いてきた。

「シーナの最近の恋人は、ベルギー人だということです」

たぶん志帆子はその恋人と、プロバンスですごしているのだろう。

「このエクスタシーを超えるセックスはほとんどない」

という言葉が甦る。こういう言葉を平気で自分に伝えながら、毎夜恋人と戯《たわむ》れているに違いない。

「全くわからない」

パソコンの手をとめて進也はつぶやいた。そうしてすべての感情を処理しようとしたがうまくいかなかった。

「自分はからかわれているのだろうか」

この疑問が、先ほどからふつふつとわいてくるのだ。戯れとはいえ、志帆子とは一回だけ唇を交した。それに自分が重みを感じているように、志帆子も多少は意味あることと思ってくれているような気がして仕方ない。これは期待というものだ。そして自分がこういう思いを持っていることを知っているから、志帆子は「エクスタシー」という言葉がやたらと出てくるメールを送ってきていると信じたいのだ。

「だから俺はからかわれているのだろう」

それでもいい。たとえ揶揄《やゆ》であっても、無視されるよりもずっとましというものだ。

明かりを消し、自分の書斎としている四畳半の部屋から出ると、リビングで妻の仁美が本を読んでいた。

「コーヒーでも淹《い》れようか」

「おっ、サンキュー」

読みかけの本の表紙を、見るともなく見る。ベストセラーのミステリー小説であった。以前の仁美は、家にいる時は必ずといっていいほど医学の専門書を読み、パソコンで何やら調べものをしていた。それが子育てに追われ、週に二日のアルバイト診療になってから、医学書を開くことはめっきり少なくなっていった。が、もともと本好きの女だったので、楽しみのために読書する時間が出来るのはいいことかもしれないと、ちらっと考える。そして同時に、酔った医者仲間が口にした言葉を思い出した。

「いいか、今の医者不足のいちばんの原因は、女がやたら医学部に入ってくることだ。女は結婚や子どもが出来ると、すぐに医者を休む。もともと彼女たちは、医者の娘ばっかりだからガツガツしてないんだ。ゆっくり子育てをしてから、なんて悠長なことを考える。誰も言わないから、俺がはっきり言ってやる。女を医学部に入れるのは、税金をドブに捨てるようなもんなんだ」

仁美が、はいと、コーヒー茶碗《ぢゃわん》を二つテーブルにおいた。ウェッジウッドのコーヒー茶碗は、確か実家の貰い物を持ってきたものだ。

「ねえ、やっぱり、あれ、断るの」

教授から勧められた有名病院に勤務する話である。風呂上がりらしい、艶々《つやつや》とした素顔は、いくらか狡猾《こうかつ》な表情になっている。

「うん、そうするつもりだ」

「えー、もったいないなァ」

　口をとがらせた。そうすると年齢よりもずっと若く見えた。進也の進んだ国立大学は私立よりもはるかに地味な女子学生が多かったが、その中で仁美は「ミス・キャンパス」と騒がれていたものだ。入学したての頃は、

「あんなに可愛いコは、看護学科に決まっている」

　などと言う者さえいた。

「あそこの医師っていうのは、相当カッコいいと思うよ」

「どこだって同じだよ。勤務医なんて」

「そんなことないわよ。だって、ユー君の受験調査書に、聞いたこともない公立医大の名前書くのと、あの誰でも知っている病院の名前書くのとは、インパクトが違うと思うもの」

「ああ、受験のことか」

　進也は呆《あき》れてしまった。ひとり息子の小学校受験について、夫婦の意見はまるで違っている。男の子は中学校受験にすればいい。それでもどうしても小学校からどこかへ行かせたいというのなら、国立を狙《ねら》えばいいのだと進也は主張したが、仁美は私立

の小学校受験を譲らない。

「自分の子どもが、公立の黄色いカバーをつけたランドセルしょってるって耐えられないと思う」

仁美は幼稚園から、昔からのいわゆるお嬢さま学校に通っていた。たいていの子どもが、そのまま上の女子大まで進むような学校であったが、ちょうど彼女が小学校に通い始めた頃、時の校長が一大改革を始めた。このままでは女子校は生き残れないと、進学校に切り替えたのだ。おかげでその数年後、高校は一流大や医大の合格者を出すようになった。仁美はその恩恵に浴したといっていい。

「うちの両親もそんなつもりはあまりなかったのに」

学校の方針で特進クラスに入れられ、医学部合格のためのカリキュラムも組んでくれたというのである。

「私立の学校って、それだけキャパシティが大きいっていうのかしら。子どもの能力を伸ばすのが本当にうまいのよ」

という話を聞くと、ずっと公立一本できた進也はそんなものかと思う。

「だけど、君が入れたがっている私立の小学校へ入れたとしても、大学でまた受験させなきゃならないんだ。私立のエスカレーター式の学校なんて、小、中、高ってのんびり過ごしてしまうんだろう。それでもし医学部に行きたいって言ったらどうするつもりだ。まあ、医者になるかどうかはわからないけれども」

「もちろん医学部は受けさせるつもりよ」

仁美はわずかだが、肩をそびやかした。

「父が兄によく言っていたわ。医者のうちに生まれた男の子は、そういう覚悟を子どもの時にしとかなきゃいけないって」

進也が仁美に違和感を感じるのはこんな時だ。同じ医者であっても、医者の家に生まれ育った医者というものは、独得の価値観や人生観を持つ。それはもう骨身に沁《し》みていて、自分のその特異性にまるで気づかない。

「うちの父は、もしあなたさえ望めば、自分のところへ来てもらえたらと思っているのよ」

「なんだよ、それ。お義兄《にい》さんの下で働けっていうのか」

仁美の実家は、父親の代は内科を専門としていたが、兄が家に戻り耳鼻科も始め、今はどちらも大層流行《はや》っている。二人とも好人物であるが、会うと海外旅行とゴルフの話しかしない、典型的な開業医だ。

「あなたって、すぐそういう言い方するのね」

仁美はむきになった。

「あのね、私の親も兄も、とても心配しているの。浦和の公立に勤めてた時、あなた月に十日も夜勤させられて、おまけに訴えてやるとかいう親も現れて、それでもう身も心もボロボロだったじゃない。私ね、有名病院勤務がお受験に有利だからだなんて、本当は考えてないのよ。だけどねえ、また公立にあなたが勤めるのは反対よ。公立の小児科なんて、倒れるためにやるようなもんじゃないの。医者だからって、あそこまで自分を捨てるような生活はおかしい。私、本当にそう思うのよ」

そしてこうつけ加える。

「使命感だなんて、その自分がボロボロになったら、すべて終わりじゃないの」

4

「シーナ、ご無沙汰《ぶさた》していて、本当に申しわけありません。

例の病院に勤務し始めてからというもの、ゆっくりとメールをする時間もなく、ただただ診療に追われています。が、公立病院の勤務の厳しさは、臨床医だったシーナならおわかりでしょう。

僕にとって二年ぶりの常勤ということになりますが、事態はもっと悪くなっているような気がします。小児科医だからこそいろいろなものが見えてきます。まず親の意識がさらに低下しているのです。医者が患者の悪口を言ってはいけないことはよくわかっていますが、僕の場合、患者はほとんど症状を訴えられない小児なので、その保護者ということで、愚痴がつい出てしまいます。この国のモラルがどんどん貧しくなり、低下していくのが、親を見ているとわかってしまうのはつらいことです。

僕が望んでいたのは、あくまでも普通の医者になることでした。けれどもシーナに会った時から僕の中に大きな夢というか、野心が生まれています。それはシーナと同じように、いつか国際的な仕事をしたいということです。その夢が本当にかなうのか、それとも僕が望んでいたとおりの普通の医者で終ってしまうのか、それはまだわかりません。

が、シーナと会うと僕の心は震えます。それは僕の理想どおりの人生を現におくっている人がいるのだという驚きと喜びです。いつかシーナに少しでも近づきたい。シーナと共通の言語を持ちたいと遠いところを見ている僕と、普通の医者でいたいと足元を見据えようとしている僕とは、矛盾するように見えるかもしれません。が、うまく言えませんが、遠い夢をきっとかなえるために、今のこの仕事を全力をかけて行なわなければいけない。二つのことは繋《つな》がっていると僕は信じているのです。シーナ、たとえ三日間でも僕はジュネーブに行きたい。そしてシーナから、まるで魔法のようなあのパワーを貰いたいと思うのです。本当に次の連休にでも、ジュネーブに行くことが出来たら、どんなに僕は幸せでしょう。

村岡進也」

進也は今でもよく思い出す。自分の医学部合格を聞いた時、父親がまるで吠《ほ》えるように号泣をしていた姿をだ。

父親は五年前に退職するまでずっと放射線技師をしていた。看護師の母親とは、前に勤めていた病院で知り合ったのだ。

医師以外の医療従事者が、どれほど医者に対して複雑な思いを持っているか、世の人々は知らないであろう。

父親は家の中で、仕事の話をするのをことさら避けているようなところがあった。看護師の母親にしても同じだった。おそらく家の中でそんな話を始めれば、愚痴ばかりになってしまうのがわかっていたからに違いない。

ただ、ときたま酒を飲んだ時などに、きつい口調で、

「あの若造が、こんなことを言いやがった」

などと母に訴えることがあった。

「研修中のくせに、よくあんな口をきけたものだ。それもみんなが見ている前でだ」

主語はぼかしていたが、

「仕方ないわよ。ドクターってそういうものなんだから」

という母の言葉で誰のことを話しているかがわかる。

「あの人たちって、学校であういう根性を植えつけられるからね。どんなに気さくなふりをしたって、こっちに丁寧な口ぶりだって、あの根性だけは隠せるもんじゃない」

そういう思いをしてきた両親だからこそ、病院で働くなら医者でなければという思いは強かったに違いない。二人が進也の医学部進学にどれほど歓喜したことか。子どもの時から可愛がってくれた、父の同僚の臨床検査技師からも電話があり、

「シンちゃん、オレは泣いたぜ」

といきなり言われた。

「オレもそうだけど、お前の親父も、医者にはさんざん嫌な目にあわされてきたからなぁ。それでも、オレたちは夢みることがあったよ。自分ところの子どもの出来がよ

くって、まあ、金はないからどっかの国立の医学部に入ってくれないかなって。オレんところの洋一《よういち》はシンちゃんも知ってのとおりあんなもんで、三流大学にやっと入ったぐらいだ。全く親父さんが羨《うらや》ましくって仕方ないよ」

父親は進也の医学部入学を機に、酒を極力控えるようになり、たったひとつの楽しみだった仲間うちのゴルフもやめた。

「シンにアルバイトをさせなくていいように」

というのが節約の理由だ。進也は、医学生といえどもアルバイトは普通にする、それどころかほとんどの医学生が、他の学生に比べてずっと高額な時給で家庭教師をしていると説明しなくてはならなかった。

そんな父親だから、息子の進路について、わけ知り顔にいろいろ口をはさんできたものだ。

「シンはやっぱり内科医になれ。俺もいろいろ先生たちを見てきたが、何だかんだいっても尊敬され、出世していくのは内科医だな。内科医だといずれ開業するにしても都合がいい。外科の先生も悪くはないが、まあ変わり者《もん》が多いかな。いずれにしても、小児科医だけはやめておきな。あれは仕事がえらくって、見てても大変だわなァ」

「だけど僕がしたいのは、小児科医なんだ」

まだ胸の中で固まっていなかったものが、言葉にしたらするりと出てきた。

「やるとしたら小児科だなあって、三年生ぐらいから考えてたんだ」

「だけどシン、うちの病院でもな、小児科の先生は、いつも寝不足の青い顔してふらふら歩いてるぞ。宿直で救急外来ばっかりさせられて、そりゃあ気の毒だ。だからこれから、小児科医になる先生はどんどん減っていくんじゃないか。シン、お前、おかしなヒューマニズムというやつで、貧乏クジ引くことないんだぞ」

「貧乏クジはよかったなぁ」

進也は思わず苦笑した。

「だけどさ、僕は前から漠然と考えてたんだ。うちみたいな家の子が医者になって、金儲《かねもう》けみたいなことをするのはやっぱりカッコ悪いや。だからこそ、なんかいちばん人がやらないものをやってみたいかなあ、って考えてたんだな。ま、全身管理出来るってのも、前から興味あったしさあ」

話を最後まで聞かず、父は突然ハラハラと涙を流した。そうしながら笑い出した。

「そうかァ、金儲けの医者はカッコ悪いかあ。オレはあてがはずれたかな。アハハ、おかしいや」

いつもそうだが、志帆子からの返信は早い。

「本当にご無沙汰だったわね。でも新しい職場で、さぞかし忙しいだろうことはわかっていたわ。

これは他の人にもアドバイスしていることだけれども、国際保健は、いつも心に刻んでいればきっとチャンスがやってきます。私の場合も、国立感染症研究所にいた時に、WHO勤務という話が舞い込んできたのです。有難いことに医師のライセンスは、分野が多少違っていても、望む仕事をおおかた可能にしてくれます。が、いつチャンスはやってくるかわからないので、英語力は完璧《かんぺき》なものにしてください。

留学経験もないのに、あれほどのレベルにまで達しているシンは立派だと思うけど、もうちょっと頑張ってね。あなたの発音は現地の人にわかりづらいかもしれない。それから普通の医者をきちんとするということは、私たちに求められるいちばん大切なことです。いい臨床医でなかった人が、国際保健で活躍出来るはずはありません。シン、早く私の近くに来てね。

いつか一緒にやりたいことがいっぱいあるわ。待っています。

佐伯志帆子」

お腹《なか》の風邪ですね、と進也は言った。

「この二、三日、急に冷え込みましたから」

「でもォ、急にゲロゲロしちゃったんですよォ」

若い母親は不満そうに、膝《ひざ》の上の息子に目をおとす。

「食べたものをみんな吐いちゃったんですよ。風邪でそんな風になりますかァ」

若いといっても二十代の後半だろう。これが極端に若いヤンキー風の母親だともっとわかりやすいのであるが、中途半端な年齢で、中途半端な常識の欠落である。救急外来に風邪の子どもを連れてくる。

「この年頃のお子さん、風邪で吐くことは多いですよ。今は熱が出ていないようですが、明日になったら発熱するかもしれません」

「だったら熱がすぐ下がる薬くださいよォ」

「この症状では出せません。ごく弱い熱冷ましをお出ししますから、もし熱が出たら、まずはそれを飲ませてください」

「でも、他の先生のとこでは、抗生物質出してくれましたよォ」

母親は口をとがらせた。

「今回のように、お腹に症状が出ているときにですか」

「ええ、本当に出してくれたもん」

フェイスツーフェイスという言葉がある。母親の顔をきちんと見るのも小児科医の大切な診療であった。髪や身だしなみ、会話といったもので母親を判断する。子どもを医者に連れてくる時に、きちんと化粧をし、着飾ってくる母親はまずいないけれども、だらしない母親かそうでない母親かはすぐにわかるものである。口のきき方も知らず、赤茶けた髪をしている母親が、皮膚病や食中毒の子どもを連れてきて、

「何も心あたりがない。ちゃんとしている」

と言い張っても、まずは疑ってみるところから始める。

「脱水症に気をつけて、白湯《さゆ》や水を少しずつ飲ませてくださいね。ポカリスエットのようなものでもいいですよ。もしかするとこれから熱が出るかもしれませんが、その時は粉状の熱冷ましを飲ませてください」

「抗生物質、ダメなんですかァ」

母親は抗議するように、もう一度こちらを見た。普段の厚化粧がすぐにわかる、白い唇とほとんど抜かれた眉《まゆ》。

「うちは出しませんよ。この症状では必要ありません」

「わかりました」

母親が立ち上がりかけた時、ナースがさりげなく声をかける。

「それから、ご心配なのはわかりますが、今度から出来るだけ診療時間中にいらしてくださいね。本当に緊急の患者さんが来ますから」

「はぁーい、わかりました」

母親はだるそうに言い立ち上がった。後ろを向くと、量販店独得のグレイの縞柄《しまがら》が目に入った。ジャージー地の長いパンツは、部屋着兼寝間着ではないかとふと思う。

この神奈川の公立病院は、新興住宅地の中にあり、救急外来を受診する乳幼児が多い。ひと晩に三十人を診ることもあった。救急の〝コンビニ化〟と言われて久しいが、ここにいるとその言葉さえ空《むな》しく感じる。多くの親たちは、

「コンビニ化で何が悪いのか」

と真顔で尋ねることであろう。軽症の風邪の子どもを連れてきた母親に、やんわりと注意したところ、

「だって昼間は勤めているから仕方ないんですよ。勤めを休んで来いって言うんですか。働いている母親が、夜連れてきて何が悪いんですか」

と言い返されたこともある。

その日十一時をまわった頃、待合室のあたりが急に騒がしくなった。キャーッとい

う女の声と共に、子どもの泣き声が起こった。

「村岡先生、ちょっと来てください」

ナースが飛び込んできた。患者の処置をナースに任せて診察室を出ると、若い男が誰も座っていない待合室のソファを、どんどんと蹴《け》っているところである。脚の長さと、動作の機敏さで若い男だということはひと目でわかった。

「何をしているんですか」

「決まってんだろうがァ」

酔ってはいない。こちらを睨みつける顔はやはり若く、眼鏡の奥の目は理智的といえないこともない。ポロシャツにカーディガンという格好だが、きちんとした印象で、こうした人間が、病院の待合室で暴力をふるう事実が、進也にはひたすら怖《おそ》ろしい。

「うちの子どもは熱出して具合悪いんだぞ。寒い、寒いって震えてるんだ。それなのに何だ、もう一時間も待たされてるじゃないか。緊急なのにいったいどういうことなんだよ。いったい、人の命をどう思ってんだよ。えーッ」

「落ち着いてください。この救急外来にやってくる患者さんは、みんな急を要しているんです。そういう患者さんが集まっているんですから、待つのは仕方ないでしょう」

「だって、お前、何だよ」

　男は診察室のドアを指さした。

「今、入っていったの、オレたちよりずっと後に来てるじゃないか。あれは何だよー。順番が違うだろ。何やってんだよ！」

　こういう時は、出来る限り冷静な口調になれとマニュアルには書いてある。

「優先順位というものがあるんです。今、診察しているお子さんは、高熱のために痙《けい》攣《れん》を起こしていたので先に診る必要がありました。ここにいらした時、看護師が患者さんの症状をお聞きしましたね。それで判断しているんです」

「それはおかしいだろー。看護師が熱測って何わかんだよ。まず医者が診るのが先決だろーが。この病院おかしいぞ。オレ、ツイッターに書くからな。なんだかわからないエコヒイキやってるって。子どもの診断をしないってなー」

　進也の中でふと言葉が甦る。

「僕は普通の医者でいたいのです」

　これは確かに普通のことなのだと、自分に静かに言いきかせた。

5

志帆子は今、アンゴラ共和国の北西部、ウイジにいる。

緊急出動令が下ったのは三日前のことだ。アンゴラにおいて、デング熱が異様な拡《ひろ》がりを見せている。ただちにWHOの専門家チームに来てほしいという要請を受けてのことである。

アンゴラには、これまでに何回も来ている。特に二〇〇六年のコレラ大発生の時には、各国の医師団とチームをつくり、三週間にわたって文字どおり不眠不休の活動を続けたものだ。しかし、WHOが把握しただけでもコレラ患者数が五万人近く、死者が千八百余名という大惨事の後も、この国の医療は全く改善のきざしを見せていない。

「日本人には、病気になったらとにかく国外に逃げろ、盲腸ぐらいでも手術は南アフリカでやるようにと言っています」

と大使館の人間も言っていたぐらいである。

アンゴラの首都、ルアンダの病院では、大半の医師が英語を喋れない。アジアの多くの国、たとえばタイ、中国、ベトナムといったところでも、最近は英語でこと足りる。若い医師たちはみんな流暢《りゅうちょう》に話せるからだ。

けれどもルアンダで数少ない総合病院でも、志帆子は通訳を使わなくてはならなかった。主だった医師と看護師を集め、志帆子は次々と質問を重ねていく。

「ICUに入った患者は何人でしたか。そのうち死に至ったのは何人でしたか」

「症状で気づいたことを何でも言ってください」

しかし褐色の肌の看護師たちは、もじもじしてなかなか答えようとはしない。その国の医療のレベルは、医師たちよりも看護師を見るとよくわかった。豊かでない発展途上国でも「打てば響くような」看護師がいるところはいくらでもある。長きにわたった内戦が、アンゴラの女たちから、何かを得る機会を奪ってしまったのであろう。

志帆子は病院の設備を軽くチェックしたが、以前来た時と全く変わりない。おそらく各国のNGOが大金をかけて作ったであろう幾つかの検査室やセンターは稼動《かどう》していなかったし、第一、医師の姿が少ない。この国では非常勤医が、複数の病院をかけもちするのは常識なのだ。

次の日、志帆子はルアンダからウイジに向かった。ここではかつてマールブルグ病というエボラ出血熱と同じ系統の致死的出血熱の患者が、大量発生したことがある。

石油とダイヤモンド産出のおかげで、ルアンダは経済成長著しいが、首都を離れ、このあたりまでくると、灌木《かんぼく》の林と砂漠がかわるがわる顔を出す。トヨタの四輪駆動は何度も検問所を通り、やがて小さな集落が見えてきた。ターバンを巻き、鮮やかな衣装を着た女たちが、家の前に立ってじっとこちらを見ている。この国の女たちは、実に美しい色の服を着ている。

レンガ造りの家の前に車が停まると、その音を聞きつけて、中から小柄な白人が出てきた。あらかじめ知らせてあったので、志帆子の来訪を歓迎するように右手を上げる。

「シーナ、久しぶりだね」

「マイケル、また会えて嬉《うれ》しいわ」

二人は軽いハグをかわした。三年前のコレラの大発生の際、国境なき医師団（ＭＳＦ）の彼とはずっと行動を共にしていたのだ。が、思い出話を交す余裕はいっさいない。

「シーナ、聞いてくれ。今度の動きはどこかおかしい。発疹《はっしん》の出方が早過ぎるんだ。再感染ではなさそうなのに、出血熱の病態を呈している患者もいる」

「死者はどのくらい出ているの」

「重症の四十八人がここに来て、十七人が死んだ。重体患者は四人いる」

「輸血は」

「もちろん試したが、効果は薄い。出血はまだ続いている。とにかく症状の悪化が早過ぎる」

伝染病の見本市のようなアンゴラであるが、特に怖れられているのがエボラ出血熱だ。発病すると半数以上は死に至るという病で、アフリカではこの病の流行は、その都度国家を揺るがすほどの衝撃となる。そしてデング熱の方は、死亡率が低いためにエボラ出血熱ほど話題にならないが、このアフリカの地に執拗《しつよう》に巣くっている伝染病だ。重症型のデング出血熱やデングショック症候群になると危険は高くなる。

が、今回のデング熱は、今までのものとは違うとマイケルは力を込めて言う。

「もっと邪悪で力が強い」

まさかウイルスが姿を変えたということではないだろう。志帆子は先月の新型インフルエンザをめぐっての大混乱を思い出す。

あの時は、日本の厚労大臣が、

「絶対に水際で喰い止めてみせる」

と宣言し、到着した飛行機一機一機に、白い防護服を着た検査官が入り込むという警戒ぶりであった。

アメリカに研修旅行に出かけた高校生の中から、首都圏初の患者が出たということで、校長先生が泣いてわびた。

いかにも日本らしいこの光景を、志帆子はインターネットニュースで見て、腹が立つというよりも呆れ返り、声を出して笑ったものだ。

日本人はウイルスのことを知らないにもほどがある。

むしろ、第一波を初夏まで遅らせた日本政府への評価は国際的にも認められているが、そんなことは日本のマスコミはいっさい言わない。ウイルスはきわめて小さく、しかもとてつもなく狡猾だ。人の体の中に入り、あるいは媒介する昆虫の体内に潜伏し、またある時は風にのって、行きたいところへはどこへでも行ってしまう。

案の定日本はまたたく間にこの新型ウイルスに占領され、インフルエンザが大流行となった。泣いてわびた校長のことなど、誰も思い出さなくなってしまったほどに一般的になった。

だが、ウイルスの怖ろしさは、どこへでも入り込んでくるというだけではない。彼らは長年にわたって、人間にひどくいためつけられてきた。あるものは撲滅され、あるものはとるに足らないほどの弱者になったと軽く見られるようになった。

ウイルスはいじけている。いつかきっと裏をかいてやろうと、こちら側の様子をうかがっている。そして何かの拍子に、不意に姿を変えるのだ。それはほんの小さな変化である。ところがその変化によって、ワクチンは使えなくなり、人間は右往左往することになるのである。

志帆子はマイケルと一緒に、家の中に入っていった。ここが小さな隔離病棟であった。男がひとりベッドに横たわっている。この国の人間特有の強い体臭がしたが、全くひるむことなく志帆子は脈をとり、胸をはだけて聴診器をあてた。どちらも安定している。

「昨日の死亡患者もそうだった。回復期に入ったと思ったとたん、また高熱が始まり、出血と嘔吐がある」

「確かに今までとは違うかもしれない」

そこへ若い女が入ってきた。チームの中の環境衛生の専門家だとマイケルは紹介した。

「はじめまして。メアリー・ハットマンです」

強いアメリカ南部訛《なま》りがあった。

「メアリーね。よろしく。私はＷＨＯのメディカル・オフィサーのシホコ・サエキよ」

握手をする。メアリーはたっぷり太っていて掌にも力があった。

今回、彼らのチームは七人でやってきていた。マイケル以外はすべて初めての顔ぶれであった。中に若いロジスティシャンが混じっている。診療に必要な施設の建設や、物資の調達などを担当するスタッフだ。マイケルがそっと教えてくれたところによると、彼の父親はソマリアで武装集団に襲われ、射殺された医師だったという。

「ＭＳＦに入るのを、母親は泣いて止めたそうだ。そりゃ、そうだ。夫ばかりじゃなくて、息子の命もどうなるかわからないんだからな」

他国の人々の命を救うために、彼らは豊かな母国を後にしてやってくる。彼らを待っているのは、感謝と賞賛とは限らない。その国の人間に、本当に無造作に殺されてしまう。憎しみを持たれているわけでもない。いつもの習慣から銃を向けられるのだ。

それはＷＨＯの職員といえども同じであった。感染症だけでなく、何年かに一人は、無意味な暴力によっても命を落とすことがある。

「自分たちを救ってくれる人間の命を奪うはずがない」

と信じ込んでいるのは、平和で豊かな国に生まれ育った人々だ。この地域では何があってもおかしくないと志帆子は思っている。銃は所持していなかったが、いつもサバイバルナイフを持ち歩いている。これで何が出来るというわけではないが、フィールドワークに出かける時に身につけているウエストポーチの中に、しのばせていると心が落ち着く。ときたま触れる硬い感触が「覚悟」という二文字を浮かび上がらせてくれた。

国境なき医師団のチームはテントを張りその中で宿泊するが、志帆子は彼らといったん別れ、現地スタッフと一緒に再び車に乗る。MSFとは情報を共有し、さまざまな場面で協力し合うが、頼ることはまかりならなかった。自分たちの眠るところはあらかじめ確保しなければならない。

車で二十分ほど走ったところに小さな修道院があった。四人のポルトガル人のシスターがここで布教活動を続けている。

夕食は自家製のパンに、野菜とイモの煮たもの、そして肉がわずかばかり出た。美《う》味《ま》い、というものではないが志帆子はひと口も残さず食べる。相手に失礼であるという以上に、食べ物を食べられる時に丁寧に咀嚼《そしゃく》しておかないと、次にいつ食べられるかわからないことを身にしみて知っているからだ。

夕食の後、志帆子は乗り換えたパリのシャルル・ド・ゴール空港で、ふと思い立って買ったマカロンの箱を取り出した。青や桃色の美しい菓子は、中年を過ぎたシスターたちをことのほか喜ばせた。

甘いものは女の口をたちまち滑らかにする。たとえシスターでもだ。彼女たちはそううまくない英語を使った。

「ミズ・サエキ。あなたたちほど親切な国民を、私は見たことがありません。うちにある三台のミシンは、あなたたちの国のテレビ局が寄付してくれたのです」

四年前に村長がやってきて尋ねた。何か欲しいものはないかと。シスターたちは、欲しいものは山のようにあるが、中でもミシンが欲しいと答えた。それは食料や水と違って、村の子どもたちの未来をつくるものでもある。女の子たちにミシンを習わせ、シャツを縫うまでには育てたい。そうすればきっと自立させることが出来るだろう。

半年後にミシンが届けられた。その時に日本からやってきたというテレビ局の男が、子どもたちをミシンのまわりに集め、ずっと撮影していた。なんでも日本で大層人気がある、チャリティ番組で集めた金で買ったのだと言う。

「私たちは本当に有難いことだと思いました。それればかりか、さらに彼は私たちに尋ねたんです」

他に、何か欲しいものがあるかと。

「ちょうどその頃、パンを焼くオーブンが壊れていましたので、それをいただけたらと申し出ました。そうしたらその人は、オーブンだと絵にならないから、もっと別のものにしてくれ、と言うのです」

「絵にならない、とはいったいどういうことなのでしょうか」

別のシスターが志帆子に尋ねた。

「わかりません」

「そして彼は、井戸を掘らせてくれないか、と言いました。確かにここは水が不足しています。子どもたちは川まで水を汲《く》みに行っていますからね。大変な重労働です」

志帆子は頷く。ルアンダで買ったミネラルウォーターを持参していたが、シスターたちは煮沸した川の水を飲んでいた。

やがて彼はテレビの撮影チームと一緒に、日本から一人の老人を連れてきた。彼は日本でも有名な井戸掘り職人だという。

「彼はあちこちの土を調べて、ここだ、というところを見つけました。そして井戸を掘り始めました。ヤグラというものを建て、くる日もくる日も、土を掘り出したのです。あれは十日かかったかしら」

「いいえ、二週間よ」

さっきのシスターが再び口をはさんだ。

「それまでは遠まきに見ていた村人たちも、土を運んだりして協力し始めました。子どもたちも、まわりに集ってずうっと作業を眺めていたのですよ。それは朝から晩まで続きました」

「水は出たのですか」

途中からまだるっこしくなり、志帆子はつい聞いてしまった。

「はい、出ました。水が噴き出した時は、それこそ大騒ぎになりましたよ。大人も子どもも大喜びで歓声をあげました。あの時はちょっとしたお祭り騒ぎでしたね」

「それはよいことを聞きました。その話を聞いて私も嬉しいです」

「それが、悲しいことが起こったのです」

シスターは目を伏せた。他の三人もテーブルの上で固く手を組む。

「その井戸水は飲用に適さないことがわかり、日本人の手ですぐに埋められてしまったのですよ」

「まあ、そうなんですか」

「ですけれども、不思議な話だと思いませんか。水は出ているのです。もしかするとそれを飲んで、お腹を下すかもしれませんが、じきに慣れるかもしれません。私たちも、ここに住む人たちも、体はとても強靭《きょうじん》に出来ています。病原菌が入っているならともかく、何かの値が高過ぎるというものだったのですよ。もし人間に合わないものだったら、私たちは飲むのもやめます。それでいいではありませんか。人間が飲まなくても、家畜が飲むかもしれません。畑に撒《ま》いたっていい。それなのに、あなたの国の人は、せっかく掘った井戸を埋めてしまいました。私はあれほど苦労して掘ってくれた、あの老人が気の毒でたまりません」

「私たちはそれほど愚かではないのです。危険だと思えば近づきません。全く残念なことです」

「私が思うに、日本のテレビ局の人間は、たぶん責任をとることを怖れたのでしょう。ここで深刻な病気が拡まったら、きっと彼のせいになりますからね」

志帆子は注意深く答えた。

「それはそうかもしれませんが、私はあの井戸の跡を見るたび、とても空しく悲しい気持ちになります。必死で造ったものが無駄になる。こんなつらいことはありません。私たちはその繰り返しでしたから」

## 6

次の日は朝の五時に、修道院を出発した。ここから三時間ほどの集落で、デング熱大量発生の報告が入っていた。

エアコン付きの車を調達出来なかったので、陽が高くなるにつれ、窓からは熱風が吹き込んでくる。いつも志帆子は移動の車の中では眠ることにしているが、あまりの暑さのためにうまくいかなかった。

志帆子はバッグの中から日焼け止めクリームを取り出し、それをやや乱暴に頬にこすりつけた。アフリカや中東の地に来ると、自分がいつも砂漠に置かれた、一輪の花になったような気がする。太陽の下で、生花はみるみるうちにドライフラワーになっていくという。それはきっと事実に違いない。

志帆子はクリームを、薄く首すじにも伸ばす。SPF50＋のそれは日本製だ。いろいろなものを試してみたが、これがいちばんいいことがわかった。

といっても、日本の化粧品会社が、ときに四十度を超す大地で働く、日本の女まで想定してくれているとは思えなかった。アフリカや中東の出張から帰ると、志帆子の頬には幾つかのシミが出来ていた。

が、志帆子がこまめに日焼け止めクリームを塗るのは、自分が出向く南の大地を厭《きら》っているのではない。以前より中指に密着しなくなった肌に、クリームをこすりつけるたび、志帆子はこの地の過酷さを、自分の肌で実感している思いであった。

肌ぐらいが何であろう。この地で暮らす人々が、健康に対してどれだけのハンディを負っているか、わずかながら自分の体で確かめているのだ。

砂地がしばらく続いた後、蜃気楼《しんきろう》のように熱帯林が姿を現した。水と緑があるところに、人々は身を寄せ合うようにして暮らしている。案の定、そこには何軒かのレンガで固めた小屋が続き、比較的大きな家屋の脇《わき》にアンゴラ共和国の国旗を記したジープと車が停まっていた。打ち合わせどおり、今日は政府側の人間とここで会うことになっていた。

昨日と同じように、車の音を聞きつけて男たちが出迎えにやってきた。世界中どこでもＷＨＯのオフィサーは、このように敬意をもって迎えられる。

保健省の役人は二人。まだ若く、きちんとした発音の英語を喋った。おそらく留学経験があるに違いない。

初対面の握手をして、すぐに志帆子は質問を始める。

「この地区で患者は何人いるのですか」

「百二十八名です」

「それで死亡者は」

「三十四人にのぼりました」

アントニオ・チピタという名の役人は最新のノートパソコンを開き、本日までの統計と、患者の容態のデータを見せた。

「医師は何人ここに来ているのですか」

「八人です」

「それは少ないですね」

「しかし、これでも短期間で必死になって要請したのです」

この国の首都の医師不足から考えて、それは無理もないことかもしれなかった。

村長の家だというが、今は診療所になっていて、外のひさしの陰に数十人の人々が腰をおろして順番待ちをしていた。女たちはたいてい赤ん坊や幼児をしっかりと抱き締めている。

「通常ですと、高熱が出ても一週間以内に平熱に戻りますが、今度の場合はそのまま熱が続いて意識が戻らないケースが多いのです。いつものデング熱とまるで違います」

診療にあたっていた医師は、国境なき医師団（ＭＳＦ）のマイケルと、まるで同じことを口にした。

「輸血は足りているのですか」

「今のところ何とかなっています」

簡易ベッドには何人かの子どもたちが横たわり酸素吸入を受けていた。既視感のある光景だ。コンゴ共和国で、ソマリアで、ネパールで、チベットで、何度こうした場面に出くわしたことであろうか。貧しい国で、病は、あまりにもあっけなく幼ない者たちの命を奪っていく。当然自分にその権利があるとでもいうように、死神は易々《やすやす》とすばやくことを行う。

けれども志帆子が無力感に襲われたことは一度もなかった。まだこの仕事に就いて間がなかった頃、目の前で息をひきとる子どもを見て涙を流した時のことだ。

「泣いてはいけない」

当時の上司が言った。

「泣くのなら心の中で泣いて、その心をずっと持ち続けること。シーナ、よく聞きたまえ。これからこういう場面に出くわした時はこうつぶやくのだ。それでも確実にこの世はよい方向にむかっている、と。それをなしとげたのは私たちだと」

彼はこうもつけ加えた。

「ただの医師だったら、その場で泣くことも許されるかもしれない。けれども君はＷＨＯの職員なんだ。この感染の拡大を喰い止め、その予防法を世界に発信しなければならない。地球の大きさ分の責任が君にかかっている。とても泣いてはいられないはずだろう」

そのドイツ人の上司は、二年前、癌《がん》に命を奪われたが、その時志帆子は号泣したものだ。仕事ではないという思いがあった。

表の方で泣き叫ぶ声がする。役人と一緒に行ってみると、女が一人、ボディバッグにとりすがっていた。

おそらくアメリカ人だろうMSFの担当者が、困惑しきった様子でこう話す。

「家に連れて帰って、どうしても埋葬してやりたいそうです」

「なんとかしてやりたいけれども」

志帆子はウイジの方言に詳しい民俗学者でもあるチームメイトの方を向いて言った。

「感染して亡《な》くなった人は、ウイルスの巣窟《そうくつ》になっている可能性が高いのです」

女はきょとんとした顔をしている。感染という意味がよくわからないに違いない。

「この土地では、デング熱は悪魔がやってきて息を吹きかけると言われているのです。ですから、悪魔をとり去るまじないをすれば、息を吹き返す、という年寄りもいるのでしょう」

役人が彼女の代わりに答えた。

「なるほど。こちらで尊敬されているシャーマンを抱きこむ必要がありますね」

ひととおり見まわった後、志帆子は何人かの医師と看護師を呼び、聞き取り調査を行なった。それによると、この地区で最初の患者が出たのは二週間前。高熱が二日続いた後、いっきに下がり、すぐに正常な体温に戻ったという。が、その三日後に今度は四人の患者が同じような症状を訴え、そのうち二人が重症化して一人が死んだ。

「とにかく通常のデング熱よりも、はるかに高い致死率なのです」

口々に言う。

「こちらの風土病との合併症は考えられませんか」

「いいえ、患者から採取した検体からは、遺伝子診断でデングウイルスの感染が確認されています」

実験室診断を担当したのは、ここルアンダにある米軍の実験室だ。このアウトブレイクの情報を真っ先に聞きつけたアメリカは、疫病対策センターの凄腕《すごうで》ウイルス学者数名を、すでに応援に送りこんでいた。

「ウイルスが強毒化した可能性があるのではないでしょうか」

アントニオが問いかける。

「まだ情報が固まっていない段階でそういうことを軽々しく口にしてはいけません。

それはとても重大なことです。この感染が国外に持ち出されパンデミックを起こすかどうかはまだわかりません。パンデミックは感染症の概念を越えた災害ですから、その言葉ひとつで世界中を混乱させてしまいます」

「しかしこの状態は、パンデミックの予兆ではないでしょうか」

「そうさせないためにも、この地区で何とか喰い止めなくてはなりません。世界に警鐘を鳴らすかどうかは、私が決めます」

志帆子は役人の男をまっすぐに見る。黒い肌の男は目も、黒く丸く、睨み合うにはこれほどふさわしくない目はなかった。愚直にも狡猾にも見える目であった。

「とにかく医療サプライと応援を頼みましょう。ざっと二十万人分をカバー出来るよ
うにお願いします」

「ちょっと待ってください」

志帆子は言った。

「三年前、この国でコレラが拡大しました。その時やはり二十万人分のメディカルキットをお送りしましたが、それがその後、ソマリアやイラクの市場で売られていたことをご存知ですね。ちゃんとWHOのマーク入りで。そうそう、ユニセフのマークが入ったものもありました」

「それは聞いています」

「WHOは、あなた方の政府に原因を調べてくれと正式にお願いしましたが、ついに回答はありませんでした」

「それは私の知らないところで起きたアクシデントです」

「そうですか。こうしたアクシデントが多いということは、あなたの国の信用をなくすということなのですよ」

アフリカではよくあることであった。医薬品は、役人の手で平気で横流しされる。それを防ぐために、どれだけの労力と人手が必要になるか、この男は知らないわけではあるまい。

しかし医療の現場で、役人のモラルうんぬんを言い争うほど愚かなことはない。それはわかっているが、平然と二十万人分、と言われたことに志帆子は少々腹を立てていた。ジュネーブやドバイ、コペンハーゲンに備蓄してある膨大な医薬品は、たえずこうした貧しい国々に流れている。それが有効に使われずに、役人たちの懐《ふところ》をうるおすことになるのは耐えられなかった。いや、もっと許せないことに、闇《やみ》に消えていく医薬品が、武装勢力の資金になっている例も多い。

現場には、いつも「達成」や「感謝」がとびかっているわけではなかった。腹をきめ言うべきことは言い、時にはNOを告げることもある。

いずれにしても、数千人分の治療薬は必要であろう。志帆子はその分配を政府の医師団だけでなく、MSFにも協力してもらおうと決心している。彼らの方からも既に申し出があった。

夜はMSFの二人の女医たちと一緒に、村の有力者の家に泊まった。自分だけ別のところにしようとしたが、他のめぼしいところは男たちの宿舎となっていた。夕食はフンジといってトウモロコシの一種を茹《ゆ》でてすりつぶしたものである。ミネラルウォーターでそれを流し込むようにして食べた後、メイク落としシートで顔を拭《ぬぐ》い、ふた口ほどの水で歯を磨いた。

そうしてやっとパソコンに向かい合う時間が出来た。画面の光で、女医たちを起こさないように、パソコンを持ったまま寝袋をずるずると部屋の隅にひっぱっていく。

MSFのマイケルからメールが届いていた。

「シーナ、君に会えて本当に嬉しかった。相変わらず美しくて素敵でびっくりしたよ。どうか日焼けには気をつけてくれ。うちの優秀な女医たちも、肌は気になるらしく、時々パックなるものをするけれど、あれは夜見るとぞっとするね。

冗談はさておいて、ザンビアでも十二人の死亡者が報告されている。これはいったいどういうことなのだろうか。君の方でわかったことを教えてくれないか。それにしてもこの国の役人はまるで使えないよ。今、目の前の患者をどうやって助けるか、ということよりも、先進国からどれだけ医薬品と金を出させようか、ということばかり考えているような連中だ。

この国のほとんどの人間は、豊かさというものを全く知らずに死んでいくが、一瞬でも垣間見《かいまみ》たひと握りのエリートたちは、世界は何と不公平に満ちていることかと考える。それは全く正しいことなんだけれども、彼らの情けないところは、それならば金を持っている連中からうんと絞り取ろうとするところだろうね。僕らもやっていて、腹の立つことばかりだ。

が、僕たちがそんないがみ合いをしている間にも、多くの人間が亡くなっていく。そう思うとつい、いろんなことに目をつぶり、がむしゃらに前へ進むことだけを考えてしまう。

ところでWHOの方で医療サプライを出してくれるのならば、その普及方法は任せてくれないだろうか。僕たちはこの国のラジオ局と早くから接触していて、今までもたくさんの情報を流してくれた。今回のデング熱もどきの診療も、

『もし患者がいるのならば、すぐにあそこへ連れていきなさい』

というメッセージをずっと流してくれていたんだ。

この国の人間は、使えない役人を別にして、実に気持ちよく親切だ。このラジオのおかげで、今もたくさんの人たちが診療所に詰めかけている。ブラボー!

じゃあ、また輸送方法について相談しよう。君たちは専門家だから、僕が口出しすることもないとわかっている。しかしちょっと気をつける箇所が幾つかある……」

小さな悲鳴が部屋の隅で起こった。イギリス人の女医が、恐怖におののいた表情で半身を起こしている。

「今、私の顔の上を横切ったのよ」

「何が」

「虫だわ。私の顔の上を、二匹か三匹、ずずっと動いていったのよ」

「ちょっと見てみましょう」

志帆子は強力な光を放つ懐中電灯のスイッチを入れた。

「何なの、これ!!」

志帆子も叫んでいた。部屋の一角をぞろぞろと黒光りするものが蠢《うごめ》いていた。一匹や二匹ではない。床に幾つかの行列をつくっているのが懐中電灯のあかりでわかった。

「ゴキブリだわ!」

女医はもう大声をたてず、絶望の深いため息を漏らした。

「私、この世でいちばん嫌いなのはゴキブリなのよ」

「わかったわ。ちょっと待ってて」

志帆子は持参した殺虫スプレーのふたを取った。そして虫たちに向かってひと吹きすると、流れがぴたっと止まった。

「ああ、よかった……」

女医に向かって志帆子は少々皮肉を言った。

「虫が嫌いで、よくMSFに入ったわね」

「あら私、猛獣は全然嫌いじゃないの。むしろ好きなぐらいなのよ。ライオンや象に会えると思って、うちの事務所に飛びこんだけど、でもめったにライオンは見ない。見るものはやっぱり虫ね。本当に虫はイヤだわ。この仕事始めてもっともっと嫌いになったわ」

7

トヨタの四輪駆動車は、さらに北へと進む。コンゴ民主共和国との国境にほど近いウイジは、かつてコーヒー栽培で栄えたところだ。しかし二十七年間にわたる内戦の中心部となったため、州のほとんどは荒廃にさらされることになった。

今の大統領は安定政権と強調しているものの、アンゴラではつい最近、サッカーのアフリカン・カップのためにやってきていたトーゴのチームがテロ組織に襲われた。反政府勢力は、細々とではあるがまだ活動をやめることはない。

それよりも怖ろしいのは地雷であった。彼らの活動が弱まったと言っても、地中に埋められた地雷の力が弱まったわけではない。

アンゴラ国内の移動は最初陸路が予定されていたが、ルアンダで会った政府の要人は、

「それでは安全が保証出来ない」

と言いきった。地雷はまだ完全には撤去されていないからだ。

そのためウイジの中心地までは、WFP（国連世界食糧計画）の食糧輸送用飛行機に便乗した。といっても、WFPは人を運ぶことよりも食糧を運ぶことを優先する。たとえWHOのオフィサーでも、持ち込む荷物は十二キロまでと決められているのだ。だから志帆子は、仕事道具のほか、ほんのわずかな着替えと虫除《むしよ》けスプレーしか持てなかった。虫除けスプレーは、この地では最重要品となる。デング熱を媒介すると

いわれる蚊を追いはらうためだ。車から降りるたびに志帆子はスプレーを吹きかける。ルアンダを遅れて出たメンバーも到着し、志帆子のチームがつくられた。疫学者、セキュリティ・オフィサー、ロジスティシャン、メディカル・エントモロジスト（衛生昆虫学者）、民俗学者たちである。

感染症がアウトブレイクする現場で、民俗学者がどれほど活躍するか。その力は想像をはるかに超えている。

たとえばアフリカの地で祈禱師《きとうし》の存在は大きい。木の皮や根を、人々が大切に持っていることがある。祈禱師が「薬」といって住民に渡すものなのだ。決してこういう祈禱師をインチキと決めつけ、非難してはいけないことを、志帆子は民俗学者から習った。

「そんなことより彼らを、こちら側の陣営に引き込むことが大切なのだ。私たちが帰った後、人々はもとの暮らしに戻り、また時はゆっくりと流れていくのだから」

アフリカやアジアの奥地に行くうち、志帆子はその言葉に心から同意出来るようになった。どこの土地にも誇りと歴史がある。それを土足で踏みにじることは出来ないと思う。医学者として歯がゆいことはいくらでもあるが、そこで科学をふりかざしてはいけないとＷＨＯオフィサーの、もう一人の志帆子が言っている。この土地には薬も科学もない。たまにやってくる先進国の人間がそれを充《み》たしてやることも出来ない。感染症がはびこり、人々が恐怖と不安の中にいる時、祈禱師はひとつかみの光を投げかけてくれる唯一《ゆいいつ》の存在だ。将来を予見して、悪魔の怒りを鎮《しず》めてくれるのだ。そういう人たちを、どうして責めたり、嘲《あざけ》ったり出来るだろうか。祈禱師を侮辱することは、その土地に住む人全体を侮辱することでもある。

何年前になるだろうか。アフリカのある国でエボラ出血熱が大発生した時のことだ。志帆子たちのチームはとある村に入った。エボラ出血熱で亡くなった人々の遺体は、灌木の茂みの中、あるいは村はずれの岩陰などで次々と見つかった。志帆子たちは、まずその遺体を収容することから始めた。

検体を採取し、遺体をボディバッグに入れて埋葬する。この時応援に来てくれた国境なき医師団（ＭＳＦ）のグループは、頭からすっぽりと白い防護服をかぶっていた。

それを見た村人たちは、たちまちパニックに陥った。その地方には悪魔は白装束を着てやってくるという言い伝えがあるのだ。やがて投石が始まった。通訳がいくら、やめろ、やめろと叫んでも、石つぶてが容赦なく彼らをめがけて降ってきた。志帆子と医師たちは、あわててその場を離れたが、住民たちの怒りと恐怖はおさまらず、鍬《くわ》や棒を手にして集まった彼らはジープを破壊していったのである。

その後すぐに志帆子たちはふつうの洋服に着替え、村長に事情を説明した。その場に祈禱師も同席していてこう勧めてきた。

「まずはふつうの服装で来てください。そして皆の前で、なぜ白い服を着るか説明してから着替えてください。私も必ずあなたたちと一緒にいます。そうすれば皆は、あなた方が悪魔でないことがわかるでしょう」

皆は広場でひとつの儀式を行なった。住民たちが遠まきに見守る中、白い防護服、あるいは青色の手術着を着たのだ。なるほどこちらの方がよほど人間らしく見えると志帆子は思った。

ジープを一台壊されたにもかかわらず、この時MSFから、ひと言も愚痴が漏れなかったのはさすがであった。彼らもこの地に住む人々が、独得のメンタリティを持っているのを知っている。そしてそれを「遅れている」とか「原始的」などと決して思ってはいけないのだ。

志帆子はいつのまにか、現地の人々の気持ちを尊重しながら、妥協する術を身につけていった。

たとえばボディバッグのことがそうだ。志帆子は国際会議に出るたびに、いつも遺体処理の重要性をアピールする。伝染病で亡くなった家族をいつまでも家の中に寝かせている例は多いし、埋葬するにしても集落から近い場所で済ませてしまう。そして志帆子たちが使う、密封出来るボディバッグには、住民たちが反発することがあった。合成樹脂の色と形に怯《おび》えてしまうのは仕方ないことだろうと志帆子は考える。

通訳を介さず、嘆き悲しんでいる死んだ患者の妻に言った。

「私たちが体を綺麗《きれい》に清めました。ちゃんと天国に行けるでしょう。それからそんなにこの袋が嫌ならば、あなたの一族に伝わる模様の、美しい布で袋をおおってあげましょうね。埋葬は私たちも手伝いますよ。二メートル以上掘らないと野犬がやってくるわ。そして感染が拡がるの。だからあなたのご主人を、まずこの袋に入れさせてくださいね」

女は志帆子の方を向いて言った。

「ありがとう。そうしてくれれば夫も天国に行けます。あなたはとてもいい人ですね」

「私だけでなく、ここにいる医者も通訳もみんないい人たちですよ。この村にこれ以上悪魔が住みつかないように頑張っているのですよ」

女が去った後、アメリカ人のＭＳＦの医者が驚いたように言った。

「シーナはポルトガル語が話せるんですね」

「私が今喋ったのはスペイン語よ」

志帆子はかすかに微笑《ほほえ》んで言った。

「私、子どもの頃にしばらくメキシコにいたことがあるの。それで少しスペイン語を話すけどポルトガル語と似ているから、意思の疎通《そつう》は出来るみたいね」

実はアンゴラに向かう飛行機の中で、ポルトガル語のハンドブックを読んで勉強していたのであるが、現地に来たらスペイン語も通じるような気がして、今もつい女に声をかけてしまったのだ。

男性医師は、素晴らしいと首を振った。

「シーナは語学の天才だね。英語は完璧だしフランス語も見事だ。そのうえスペイン語とはねえ。うちにも時々日本人医師がやってくるけれど、彼らはものすごく優秀だが、英語はちょっと発音が悪いかなあ。あの難しい日本語を使うことでパワーを奪い取られてしまうのかもしれない。それにしても、シーナがスペイン語まで話すとはなあ」

「私の妹は、もっとうまかったわ。スペイン語はネイティブに近かったもの」

「おお、シーナの妹。さぞかし君に似て美人で頭がいいんだろう。彼女も君みたいに国際機関に勤めているのかい」

「いいえ、彼女は死んだわ」

志帆子は言った。

「十一歳の時にね」


どうして妹のことなど話してしまったのか。

その夜志帆子は寝袋の中で、何度後悔したことだろう。虫除けスプレーをあちこちに吹きつけたからか、今夜はゴキブリが出ない。昨夜悲鳴をあげた女医たちは、別の宿舎を見つけてそちらの方に移動した。

内服しているマラリアの薬のせいで精神が昂《たか》ぶっているのがわかる。こういう時に見る夢はいつも生々しくて、しかも過去に見た凄惨《せいさん》な光景ばかりだ。

何人も折り重ねられ、火をつけられるばかりになっていた感染者の死体。そしてあれは、やはりアンゴラで発生したマールブルグ病の患者。この病気は歯ぐきから出血することも多い。

ずらりと何人かの患者が並んでいる。黒い肌をした男や女が、次々と口を開ける。かっと口を開ける。おおかたのことには動じない志帆子であったが、あの時はたじろいだ。口の中はみんな血で赤く染まっている。赤と黒のコントラスト。黒人の吸血鬼が口を開けて襲ってくるような気が一瞬したのは、あの時もやはりマラリアの薬を飲んでいたからだろう。

ダメだ。今夜はどうかしている。どうして患者のことを吸血鬼だなどと思ったりしたのだろう。今まで彼らに対する偏見の言葉をひとことでも口にした政府役人や医者を、志帆子はどれだけ軽蔑してきたことか。部下だったら激しく叱責《しっせき》した。その自分がどうして次々とあの血で染まった患者の口を思い浮かべ、怖ろしいと思ったりするのだろうか。

ダメだ。こんな夜は本当に妹のことを考えてしまう。

妹の菜美子《なみこ》とは六歳違いだ。あとになってわかったことであるが、さんざん父の女性関係に悩まされていた母が、夫の心を繫《つな》ぎとめようとして、三十半ばで産んだ子どもなのだ。

それなのに父と母の仲は険悪になるばかりだった。激しい口論が続いたかと思うと、何日も口をきかないこともある。こうした両親の下、姉妹の結束がどれほど固くなるか、ふつうの人にはわからないであろう。

父と母の罵《ののし》り合う声が聞こえる時は二人で子ども部屋でしっかり抱き合っていた。

母親のすさまじい怒声を聞かせまいと、ずっと妹の耳をふさいでいたこともある。

「シホちゃん、大丈夫だよ」

妹は自分の手でその手をはずした。

「あのさ、夫婦ゲンカするっていうのは仲がいいってことなんでしょう」

「そんなこと誰が言ったの」

「ママよ。ママがこのあいだ私に言ったの」

「ふうーん。まあ、そういう夫婦もいるかもしれないけど」

うちはちょっと違うかもしれない、という言葉を呑《の》み込んだ。幼ない妹にそれ以上のことを聞かせてはいけないと考えたのだ。

父親の仕事の関係でメキシコに住んでいた時は、日本人学校もないところだったので、現地の学校に通った。当時のメキシコは治安が悪く、外に出ることは母親から禁じられていた。楽しみといえば、日本の祖母が送ってくれる本を読むことと、その内容を妹に話してやることだ。ダイジェストにして、セリフは自分で直し、面白おかしく語ると、菜美子は目を輝やかして喜んだ。

「シホちゃんって、本当にお話がうまいね。大人になったら作家か女優になりなよ」

「まあ、どっちかって言えば、女優の方がいいかな」

「そうだね。シホちゃんはこんなに綺麗なんだからさ。きっと女優になれるよね。じゃあ約束してよね。シホちゃんは女優になって、絶対TBSのドラマに出てね」

この頃、菜美子はやはり祖母が送ってくるTBSの連続ドラマのビデオを何よりも心まちにしていたのだ。

その菜美子に脳腫瘍《しゅよう》が見つかったのは、帰国してすぐの頃であった。私立の小学校の編入試験を受けた後、頭が痛いと言い出したのが発見のきっかけだった。

大学病院で二度にわたる大手術を受け、日本での日々のほとんどをベッドの上ですごすことになった。

少し天然パーマの髪はポニーテールがよく似合い、結い上げるのは母だったが、リボンの色を決めるのは志帆子であった。

「なっちゃん、今日はさ、天気がいいからこのピンク色のにしなよ」

「やっぱり秋っぽいのがいいよね。この緑色、大人っぽくてシブいよ」

が、その髪は手術のために、すべて剃《そ》られてしまった。坊主頭《ぼうず》になった菜美子は、十一歳という年齢よりもずっと幼なく見えたが、どれほど聡明だったかと、志帆子は身内の欲目でなく思い出す。昔、姉にねだっていたダイジェスト版でなく、その時は自分で本を読んだ。その読書量ときたら驚くほどで、志帆子は本屋や図書館に何度足を運んだことだろう。指定された本の中には、大人もあまり手を出さない古典や美術に関するものも含まれていた。

あれは菜美子が二度めのくりくり坊主になった時のことだ。読んでいた本を突然、布団《ふとん》の上に置いて言った。

「ねえシホちゃん。シホちゃんはお医者さんになりなよ。女優はもうやめてさ」

志帆子は驚いて妹の顔を眺める。メキシコ時代のたわむれの約束を、その時に思い出したのだ。

「ねえ、私と約束してよ。きっとお医者さんになるってさ」

「うーん、お医者さんかァ」

志帆子はわざと慎重に考えるふりをする。

「なれたらいいけど、お医者さんになるのってむずかしそうだもんなァ。うんと勉強しなきゃいけないしさ」

「だけどシホちゃんならきっとなれるよ。だって頭いいしさ」

志帆子はその頃、私立の名門校に通っていたが、一流私大の経済か法学部が第一志望で、模試でも合格圏に入っていた。医学部進学はまるで頭になかった。

「ねえ、シホちゃん、約束して。きっとお医者さんになるって。そして私みたいな病気の子を治すって」

「うーん、約束ねえ……だってなっちゃんはもうじきよくなって退院するんだしさ」

「ダメ。ちゃんと約束して。私、本気だよ。ねえ、シホちゃん、約束だよ」

しかしこの約束を、志帆子はすぐに忘れてしまう。高校に入学した頃から、志帆子はまわりの男子学生から騒がれるようになった。美少女は他にもいたのに、彼らは志帆子をいちばんと認めたのだ。

その中の一人とつき合うようになり、一年生の冬休みに初体験を済ませた。これを知った時の母親の怒りといったらなかった。ふしだら、とさんざん罵った後にこう口走ったのだ。

「天使みたいな菜美ちゃんが病気になって、不良のあんたがこんなことばかりしている。いっそ代わってくれればよかったのに」

思っていたとおりだったと志帆子は思った。母親が自分よりもはるかに妹のことを愛していることを、ずっと以前から気づいていた。死ぬのはあんただったらよかったのに——というのが偽らざる気持ちだったのだろう。

この時から志帆子は、密《ひそ》かに妹の死を待つようになった。妹さえいなくなれば、母親の愛をきちんと受けることが出来るのではないかと考えるようになったのだ。しかし妹は可愛い。自分を慕ってくれている。今までどおりリボンを結んでやる時、志帆子は自分の心の暗黒に吐き気をもよおすことさえあった。

これほど妹はいとおしいのに、この妹さえいなくなれば、という気持ちを捨てることが出来ないのだ。それは母親への反発、父親への過度な愛情と結びついてゆがんだ形をとっていく。

しばらく妹に会えなくなってしまったのだ。病院で息をひき取った時にも傍にいなかった。ほんの短かい間にせよ、妹の死を願った自分が本当に怖しくなったのだ。どうしたら妹に許してもらえるのか。どうしたら自分の心が救われるのか。そんな時、妹の言葉を思い出した。

「いつかきっとお医者さんになってね」

まだ間に合うだろうかと、泣き崩れていた志帆子は立ち上がった。遠い日のこと――。

いつのまにか志帆子は深い眠りに落ちていった。

# 第四章　疑　惑

*1*

「あら、ママが出てるわ」

新聞を読んでいたれおなが、声をあげた。

「ほら、ここのページ」

拡《ひろ》げたままで継母の結花《ゆか》に差し出す。国際面であった。

「アンゴラ共和国でデング熱大量発生」

という見出しで、最後に数行、

「WHOの佐伯志帆子メディカル・オフィサーは、新型ではなく流行もおさまりを見せつつあるものの、今後も注意深く推移を見守っていきたいと語った」

とある。小さな記事である。

「よくこれ、見つけたわね」

「予備校の先生に言われてたの。国際面と経済面は隅から隅まで読んどけって。だけどそのおかげで、今、アンゴラに行ってるのがわかったわ。相変わらず忙しいのね、あの人」

わざとそっけなく言うのは、目の前の継母への遠慮というよりも、照れによるところが大きいようだ。

「それじゃ、あとでメールでもうっておこうかな」

ひとりごとのように言い、立ち上がった。

「あの、それから私、高校の時の同級生とご飯食べてくるかもしれない。だから夕食いりません」

「はい、はい、わかりました」

れおなの父親であり、結花の夫である斎藤裕一は、三日前から提携している上海《シャンハイ》の病院へと出向いていた。日頃は娘に甘い父親であるが、受験生が夜遊びするとなるとあまりいい顔はしない。だから斎藤が海外出張の折は、れおなは気晴らしと称して時々出かける。それを咎《とが》めだてするような継母でもなかった。

「それなら私も、外でお食事してこようかしら」

「いいんじゃないですかァ。ゴージャスなフレンチとか行ってくれば。うちのパパって、このところ和食ばっかで、ホントにじじくさいもんね」

何気ない会話のようであるが、れおなはさりげなく継母に気遣いをしている。両親の離婚、父親の再婚という経験をしてきたこの十九歳の娘は、年よりもずっとおとなびたところがある。無邪気で明るい金持ちの娘らしいふるまいをしながら、注意深く相手の心を読みとろうとしていた。ひと言でいうとやさしい娘である。

他の誰もが言うことであるが、全く結花はついていたのだ。四十三歳の今、つくづく思う。同期の女たちを見るがいい。CAがスチュワーデスと言われ、女の子たちが憧《あこが》れる花形職業だった頃、結花たちは航空会社に就職した。大阪の名もない短大で、スチュワーデスになった者など他にいなかったから、二度ほど頼まれて母校で講演したことがある。機内での苦労話や、有名人との邂逅《かいこう》をちらりと喋《しゃべ》ると在校生たちは目を輝やかせたものだ。

「お話を聞いた後、語学の授業に驚くほど熱心になりました」

と学校側からの礼状には書いてあった。

あの頃は本当に楽しかった。バブルという信じられないほど豊かでにぎやかな時代が日本に訪れたのだ。若くて美しい女、ましてや大手の航空会社のスチュワーデスという肩書きがあれば、その恩恵はひとり占めできた。

会員制のクラブ、商社マンや弁護士、医師たちとのにぎわい。多くの女たちがこの時に伴侶《はんりょ》を見つけた。秋口になると、いったい何回披露宴に出たことであろう。その二次会にもチャンスはいくらでもあった。花嫁がスチュワーデスとなると、男たちは彼女の同僚めあてに張り切ってやってきたものだ。

幾つかの出会いがあり、幾つかの別れもあった。三十を過ぎても結花はまだ強気でいられた。

「あれっ……」

という気持ちになったのは、三十五を目前にした時である。どうやら自分はふるいにかけられていて、しかも落とされていく側の女だということに気づいたからだ。自分のどこが悪いのかまるでわからなかった。昔から美人と言われていたし、性格のよさを誉《ほ》められたこともある。スチュワーデスは女の世界なので、いざこざは日常茶飯事であったが、結花はそういう中には入らないタイプの女であった。自分を律していたわけではない。何とはなしに、そういう綱の引き合いからはずされてしまうのだ。

「綺麗《きれい》だけれどどことなく鈍《どん》くさい」

合コンの後、そう評した男がいたことを後で知った。その頃、どうということもない、ふつうのサラリーマンとつき合っていたが、すぐに破局がきた。

そのうち、ふるいにかけられるのは結花より若い女だけになっていった。若い女たちだけが掬《すく》い上げられ、男たちの手で巨大なふるいが揺すられる。結花はもう、ふるいの中にも入れてもらえないのだ。

「あれっ……」

もしかしたらという思いが、あきらかに、

「ついていない」

と実感出来たのは、会社が倒産しかかった時だ。日本人なら誰でも知っている国際的な企業が、会社更生法適用の憂《う》き目にあうなどと、いったい誰が予想しただろう。数ヶ月ごとに何百人単位でリストラがあった。三十代のスチュワーデス、その頃はCAと呼ばれるようになった女たちが、まっ先に声をかけられ、会社を去った。別のふるいでは、結花は残ったのだ。

今度のリストラでは、間違いなく会社に残れない、というギリギリのところで結花は斎藤と知り合い、すぐにプロポーズされた。これは同期の独身の女たちを、どれほど羨《うらや》ましがらせたことであろう。

結婚出来なかった彼女たちの多くは、苦難の道を歩いていた。マナースクールの講師になるのはまだいい方で、あとは外食産業のトレーナー、受付、ホテルのレセプション係、ショップ店員などという選択があった。贅沢《ぜいたく》な思い出とプライドを充分持っている女たちには、つらい仕事も多い。

その中にあって、大金持ちの美容外科医の妻となった結花は、皆の羨望《せんぼう》の的だ。夫はやさしく、すぐに家族カードを持たせてくれた。実家の母は心配していたけれども、義理の娘ともうまくいっている。友人たちに言わせると、

「なんてついてるの。こんなの、アリなの」

ということになるのだ。

もちろん好意的な祝福ばかりではない。結婚してからというもの、さまざまな雑音がいろいろなところから聞こえてくる。しかし嫉妬されるのも女の醍醐味《だいごみ》というものだ。

同期で、聞いたこともない三流会社に勤めるサラリーマンと結婚した女もいるが、噂《うわさ》に上ったこともなかった。

さて、今夜はどうしようかと結花は考える。実は彼女の行動半径というのはそう広くない。

若い頃、都会のエスカレーター式の女子校を出た同僚が不思議でならなかった。小学校時代の友人と、ずっと友情を続け、何かというとやたら集まるのだ。こういう女たちは、娘が生まれると必ずといっていいほど自分の母校に入れ、母親たちとまた親密な関係を持つのである。

しかし子どもを持たなかった結花には、こうした世界は全く無縁であった。高校まで島根で育ったので、同級生ともつき合いはない。

電話をかけて会ったりするのは、専《もっぱ》らCA時代の同期ということになるのであるが、これがどうもむずかしいことになっていた。同期には、医者や弁護士、外資の金融マンと結婚した女もいるにはいるが、独身生活が長かった結花がつき合いを続けているのは、今も独身を通している女が多い。こういう女たちと食事をするとなると、店選びもついわびしいことになる。居酒屋と変わりないような和食屋か、安ワインしか置いていないイタリアンだ。若い頃から舌が肥えているはずの彼女たちも、中年期にさしかかって吝嗇《りんしょく》になっている。たまには奢《おご》ってもいいので、評判のうまい店に行きたいと思っても、そうすると嫌味にとられかねない。嫉妬されるのはよくても、反感を買うのはご免であった。

あれこれ考えた結果、結花は島田《しまだ》君枝《きみえ》に声をかけてみようと思いつく。

君枝は同期の中でただ一人「飛んでいる」女であった。会社側の嫌がらせにもめげず、組合の力をうまく笠《かさ》に着て渡り合う、などという芸当はなかなか出来ることではなかった。一時期は教官もしていたのであるが、そちらの方がリストラされやすいということに気づき、またチーフパーサーとして乗務していた。

主に国際線の中距離を飛んでいるが、朝、シンガポールに到着したのち、夜には乗って帰ってくるという、やめさせるためとしか思えないような過酷なフライトにもめげない女だ。彼女ならそう気がねすることなく、奢ってやることが出来た。働いている女ほど、こういう時は素直に払わせるものだからだ。

彼女のシフトを知っているわけではないが、東京にいたらめっけもの、という思いでメールをうってみた。

「ご無沙汰《ぶさた》ー、もし今夜東京だったら、久しぶりにごはん食べない？　いろいろ話したいこともあるし」

すると三十秒もたたないうちにメールが返ってきた。

「わー、うれしい。ぜひ、ぜひ。だけど今日構わないの」

「今日は、ダンナが海外出張なの。久しぶりにのんびり」

「えー、そんなはずないいんじゃない？　私、昨日、おたくの旦那さまお乗せしましたよ、香港《ホンコン》から」

「まさか。うちのダンナは上海行ってて、帰ってくるのは明日よ」

「間違いないわよ。だって私、ユカの披露宴行ってるから、顔だって知ってるわ」

ここで結花はメールをうつのをやめ、電話に切り替えた。つい習慣でそうしてしまうが、メールを延々とうち合う行為が、どうしようもないほど愚かに思える一瞬がある。

「ねえ、本当に主人だったの」

前置きなく尋ねた。

「そうよ、間違いないってば」

「だったら声をかけてくれればよかったじゃないの」

機内でCAが知り合いに挨拶《あいさつ》するのはよくあることであった。

「だけどね、秘書の人と熱心に話し込んでいたから」

女と一緒だったのだ。そしてこの事実をどうやっていちばん効果的に伝えようかと考えたらしい女友だちの意地の悪さを感じた。

「どうして秘書だって、わかったのかしら」

平静を装《よそお》って結花は尋ねる。返答次第では交際を断つつもりであった。

「それがね、何か顔の断面図みたいなものを拡げて、二人でいろいろ話してたのよ。それから女の人の顔が……」

「顔が……」

「何ていうのかなあ……美人っていえば美人なんだけど、ものすごく人工的なのよ。ほら、結花も知ってると思うけど、機内のあかりって、ヘンな影つくって、女はたいていブスに見えるわよね。私、教官時代、メイク講習の時にいつも言ってた。機内のあのあかりは三割方割り引かれて見えるから、メイクはきちんとして口紅の色もうんと気をつけるようにって」

「だからどういう風にヘンなのよ」

つい苛立《いらだ》った声が出た。

「だから、あの人工の光の下じゃ、はっきりわかるわ、整形ばっちりしている人の顔だって。ほら、女優の野崎優子の時と同じよ。昔私たちがヨーロッパ便に彼女乗せた時、機内でバレバレだったじゃない。あの時と同じ。だから私、おたくのご主人の病院の関係者だって、すぐにわかったわけ」

「そうね、秘書の彼女かもしれないわ」

君枝に深い意図はなかったようなので、結花はあわてて取り繕う。

「多分、成田から実家に行ったのかもしれない。私に遠慮してるから」

「ふーん、そういうものなの。それで今夜、何食べる？　私、久しぶりにお鮨《すし》がいいわ……」

最後の言葉を結花は聞いていなかった。

翌日、斎藤が予定どおり帰ってきた。

「全く行くたびにびっくりするよなァ。超高層ビルがにょきにょき建って、まるで未来都市だよ。ホテルの部屋は三十八階だったから、見える景色がビルの先っぽだけだ」

すこぶる上機嫌である。夫が寝室に入った後、結花はブリーフケースを開けた。携帯を見ようとは思わなかった。配偶者の携帯を盗み見る女を、かねがね彼女は軽蔑《けいべつ》していたからである。だいいちあれほど用心深い夫が、証拠を残しているとは思えない。そうでなかったら、どうしてあれほど無造作に、テーブルや棚の隅にひょいと置けるだろうか。

携帯は見ようとは思わなかったが、同じようにブリーフケースに無造作につっ込まれているパスポートなら見ても構わないような気がした。

出張の多い斎藤のパスポートには、国別のスタンプが幾つも押されている。その中に結花は香港の印を見つけた。出国記録はおとといになっている。そして帰国スタンプはと、結花はページをめくる。NARITAという文字と、こちらもおとといの日づけを見て、結花はああと声をあげる。

これほどぬけぬけと嘘《うそ》をつける夫を本当に怖《おそ》ろしいと思う。

いったいどうしたらいいのだろうか。なじって責めて、夫に本当のことを言わせるのであろうか。よくテレビドラマで見るシーンである。しかし結花の胸の中に、それほどの怒りが湧《わ》いてきたわけではない。あんな醜い争いをしてまで、夫に語らせようとは思わなかった。ただ困惑していた。厄介なことが起こってしまった。自分は妻として、夫の本当の姿を知らなくてはならないであろう。結婚後、浮気発覚は初めての経験であるが、それくらいのことはわかる。

しかしいったいどうやったら、夫の秘密を探れるのだろうか。病院の誰かに聞いてみようか。いや、信頼出来るような人物など誰もいない。

「仕方ない」

結花はすぐに決心する。

「興信所に頼もう」

2

結花はインターネット画面を開いてみた。「興信所」と検索すると、幾つかの事務所の名前が現れた。その中から聞いたことがある大きな事務所の名前をクリックする。

「サービス項目、料金のご案内」

というのがあり、素行調査はエコノミーコースが一日五時間以内、二名で七万一千円とある。スペシャルとなると写真やビデオをとってくれて八万九千円であった。考えていたよりも高い。しかし今の結花にとってはどうということもない額だ。

「生活費はここから引き出すように」

と、夫は銀行のキャッシュカードをあずけてくれている。その口座にはいつも二千万円近い金が入っていた。といっても結花はあまり引き出すことがない。買物や食事は別の口座から引き落とされるクレジットカードで済ませていたから、現金を遣うのはたまに近くの高級スーパーマーケットで買物するのがせいぜいだ。

この金を遣えばいいと結花は考える。いつも妻のために二千万近い金を用意してくれている夫を失わないためには、夫の秘密を暴《あば》かなくてはならない。結花はそう決心する。だからためらいなく、事務所の電話番号にかけてみた。

「はい、こちら、素行調査の誠心 麹町《こうじまち》事務所でございます」

若い女の声がした。明るくとても感じのよい声は、結花がほんの時たま気まぐれで申し込む、通信販売のコールセンターの女のそれと全く変わりない。

「あの……インターネットで見たんですけど」

「はい、素行調査の件でございますか。それとも個人信用調査でしょうか」

「素行調査の件で」

「はい、素行調査でございますね」

コールセンターの女が、はい、サイズは大瓶でよろしいですね、というのと同じ調子で復唱する。

「はい、主人の素行調査をお願いしたいのですが」

「お客さま、失礼ですが、お名前をいただけますか」

ためらいが胸をよぎったがもう仕方ない。名前を明かすしかないと結花は心を決める。偽名を使って興信所に調べさせるわけにはいかないだろう。それにホームページには、「絶対に秘密を守ります」とあった。

「斎藤結花と申します」

「ありがとうございます。それでは斎藤さま、こちらにおいでいただくことになりますが、よろしいでしょうか」

「はい、私、行きます、いつでも」

「それでは少々お待ちくださいませ。こちらで時間を調整しますので、折り返しお電話いたします。斎藤さまの携帯の番号をお教えいただけますか」

「090……」

と声に出しながら、もうひき返せないところに来てしまったと結花は思う。興信所に名前も電話番号も知られてしまった。とにかく金を払って夫の秘密を知る。対策を練る。つき進むしかないのだと自分に言い聞かせた。

それは彼女にしては非常に珍しい勇気というものであった。


しかし結花の勇気はなかなか報われなかった。最初の一週間、斎藤には何ら疑わしいところはなかったのだ。診察が早く終わった金曜日に、赤坂のなじみのクラブに出かけていたが、この時は男性二人と一緒で、彼らはクリニックの医師であった。

「もう一週間お続けになりますか」

黒っぽいスーツに身をつつんだ担当の男が尋ねる。慇懃《いんぎん》という表現がぴったりの声だ。最初ここに来るのが怖かった。興信所の人間の顔に、自分に対する憐憫《れんびん》の情——浮気された妻という——が、ちらりとでも浮かんだらどうしようかと考えていた。

しかし彼らにはそんなことはまるでなかった。職業的訓練で淡々とふるまうさまは、葬儀屋の人間とよく似ているかもしれない。人の不幸をどう扱うかについて、よく知っている連中だ。

「出来たら、このスペシャルコースをお勧めいたしますよ」

エコノミーコースよりも、ぐっと値段がはねあがる。週に五日間頼むとしたら、諸経費を入れて五十万円は下らないだろう。

男はパンフレットの右を指さす。そこにはカラーで男と女が腕を組んでいる写真が載っていた。

「しっかり写真とビデオをおとりいたします。こちらはきちんとした証拠として、民事の裁判にもお使いいただけますから」

「裁判……」

結花はその言葉の重さに息を呑《の》む。もし夫が浮気していても、訴訟を起こして別れるつもりはまるでなかった。それならば証拠を求めて何になるのかと問われれば、ただ知りたいだけだというしかない。

「じゃ、このスペシャルコースで結構です。それから……」

結花は用意してこなかった言葉を次に続ける。

「今回もダメでしたら、もう一週間スペシャルコースを続けてください。お願いします」

結局その女の名を知ったのは、それから三週間たってのちである。

「どうやら相手の女性は、宝飾のお仕事をしているようで、十日ほどイタリアにいっていたようですね」

担当の男は得意そうに顔を上げた。初めて感情をあらわにした彼は、まだ若いことがわかる。三十代半ばといったところであろうか。

「ですからなかなか相手が現れなかったのですね」

大きくひき伸ばしたカラー写真を取り出した。腕を組んで夜道を歩いている男と女がいる。女の顔はよくわからないが、そう若くないであろうことは、着ている服や体の丸みからすぐにわかった。どれほど瘦《や》せていようと、四十を過ぎた女は、肩や背のあたりが鋭角にならないのである。しかし結花は、短かいスカートから伸びた脚に胸が騒いだ。夫の好みの上位に、脚の美しさがあげられるのだ。知り合った頃、斎藤が結花の美点としてあげたのは、顔よりもまずは脚であった。そしてテレビを一緒に見ていると、よく女優やタレントの脚について批評する。

写真に写っている女のスカート丈はかなり短かく、女はそれにピンヒールを合わせていた。脚にかなりの自信がないと、これほど露出はしないだろう。間違いない、この女はきっと夫の愛人なのだ。男は報告書を結花の前に広げる。

「深沢怜さんという方で、年齢は……四十八歳ですね」

「何ですって」

結花は思わず声をあげた。

「私より上だわ」

「そうですか」

男はカタツムリが殻《から》の中にひっこむように再び無表情になった。そして写真をめくる。アップで撮られている女の顔だ。やはり若くない。くっきりとした二重瞼《ふたえまぶた》と、つんととがった鼻が、女の顔をなぜか落ち着かないものにしていた。

「美人だけど人工的」

と彼女のことを評した、友人の言葉を思い出した。

「えーと、この方の住所は港区麻布十番四の……」

男は報告書を低い声で読み上げていく。

「職業は宝飾品製造・販売会社経営ですね。この写真にあるビルは自分のもので、一階は店舗、二階はオフィスになっています。自宅は三階ですが、ここにご主人は、先週の月曜日と木曜日の二回訪れています。月曜日は食事を終えられた後、九時半にこのビルに入り、そして出てきたのは午前一時を少し過ぎていました」

結花は唇を嚙《か》む。月曜日のことが甦《よみがえ》ってきたからだ。夫を待ちながら、アマゾンから届いたばかりのDVDを見ていた。一本めは公開時に見逃したロマンティックミステリーで、人気俳優と女優の初共演が話題となったものだ。それを見終っても斎藤は帰ってこず、二本めのイギリス映画を見始めた頃に玄関の開く音がした。

「まいっちゃったよ。若い連中に誘われてカラオケさ。三曲も歌わされたよ」

と疲れ気味で苦笑する、夫の言葉を思い出すたびに口惜しさがこみ上げてくる。

「どうされますか。この女性の身元をもっと詳しくお知りになりたいですか。そうしますと、このダブルコースをお選びになるとお得になりますが……」

しきりに勧める男を無視して、結花はバッグを開く。

「もうこれで結構です」

家にまっすぐ帰ろうとしたのであるが、いきつけのネイルサロンに寄ってきた。ピンクとホワイトの二色に塗り分け、境目にラメをのせてもらった。どう見ても家事などしない女の手になった。

といってもこれで心が収まったわけではない。いったいどうしたらいいのだろうかと、結花はソファに体を投げ出す。

いちばんいい方法はわかっている。夫のことを見て見ぬふりをすればいいのだ。相手は若い女ではない。分別もそれなりの立場も持ち合わせていそうだ。夫に結婚を迫るタイプには見えなかった。大人同士の気楽なつき合いということだろう。ならこのままなかったことにしていいのか……と言うと、それは出来なかった。結花は悲しみ、かつ腹を立てているのである。

たいていの人が、金に目がくらんで、と思っているようであるが、決してそんなことはなかった。はじめはよくわからぬうちに、相手の強引さにひきずられたようなところがあったが、いつのまにか夫はなくてはならない存在になっている。要領よく立ちまわっているようで、無器用なところも好きだし、見栄っぱりで強がりなところが可愛《かわい》らしいと思う。金があることを誇ってもいないし恥じてもいない。自然に受けとめていながら、金遣いが大らかなところが大人の余裕だといつも思う。

とにかく夫はかけがえのない、この世でいちばん大切な人間なのだ。

その男を他の女と共有していたという薄気味悪さに、結花は耐えられないのである。知らん顔をしていれば、耐えられない期間はずっと長くなる。

（いったい、どうしたらいいのだろうか……）

考えても全くわからない。誰かに話を聞いてもらいたいと思うものの、結花にはほとんど相談する友人がいなかった。もしＣＡ時代の仲間に、このことを相談すれば、今月中に同期のすべてが知る事実となるだろう。

「仕方ないか」

君枝に電話をすることにした。同期でも彼女なら人の不幸を舌なめずりして聞くようなことはないに違いない。

結花は君枝を、昼下がりの青山のレストランに誘った。ここはオーガニックの野菜と、特別に育てた豚肉を食べさせる店だ。が、全く食欲がない。彼女からの、

「おたくの旦那さまが秘書の人と一緒に乗ってきたわ」

という言葉から、自分の苦悩は始まったのだ。少しは責任をとってくれてもいいはずである。

「ふーん、そんなことがあったんだ」

食事の途中でナイフとフォークを置いて深いため息をもらした。

「あの整形美女と付き合ってたんだ。おたくのご主人、たちの悪いのにひっかかったんじゃないの……」

結花が相手の名前と職業を伝えると、あ、ちょっと待ってと、自分のスマートフォンをいじり出した。

「これが深沢怜よ。確かにご主人と一緒だった女だわ」

「まあ、グーグルですぐに出てくるなんて、結構有名な人なのね」

「ひと頃、ここのパールをつけるのが流行《はや》っていたでしょ。私も後輩も何本か買ったし、結花だって持っていたんじゃない。確か年商が五億円とか聞いたわ」

「五億！」

その時結花の胸によぎったのは何とも言えない敗北感である。美しい女にはいくらでも勝てると思っているが、五億稼ぐ女とはいったいどうしたらいいのだろうか……。

「ふーん、これはちょっと手強《てごわ》いかなァ」

君枝はスマートフォンを見つめながらつぶやく。

「ばりばりの整形美女だけど、年も年よねえ」

「確か四十八歳とか言ってた」

「それだったら、もっと手強いわよね。この女とは二年、三年の仲じゃないわよ。相手が若い女だって聞いたら、私はいつも人に言うことは決まってるの。『きっとあなたの元へ帰ってくるから』だけどこういう若くない女が相手だと大変よ。だってこの年でも男の人が切らないわけでしょう。若さでも太刀打ち出来ない何かがあるってことよね」

「若さでも太刀打ち出来ないものって、いったい何なのかしら」

「この女、ご主人との間に子どもがいたりして」

「まさか。ヘンなこと言わないでよ。もし子どもがいたりしたら、興信所でもちゃんと言ったはずよ」

「それじゃ、話はますますこんがらがってくるわ」

「子どもがいるかもなんて、そういう言い方、無神経だわ」

いつのまにか結花は泣いているのである。

「そんなに泣かなくたっていいじゃないの」

「だって、君枝だって知ってるはずでしょう、私が二回も流産した話」

「だったら今から、もう一人つくればいいじゃないの」

「冗談はやめて。私をいくつだと思ってるのよ」

「あんたの方が短大卒だから二つ若いわ。頑張ったら産めないはずないわよ」

「そうかしら」

「ねえ、一度病院で診てもらいなさいよ。今は四十五の女が、平気で産む時代なんだから」

「でもねえ……」

「私いい病院知ってるのよ。子どもが出来なかった後輩が、結婚五年後に出来たんだから」

「そんなにうまくいくものかしら」

「本当よ。白金ソフィア病院のレディスセンターというところ。彼女はそこで名医と出会ったのよ」

3

白金ソフィア病院には、何度か行ったことがある。診療ではなく、たいていが見舞いのためであった。まだ旧《ふる》い建物の頃だ。そのうち二回は、友人の出産見舞いであった。二人とも元CAで、どちらも女の子を産んだ。

当時、産婦人科病棟は三階にあり、ここだけは病院の中でも「おめでとう」、「よかった」という声がとびかっていた。

十年ちょっと前は、世の中にまだバブルの残滓《ざんし》が充分あった頃だ。見栄というものが美徳とされていた。

「ここでどうしても産みたかったのよ」

弁護士と結婚した女は、生まれたばかりの赤ん坊を抱いて、このうえない満足の笑みをもらした。

「ねえ知ってる？　ここで生まれたベビーは、ソフィアのマークが入ったメダルを貰《もら》えるの。ソフィア病院で生まれた子どもだってことよ」

「あら、そうなの」

それがどうしたというのだろう。独身だった結花にはまるで意味がわからない。

「ちゃんと選ばれた子どもだっていうことが、そのソフィアのメダルでわかるじゃないの。生まれた病院っていうのは、母子手帳にも書かれるし、とっても重要なことなのよ。これからいい幼稚園や小学校に入れるとしても、どこで産んだのって聞かれて、そこいらの病院じゃ恥ずかしいでしょ」

当時からソフィア病院の産婦人科はすべて個室になっていて、ひと部屋ごとにシッターがついた。授乳が終わると、そのシッターたちが赤ん坊を預かり、すべてめんどうをみてくれるのである。母親がゆっくり体を休められるようにという配慮である。また病院食とは思えないほど贅沢な食事は、必ずデザートがつき、

「本当に天国にいるみたい」

という入院生活をおくるのだ。

その頃の結花はまだ三十になったばかりだったので、何の屈託もなくそういう話を聞いた。それどころか、

「私もここで産みたいわ」

とお愛想を口にしたくらいだ。

「そうよ。やっぱり子どもはここで産まなきゃ。あとは愛育とか山王よね。人生のスタートをきちんとしたとこで迎えさせてあげなきゃ」

と母親になったばかりの女はしたり顔でそう言ったが、あれが彼女の最高の時だったかもしれない。それから数年後、夫の浮気が発覚して離婚してしまうのだ。聞いたところによると、子どもを実家に預け、派遣社員として働いているという。

が、そんなことを知るよしもないあの日の彼女は、幸福のあまり少々傲慢《ごうまん》になっていたかもしれない。ガウン姿でエレベーター前まで送ってくれた時だ。産婦人科外来

の前に不思議な一角があった。長椅子《ながいす》に何人もの女たちが座っているが、いずれも若く、いずれも沈んだ表情でじっとうつむいているのである。そして腹の膨らんだ女が一人もいない。

「あの人たち、妊婦なの？」

結花はそっと尋ねた。

「ううん、今日は不妊の診療日なのよ」

彼女は、ちょっと声を潜めた。

「なんかあの人たち、すっごく暗いのよ。そしてね、こっちの方から赤ちゃんの泣き声が聞こえたりすると、すっごくイヤな顔するのよ。子どもが出来ないからって、どうしてあんなにキイキイしてるのかしら。出来ないものは仕方ないんだから無理しなくたっていいのにねえ……」

本当にそうねとあいづちをうったのか、それとも、そんな言い方をしなくてもいいのにと女たちに同情したのか、結花は憶《おぼ》えていない。ただ自分があの女たちの仲間になるとは、全く考えてはいなかった。

白金ソフィア病院では、不妊治療の患者があまりにも増加したため、レディスセンターとして独立させ、産科と違う階にした。これは子どもが出来ずに通院している女

たちの、

「新生児の泣き声を聞くのがなんともつらい」

という声に対応したものと思われる。

自分でも驚くほど、この二日間の行動は素早かった。夫の浮気を相談した友人の君枝の、

「それでは子どもをつくったらどうか」

という言葉にすぐさま反応したのだ。それは自分では諦《あきら》めていたというものの、子どもが欲しいという気持ちが常に心の奥底にうねっていたからに違いない。

自分の子どもを抱いてみたい。そしてその成長を自分の喜びにしたい……。女だったら誰でも持っている願望を、どうしても結花は打ち消すことが出来ない。

結婚してすぐに妊娠がわかった時の喜びは、生涯忘れることはないだろう。まっさきに夫に電話し、それから実家の両親にも報告した。母親が喜びながらも、

「そうはいっても、もうユカちゃんは若くないから充分に気をつけて」

と忠告するのをうわの空で聞いていたことが悔やまれる。ローヒールに履きかえ、厚手のタイツを穿《は》いたというのに、子どもはすぐに流れてしまった。稽留流産《けいりゅうりゅうざん》であっ

た。一年後にもう一度妊娠した時も、十三週でやはり駄目であった。

泣きじゃくる結花に斎藤は言ったものだ。

「これからは、夫婦でうんと仲よく楽しく暮らせばいいじゃないか。れおなも君になついているんだし、あの子を本当の子どもと思ってくれよ」

しかしいくら仲がいいといっても、継娘《ままむすめ》と本当の子どもとではまるで違うと結花は思った。この頃ふと考えるのは、斎藤がいなくなったら、自分はどうなるのだろうかということである。斎藤は自分に充分なものを残しておいてくれるだろうが、それでもれおなが貰うものに比べればずっと少ないに違いない。

それにれおなはまだ学生で、金のことにも恬淡《てんたん》としているけれども、いずれ医者となり開業をしたらわからないと、結花の中に猜疑心《さいぎしん》が芽生える。それはこの頃急に老いた実家の母が、しきりに言っていることである。最初は娘の結婚にはしゃいでいた母親が、「将来のこと」を口にするようになったのは、やはり二度めの流産の後であった。

「子どもがいないのだから、よっぽどしっかり考えなくては」

と母は言う。

「後でれおなちゃんと争うようなことにはならないでね。何といっても斎藤さんにと

って は実の娘なんだから、そりゃああちらの方に有利になっているんだろうよ。マンションの名義はどうなっているの。今のうちにちゃんとあんたのものにしてもらうのよ。それから保険の受け取り人も、ユカちゃんになっているんだろうね」

そうした言葉にいろいろ反発していたのであるが、それでも体に浸《し》み込むものはあったのかもしれない。れおながめざす私立の医大の、初年度の学費を聞いた時、結花の胸が騒ぐ。

「……こういうものはどうなるのかしら。こんなお金は、あらかじめ遺産を渡すようなものだわ」

とはいうものの、いつもすぐに心をなだらかにすることが出来たのは、夫に愛されている、大切にされているという自信ゆえであった。しかし夫には自分以外に長くつき合っている女がいるらしいのだ。

「今にその女と一緒になるつもりなのだろうか……」

君枝は言ったものだ。若い女と浮気をするならともかく、四十代の女と長く続いているとしたら、その絆《きずな》は相当に固いものなのだろうと。

結花はすべてが信じられなくなった。きちんと組み立てられていると思っていた自分の生活も、指で軽く押すとガラガラと崩れ落ちるものであった。れおなもどこまで心を許していいのかわからない。もしかすると自分の父親とその女のことを知っていて、無邪気な娘のふりをしているのではないだろうか。そもそもこの家は、前妻のことを言い過ぎると結花は思った。まるで結花が志帆子のことを全く気にしていないかのようであった。ありていに言えば、「お前のような平凡な女は、人間のレベルが違うのだから、嫉妬するはずはないだろう」とまわりは感じているに違いない。確かに志帆子は完璧《かんぺき》な女だ。世界スケールの仕事をして、そのうえ子どもも持っているのだ。あのどこからどう見ても自分は志帆子にかなわないというのは本当にそのとおりだ。あの女はすべてを持っている。夫以外だったら何でも。が、その夫を少しも欲しがったり、取り戻そうとも思わない。夫なしでも幸福に生きている女であった。それが何とも口惜しい。

そんな時、君枝は言ったのだ。

「今から子どもをつくればいいじゃないの」

そんなことが出来るのか、と問うたら、即座に出来ると彼女は答えたのだ。

あれから結花は眠れない。斎藤と自分との子どもをつくる、という希《のぞ》みを持ってから、興奮のあまりほとんど眠れなくなった。

子どもを産む。このことがいまの悩みをすべて解決してくれるただひとつの方法と思えたのだ。

結花はさっそくソフィア病院に予約の電話を入れた。その対応は興信所と同じくらい優しく親切で、彼女が訪れるのを心から歓迎しているようであった。

レディスセンターの予約は生理開始日から二週間後ということになっている。ちゃんと排卵があるかを確かめるためだ。

本当に気が進まないことであるが、結花は内診を受けなければならなかった。こうしなければ何も始まらないのだ。体の中に入れた超音波のプローブにより、画面に結花の子宮内部や卵巣が映し出される。黒い球状のものは、結花の卵子の入った卵胞である。しっかりと排卵の準備をしているのだ。

初老の医師は断言した。

「これだったら妊娠も可能だと思いますよ」

「本当ですか」

「四十三歳ということですが、この年齢で自然妊娠する方もまれにいますから」

結花は痛みも忘れて、画面に映る黒い球を見つめる。長いことほったらかしにしていたが、自分の卵巣はまだけなげに機能していたのだ。

「ですから次はご主人と一緒においでください」

「主人とですか……」

結花はうろたえる。それまで斎藤のことなど頭になかった。子どもは男と女二人でつくるものだということを今さらながら気づかされたような気分だ。

「あの、主人は再婚で、前の奥様との間には子どもがいます。ですから主人は大丈夫だと思うのですが」

「そんなことはわかりません。夫婦間因子といって、ご主人とあなたとが不適合だったということも考えられるんです。ですから、次はご夫婦二人でいらしてください。不妊治療は、ご夫婦で進めるものですからね」

そんなことは出来ない、と結花はすんでのところで口にするところであった。不妊治療を喜ぶ夫など、この世にいるはずはない。そのくらいのことはわかる。ましてや中年で、社会的立場もある医師の斎藤が、自分の言うとおり産婦人科へ行ってくれるとは思えなかった。

案の定、結花の申し出に斎藤は大きく舌うちした。

「オレは絶対にイヤだからな」

「でも先生はおっしゃったのよ。もう年齢的にギリギリだから、一日も早く始めてくださいって。私も調べてもらったら、ちゃんと卵が出ていたのよ。ねえ、もしかすると私にも赤ちゃんが出来るかもしれないの。だからお願いよ……」

自分の言葉に激して、結花は涙を流す。そうだとも。この何年間かの空《むな》しさの理由がやっとわかる。自分がいちばん欲しかったのは子どもだったのだ。

「君はオレにあんなところに行かせる気か。いいか、あそこで男が何をすんのか知ってんのか。トイレ行かされて、エロ雑誌渡されてそこでマスかかされるんだぞ。まあ、ソフィア病院だったら、アダルトビデオを流す個室ぐらいあるかもしれない。いいかい、オレだってこっちの方では少しは名が知られた医者なんだ。オレのことを知ってるドクターだっているだろう。そういう連中に、オレは精子を溜《た》めたビーカー持って、先生、調べてくださいって言うのか。全く冗談じゃない……」

「それじゃ、一緒に病院に行ってくれない、って言うの」

「あたり前だろ」

斎藤はそっぽを向いた。彼がこれほど怒るのは珍しい。

「私の頼みをどうして聞いてくれないの。こんなに一生懸命頼んでいるのに」

「頼まれてもイヤなことはイヤだよ。それにうちにはれおながいる。オレはもうこれ以上子どもが欲しいなんて思わない」

「でも私は欲しいの」

結花は夫をまっすぐに見つめる。そうだ、戦うのだ。今戦わなければ、本当に欲しいものを手に入れることは出来ない。それにこちらはすごい武器を持っているではないか。

「子どもがいなければ、私はひとりぼっちになってしまう。あなたなんか信用出来ないし」

「おい、おい、ヘンなことを言うのはよせよ」

「私、知ってるのよ。深沢怜っていう女の人のこと」

一瞬沈黙があった。夫の唇がもごもごと奇妙な形に動く。すばやく言い繕おうとするあまり、ほんのかすかに唇をなめた。

「何か誤解しているようだけど、彼女は昔からの知り合いで、時々はゴルフをしたりするけど……」

「そんな嘘をつかないで頂戴《ちょうだい》」

結花は叫んだ。夫に向かって叫ぶ、などということは一生出来ないと思っていた。しかしどうということもない。力を込め、少し大きな声を出すだけなのだ。

「あなたがその女のところへしょっちゅう行っているの、私はちゃんと知っているの。

あなたは私のことを裏切っていたのよね、長いこと」

「よせよ……、結花……そんな言い方」

「私はあなたを許さないわ。このままなら別れるつもりよ。あなたが私に許してほしかったら、方法はひとつしかないわよ。私と一緒にソフィア病院に行って頂戴。そして私に協力してほしいの。だって……」

結花は昂然《こうぜん》と肩をそびやかして言った。

「私はどうしても子どもを欲しいんだから」

4

言葉が結花に勇気を与える。勇気が次々と結花に言葉を吐き出させる。結花はかつてないほど饒舌《じょうぜつ》になっていた。

「私はやっとわかったのよ。あなたとの結婚生活って、本当にインチキだったたって。あなたには、私とつき合う前からの愛人もいて、今もつき合っている。そして私たちには子どももいない。ねえ、こんな不自然な夫婦ってあるのかしら」

斎藤は心底驚いていた。怜のことが露見したのも衝撃であるが、妻がこれほど攻撃的に喋る女だと、一度も思ったことがなかった。今まで自分が少しでも荒い声をあげると、ただちに黙りこんでいた妻が昂然と胸を張り、自分を圧し始めているではないか。

「オレは病院へ行くなんて絶対にイヤだからな。それから君は、あの女性のことを誤解している。彼女とは昔から、仕事を通じていろいろつき合いがあるんだ」

「仕事のつき合いの女の人のところへ、どうして真夜中までいたりするのかしら。それに医者のあなたと、宝石屋さんとがどうして仕事でつき合ったりするの」

「宝石屋」という言葉に、結花はさまざまな感情をこめた。

「とにかく私は子どもが欲しいの。そしてちゃんとした家庭をつくりたいの」

「君はこの家庭がちゃんとしてないっていうのか」

「そうよ。夫婦がいて、子どもがいなければ本当の家庭じゃないわ」

「だって、うちにはれおながいるじゃないか」

「れおなちゃんは、あなたとあの人との子どもです。WHOのえらい、立派な女の人との子ども」

結花が志帆子に対する感情をあらわにしたのは初めてであった。

「さあ、決めてちょうだい。私は本気よ。私と離婚するか、それともあの女と別れて子どもをつくるのに協力するか」

「離婚だなんて……」

「いいえ、私はいつだって別れることが出来る。やっとわかった。こんなインチキな家庭生活に目をつぶっていられるほど、私は馬鹿な女でも鈍感な女でもないわ。世間は私のこと、お金に目がくらんで何でも我慢する女だと思っているかもしれないけど、いいえ、違うの」

そしてもう一度結花は叫んだ。

「私は子どもが欲しいの。ちゃんとした家庭をつくりたいのよ」

二日後、斎藤はすべてのことを承諾したと妻に告げた。仕方ない、一緒に病院へ行く。彼女とも別れよう。しかしその前の日に、彼は愛人に電話をしていた。

「びっくりしたよ。女房のやつが興信所を使ったらしい」

あら、いやだ、と携帯の向こうで腹立たし気な声が聞こえた。

「いつ写真を撮られたのかしら。まるっきり気づかなかったわ。私、へんな顔をしていなかったかしら。ものすごくブスに撮られてたりしたらイヤだわ」

女というのは、緊急時にもこんなことしか言わないのかと、斎藤は呆《あき》れてしまった。

「何にせよしばらく会わない方がいい。またやっかいなことになるから。それから……」

斎藤は感情を込めるために声を低くゆっくりにする。

「僕は君と別れるつもりなんか、まるっきりないんだから。わかるね」

ふふふと女が笑った。

「しばらくってどのくらいなのかしら」

「この二、三ヶ月は会わないようにしよう。とにかく女房に子どもをつくらせてみるよ。たぶん出来ないと思うが、僕から気がそれるはずだよ」

「今から子どもをつくる気なの」

「出来るわけないだろ」

「せいぜい頑張ってね」

「なんか嫌味な言い方だな」

「いいえ。何のかんの言っても、奥さんのことを愛しているんだなあと思って」

「それはどうかわからないが、僕は家庭を壊したくない。君も経験しているからわかるだろうけど、離婚っていうのは、人からものすごいエネルギーと時間を奪う。相手によっては金も奪う。別れて一年はろくに仕事が出来なかったよ。僕はもうあんな思いをしたくないんだ」

「そのわりには、またあっさりと結婚したりして」

女が皮肉を言う。斎藤は女のこういうところが好きでたまらなかった。こちらが何か言うと響くように反応がある。セックスでもそうだ。だから本当に別れられないと思う。

「ああ、そうだ。前のことは忘れて、あっさりとまた結婚してしまう。だから人間は馬鹿なんだ」

「人間じゃなくて、〝僕〟はでしょ」

そして電話は切れた。

結花が白金ソフィア病院に通うようになって半年たつ。二人揃《そろ》って検査を受けた結果、斎藤の精子には全く問題がないことがわかった。医者からこのことを告げられた時、斎藤は、

「あたり前だろ」

という風に深く頷《うなず》いた。もちろん結花にも怜にも言ったことはないが、二度めの独身時代、つき合っていた赤坂のホステスを妊娠させて金で解決したこともあるのだ。医師は内視鏡の写真を見ながら言った。

「奥さんの方は子宮筋腫《きんしゅ》がいくつかありますね。これが流産の直接の原因ではないかもしれませんが、妊娠しづらくなっているのは確かでしょう」

「じゃあ、子宮筋腫を治せばいいんですね。そうすれば妊娠しやすくなるんですね」

結花は急に早口になって尋ねた。

「そうですね。しかし奥さんの年齢を考えますと、手っとり早く高度な医療を受けることをお勧めしますね」

「人工授精とか、そういうのですよね」

「そうです。お若い方ならまずタイミング法といって、この日だという時に夫婦生活をされることから始めてもらいますが、四十歳を過ぎた方にもう時間はない。卵子は日いち日と劣化していきますからね。出来るだけ早いうちに体外受精からおやりになったらいかがですか」

「あれはとても痛いと聞いていますが」

「それは昔の話でしょう。うちの病院は、今採卵する時に麻酔をかけるので大丈夫ですよ」

医師は表を取り出した。

「見てください。白金ソフィア病院は早くから不妊治療を手がけていて、高度不妊治療の先駆けといってもいい。ご主人もよくおわかりだと思いますが、よその病院では妊娠率ばかりをうたいますが、うちは本当に子どもを抱いて家に帰れる方が何割かという統計です。それによると、ここにいらした患者さんの四割が、ちゃんと出産をして子どもさんを抱いて家に帰っています」

「四割ですか……」

結花の声は、喜んでいいのか、落胆したらいいのか反応をどちらにしようかとまどっているようであった。

「ええ。四割ですが、これはすごいことですよ。うちはトップクラスだと思います。まあ、不妊治療は女性側に負担がかかるので、よく考えてからお決めください」

「いえ、もう決めました。私、今日から治療を受けます。何でもやります。いくらお金がかかっても構いませんので、最高の治療を受けさせてください」

こうして結花の、

「子宮と生理のことばかり考える日々」

が始まったといってもいい。体外受精は一ヶ月おきということになっていたが、その月は数日間、毎日排卵誘発剤を飲み、筋肉注射もしてもらう。二の腕にしてもらうのだがその痛さといったらなかった。この薬は結花には合わないらしく、吐き気とだるさが起こり、しばらく横になっているほどだ。

しかし本当の苦しみは、受精した卵子を子宮に移植してから、十日後にやってくる。血液検査をして、妊娠を判定してもらうのだ。

先月は本当に悲しかった。

「もしかしたら」

友だちとランチをとるために、ニューオータニに出かけた時のことだ。まだ約束の時間には早かったので、ガーデンコートの方にまわってみることにした。ここには輸入ものの高級子ども服の店があるのだ。イタリアやフランスの子ども服は、どれも信じられないような値段だ。手のこんだレースの三歳児用のワンピースには、十二万円という値札がかかっていた。

ここのベビー服を、出産の祝いに何度か贈ったことがある。しかしもうじき、自分の赤ん坊のためにここに買い物にくるかもしれないと思うと、結花は幸福のあまり胸がいっぱいになる。

「いくらでも買ってみせる」

そうだ。もし産まれてくる赤ん坊が女の子だったら、手あたり次第この店のものを買ってみたい。ピンク色のニットカーディガン、大人と同じようにファーのついたコート、五段重ねのフリルのスカート。欲しいものはいくらでも買える財力を、彼女の夫は持っていた。なにしろ当座の生活費として、いつも二千万は口座に入れておいてくれる夫だ。

「いくらでも買うことが出来る。この店のものすべてだって欲しければ……」

その時ある感触が走り、結花はトイレに向かった。下着をおろすのがあれほど怖ろしいことはなかった。が、白いショーツにぽったりと鮮血がついていた。ああ、と結花はそのままトイレの便座にうずくまり、涙を流し続けた……。

「今月も、またあの時のようにつらい思いをするんだろうか」

不妊治療が長く続く女の多くは、うつ状態に近くなると聞いたことがある。これほどの希望と絶望が、ジェットコースター的に一ヶ月おきに続くのだ。よほど強い精神を持っていても、これに耐えられる者はまれだろう。独身の頃、生理の鮮血は健やかな女の証《あかし》であったが今は違う。「失敗」という二文字を表しているのだ。

結花は暗闇《くらやみ》の中で再び目をつぶる。そして深呼吸をし神に祈った。

「今月は妊娠していますように」

結花はその間、隣りで眠る夫の横顔を見つめる。高い鼻梁《びりょう》の下の口が、呆《ほう》けたようにわずかに開いている。

この男を本当に愛しているのか。

そんな疑問がふと湧いた。白金ソフィア病院で、動く夫の精子を見せられたことがある。健康で動きも量も問題はないと医師は言った。

今の私はもしかすると、夫ではなくあの精子を愛しているのではないだろうかと結花は考える。いや、愛しているのではなく欲しているのかもしれない。

なぜだろう。今度はとてもうまくいっている気がする。いったん外に取り出した結花の卵子は夫の精子と受精させて、二日後に、子宮に戻されるのであるが、採卵の時、担当医師はモニターを見ながら言ったものだ。

「斎藤さん、今度のタマゴを見てください。とてもいいタマゴが採れましたよ」

卵子は丸く大きく形がいいものが最良とされるが、四十を過ぎた結花のそれはいびつだったり小さかったりする。誘発剤により十一個採れたものの、すべて不良で捨ててしまったことがある。しかし今回は違う。たった二個の卵を体の中に入れたのであるが、丸々と太ったいい形であった。

移植が終わった後、脚を拡げたまま診察台に横たわっている結花に、担当医師は言ったものだ。

「グッドラック！」

グッドラック。なんていい言葉だろうか。あれがずっと頭の中でリフレインしている。

グッドラック、グッドラック……

あの時のことを考えて、結花は微笑《ほほえ》む。

その時、夫が寝返りをうち、小さな声でつぶやいた。

「だから……」

だから何なんだろう。だから君とは別れないと女に言っている夢でもみているのだろうか。

夫があの女とまだ続いていることは知っている。夫のカードの明細書を何気なく見た時、高級バッグブランドの名前があった。その金額は百二十万円だった。CAをしていたからそういう値段のバッグがこの世に存在していることは知っている。おそらくクロコダイルであろう。そして買った日付けは、興信所で調べてもらったあの女の生まれた日と一致していた。間違いない。が、それが何だろう。自分は赤ん坊さえ手に入ればいいのだ。子どもさえ出来れば、偽りの結婚生活だって何の苦もない。耐えられなくなったら離婚してもいいのだ。本当はれおなという娘も最初から大嫌いだった。自分を捨てた母親を誇りにし、たえず口にする愚かな娘。あんな娘とずっと一緒に暮らすつもりはなかった。たくさんの金を貰い、子どもと二人のんびりと暮らすのもいいかもしれないと、結花はまだ見ぬ幸せな暮らしに思いをはせる。

5

妊娠したと妻から告げられた時、斎藤は驚愕《きょうがく》した。まさか四十三歳の妻に子どもが出来るとは思ってもみなかったからだ。

不妊治療に協力しながらも、どうせうまくいくはずはないのだから、二、三度挑戦すれば諦めるだろうと踏んでいた。しかし結花は諦めなかったのだ。

「今日、病院に行ったら妊娠反応が出たのよ」

誇らし気に言い、判定器を見せる。大切そうにジップロックに入れてあった。スティックの窓のところに、小さなピンク色のハートが浮き出ていた。

「二ヶ月ですって。だから出産は十月よ」

微笑んだ結花の顔は少しむくんでいた。治療中に飲んでいた排卵誘発剤のせいであろう。これは体に合わないと吐き気をもよおすこともあるのだ。そのくらいのことは斎藤も知っていた。

しかし結花はそうしたつらい治療の愚痴をいっさい口にすることなく、妊娠に成功したのである。

「すごいなあ……」

斎藤は思わず嘆息した。四十三歳でも妊娠したことのすごさと、妻の執念にただそう言うしかなかったのだ。

「君がここまでやるとは思わなかったよ」

「でも私は絶対に諦めるつもりはなかったわ。子どもが出来るまではやめないって決めていたの」

むくみのために妻の美貌《びぼう》は少し損われていたが、斎藤は少しも気にならなかった。むしろなんと綺麗だろうと目を見張った。

素直に彼は感動していたのである。

最初のうち、どうしても子どもが欲しいと言い出した妻に斎藤は不気味な強さを感じたものだ。愛人のことを持ち出されたのも驚きだったし不快であった。あろうことか妻はそのことを楯《たて》に治療を迫ったのである。

彼は愛人と別れる気などまるでなかったし、妻の不妊治療は時間稼ぎのつもりであった。妻に夢中になれる玩具《おもちゃ》を与えたはずだったのだ。ところが妻は自分の努力でその玩具に生命を与えたのである。

「驚いたなあ」

斎藤はもう一度言った。

「まさか子どもが出来るなんて、考えもしなかったよ」

「私は信じていたわ」

結花は左手を静かに自分の腹の上に置いた。

「私ね、ずうっと昔に読んだ本にこんなことが書いてあったのを思い出したの。望んでいることを、ものすごく強く具体的に想像するんですって。するとすごい力が出てそれは現実になるの。私はね、子どもをしっかりと抱きしめて頬ずりしていることを毎日毎日想像していたの」

「結花、君にはびっくりだよ」

斎藤は妻の肩を抱いた。こんな風にやさしく恋人にするようなしぐさをしたのは何年ぶりだろうか。

「だけど子どもが成人を迎える時は、僕はいったい幾つになるんだろう」

「そういうことを考えるのはやめましょうよ。この子が可哀想《かわいそう》だわ」

結花は自分の腹に目をおとす。

「とにかく私たち長生きしなきゃいけないのよ。私、妊娠がわかった時から、なんだか新しく生まれ変わったような気分なの。子どもが出来るってこういうことなのね」

「ママ、大ニュースがあります。なんと結花さんが妊娠したんです。なんでも二ヶ月ですって。だけどあの人四十三歳なんですよ。ふつうそんな年でつくりますか？　パパとそういうことをしてデキちゃったとしたら娘としてちょっと複雑な気分ですが、なんでも不妊治療してつくったと聞いてまたびっくり！　それくらいの年の女の人ならあきらめるんじゃないでしょうか。結花さんっていい人だけど、そんなことを考える風にも見えなかったので、私としては驚きっぱなしです。まあ、本音を言えば、娘の受験の真最中に、何も子どもをつくることはないんじゃないだろうかと思ったりもしますが……。私はなんとか合格したからよかったものの、私が必死で勉強してた時、彼女も必死で子づくりしてたかと考えると複雑な気分よ。

ところでママ、今度はいつ日本にくるの。今度はお鮨でも食べに行きたいな」

母からのメールの返事は、いつものように早かった。

「まあ、おめでとうございます。本当によかったですね。

こちらでは四十三歳の妊娠ってそう珍しいことじゃないわよ。高年齢出産は確かに大変なことも多いけれども、その分経済的には恵まれているので、ゆったり子育て出来るかもしれないわね。

あなたは嘘だ、と言うかもしれないけれど、私が自分の人生を振り返って、これが最大の収穫だと思えたことは、医大に入学したことでもＷＨＯに勤めたことでもないわ。あなたを産んだことよ。

あなたのパパとは、いわゆるできちゃった婚だけれども、妊娠がわかった時はまるっきり迷わなかった。たとえキャリアでまわり道をすることになったとしても、お腹の中の子どもを絶対に産みたいと思ったの。

れおなも知っているとおり、私の両親はあまり仲がよくなかった。おじいちゃんはすごく素敵な人だったけど、しょっちゅう浮気して、おばあちゃんはいつもきりきりしていたわ。だから私は子どもが生まれたら、その子どもを中心に穏やかで温かい家庭をつくろうと考えていたの。だけど私の仕事が忙しくなったり、あなたのお父さんともいろんなことがあって、その夢は実現しなかったわね。

あなたには悪いことをしたかな、とちょっと思うこともあるけれども、謝りはしない。れおなには、生きるに充分のものをちゃんとあげたと思ってるから。あなたにはふつうの人以上の頭脳と可愛らしさをＤＮＡで渡したつもり。パパは経済的によくしてくれるはずだから、まあ不満はあるだろうけど、こんなところで了解してください。来週からタイのバンコクに出張だけど、そのまま大阪の学会に行く予定なの。東京にも寄るつもりだからその時に連絡するわ。お鮨、いいですね。また金鮨に行こうか。

それから結花さんにおめでとうと伝えてね。ちゃんとしたお医者さんがついているんだろうから、私が別に言うことないけど、体を大切にって伝えておいてね。

ママより」

れおなはパソコンを閉じ、ふうーっとため息をついた。このもの足りない気持ちは何だろうとふと考える。母親がもっと驚くと思ったのだ。

別れた夫の後妻にやってきた女が四十三歳で妊娠した。ふつうの女なら、どんな気持ちを抱くのだろうか。あまり面白くない思いにとらわれるのではないだろうか。しかし母親はいつものように淡々としたものである。

「結花さんにおめでとうと伝えてね」

という言葉に嘘や強がりがあるとは思えない。その分、自分への愛情に、少々演技過剰のところがある。ジュネーブに行ってからは特にそうだ。いつも外国人に囲まれているせいだろうか。表現がどんどん大げさになっていく傾向がある。

特に酔っぱらってうってきたメールは、

「私の愛するたったひとりの娘へ」

などという時もあり、ぷっと吹き出した。現実の母親からは、とても想像出来ない言葉だからだ。

しかし、

「結花さんにおめでとうと伝えてね」

その後の文章には真実味がこもっていた。そしてこの親身な優しさは、かえって父親への愛情の希薄さを表している。

「ママは、一度でもパパのことを愛したことがあるんだろうか」

かつてこの疑問を、母親にぶつけたことがある。その時相手は、

「もちろんあるわよ」

とあっさりと答えた。

「私が大学病院に勤めてた時よ。そこの教授にセクハラを受けたのね。私が気が弱い女で、スポーツで鍛えてなかったら、襲われた時、絶対にやられてたわね」

母はやや下品な言い方をした。

「その時、斎藤さん、あなたのお父さんはそのえらい教授に立ち向かっていってくれたの。自分の恋人にひどいことをした、絶対に許さない、訴えるって一人怒鳴りまく

ったのよ。自分は他の病院のぺーぺーのくせにね。私ね、斎藤さんが親から何だかんだ言われても、美容外科の道を選んだのは、あの時の事件がきっかけだったと思ってるの。もうあれで大学病院での出世は無しになったのよ。でもね、そこまでして私を守ろうとしてくれた。あの時の斎藤さん、本当にカッコよくて、私は惚《ほ》れてたわよ。だからしれおなちゃんが出来たんじゃないの」

しかしれおなは、幼ない時の両親の、喧嘩《けんか》と、全くの無視とをかわるがわる繰り返す日々を忘れてはいなかった。

「ママは本当にパパのことを愛していたのだろうか」

この疑問が定期的に出てくるようになったのは、父親が再婚してからだ。新しい母は父によく尽くす。たえず父親の顔色を窺《うかが》い、側《そば》にいるようにしている。父親が家で寛《くつろ》ぐ時は、ソファにぴったりくっついて座り、一緒にテレビを見たりしている。食事の時はワインの栓を抜き、二人であれこれ感想を言い合う。

れおなが知っている家庭では、母はいつもせわしなく動いていたはずだ。そそくさと食事を終えると、汚れた食器を食器洗い機の中につっ込み、すぐに自分の部屋に入る。電話がかかってくると、その都度大きな声で指示を与えていた。

宿直の時はシッターが泊まってくれたが、急に来られなくなった時は、父方の祖母

がめんどうをみてくれたものだ。そんな時祖母は、

「子どもがいるのだから、なにもここまでしなくてもいいのに……」

とれおなにも聞こえるぐらいの声で、父に愚痴をこぼしていたものである。

今回、結花の妊娠に違和感を持っているのは、れおなだけではなく、この祖母もだ。

「きっとあの人は、いろいろと考えていたんでしょうね」

ゴルフに週に二回通う、若々しい七十四歳の祖母は、ひどく意地の悪い老人めいた声でれおなにささやいた。

「パパの財産を、れおながひとり占めするのが嫌で嫌でたまらなかったのよ。結花さんって、おっとりぼんやりしているようで、どこか油断ならないって思っていたのよ。四十三歳で子どもつくろうなんて、ふつう考えないわよね。それも病院行って、いろいろ治療してつくったんでしょう。子どもなんか自然に出来るものに決まっているのに。あの人は、前から何かあると思っていたの。いい、れおな、あの人に気をつけなきゃ駄目よ。あなたはパパの病院とお金をそっくり受け継ぐのよ」

そんなことはどうでもいいけれども、今年、自分に二十歳違う弟か妹が出来る。まあ、ちょっと友だちに告げるのは恥ずかしいかもしれない。

それにしても、結花の妊娠がわかってからの父親の喜びようといったらない。年を

とってからの子どもが可愛いというのは本当らしい。自分はそんなことは気にならないが、母親はどう思うだろうか。そうだ、今度のメールには、両親が急にべたべたし始めたことを書かなくてはと、れおなは考える。

「そろそろそんなことを言い出すんじゃないかと思ったわ」

怜は微笑んだ。藤色の薄いニットを着ていたが、その豊かな隆起は斎藤が手を加えていないものだ。昔から彼女は豊満な胸が自慢で、四十過ぎてからそれは弛《たる》みを見せているものの、まだ手術するほどではなかった。いずれは自分が何かいい方法を考えてやると斎藤は戯《たわむ》れに言っていたものであるが、その約束は果たされないことになった。

「あなたが年甲斐《としがい》もなく、子どもが出来て有頂天になった時から、いつかそういうことを言い出すんじゃないかと思ってたのよ」

「すまない。もう怜には謝るしかない」

別れ話をこれほどすんなりと口に出来る自分が不思議で仕方なかった。怜との仲はもう十年以上になる。妻の結花よりも長い。愛人であるだけでなく、怜は自分の職業に欠かせないミューズだと考えていた。新しい美容整形の施術を怜は進んで次々と受けてくれていたからだ。まだ日本では臨床試験以前の段階だった金の糸リフト手術も、まず怜に施し手ごたえをつかんだ。この手術は今では斎藤のクリニックの売りとなり、莫大《ばくだい》な利益を生んでくれている。

「ただの色恋沙汰なら別れるだろうが、この女とは別れられない。俺の仕事の大切なパートナーなのだ」

と居直っていたのもそのせいだ。二人の仲が結花に知られた時も、なんとか手を切ったふりをすればいいと考えていた斎藤が、結花の妊娠で気持ちが全く変わってしまった。自分の身の危険も顧みず、妊娠に挑戦した妻のけなげさに素直に感動したのだ。全く自分でも恥ずかしくなるほど、彼は妻に心うたれていた。が、そんなことを怜に言いはしない。

「子どもが出来る前に、彼女は僕たちのことに気づいたんだ。やっぱり知られたらまずいだろう。続けるわけにはいかないだろ……」

「私たち、そんなやわな仲だったのかしら」

四十八歳の怜には法令線というものがない。目尻《めじり》もきゅっと上がっている。それは斎藤が愛情を込めて、丁寧にメスを入れ縫っていった結果だ。

「私とはあなたの、その大事な奥さまよりずっと前からだったのよ」

「わかってる」

「私があなたと結婚したくないって、どうしてあなたは最初から思ってたのかしら。ずっと決めつけていたのはなぜだったの」

「知らなかったよ。本当だ」

私は離婚しているし息子もいる。仕事もうまくいってる。結婚したいなんてもう二度と思わないわ……。遠い昔の怜の言葉が甦る。

「それがこんな風に捨てられるわけね。奥さまに子どもがお出来あそばしたからって」

「すまない。出来るだけのことはするつもりだ」

「五千万円」

怜は口角を上げてみせた。

「あなたにしたらはした金でしょう。お金で償わせてあげる。そうしたらあなたも気が楽になるはずよ」

そう言いながら彼女は涙を流していた。

6

白金ソフィア病院産婦人科部長・服部恭一《はっとりきょういち》は、そろそろ外来の診療を終えようとしていた。が、看護師の岡田香苗《おかだかなえ》が、緊急外来が一人入ったとあわただしく伝える。

「SPです」

スペシャル・ペイシェントというのは、しかるべき有力者の紹介、もしくは本人自体がVIPの患者のことである。服部は先月、出産を終えたばかりの女優をふと思い出した。芸能人ご用達と呼ばれることもあるこの病院では、そうした対応が実にしっかりとしている。退院の際は、事務局長が誘導して彼女と新生児を裏の玄関から車に乗せた。表の玄関に何人ものカメラマンが張りついていたからである。

彼女に何か支障があったのかと一瞬思ったがそうではなかった。斎藤結花といって、有名な美容外科医の妻が来院したのである。夫の方がこのソフィアクラブの会員であり、妻はレディスセンターでの治療の結果妊娠していた。出産には特別室を予約している患者だ。件《くだん》の女優も使った次の間つきのその病室は、一泊十二万円する。

「どうしましたか」

服部は女と向かい合った。四十四歳という年齢よりもはるかに若く見える。臨月に入り顔がむくんでいたが、化粧をしたら相当の美人であろう。今は妊婦がいちばん汚らしく醜い時である。出産に向けて意識が集中しているからだ。体も何をするにも大儀になってくる。が、無事に子どもを産み終え、一ヶ月健診にやってくる頃には、内から輝くような美しさに包まれている。その時は産婦人科医としてもいちばん嬉《うれ》しい時だ。

しかし今、目の前の妊婦は茶色のニットもどこかだらしなく、まるで冬眠に入る前の熊のように見えた。せり出した腹を支えるため、体がそり気味になりがに股《また》で歩くからだ。

「昨日から、なんかお腹《なか》が張って苦しいんです……」

「では、診察しましょうか」

結花は傍の診察台に横たわり、ゴムのスカートをずるずると下げた。膨らんだ腹部がむき出しになる。臍《へそ》は横一文字に変形していた。服部は手をあててみる。確かな胎動を感じる。

その後は内診台に座らせた。左手の指を膣《ちつ》に入れ、子宮口を確かめた。産婦人科医は内診をする時、どちらの手を膣に入れるかで学閥が分かると言われている。右手だと東大系、左手だと慶応系だ。服部は教授が慶応出身で占められている医大を出ていた。子宮口はまだ開いていない。パソコンの画面を見る。三十八週に入ったところだ。

「来月二日に入院でしたね」

年齢からして自然分娩は危険が大き過ぎる。帝王切開することが決まっていた。本当はもう取り出したいところであるが、もう少し待ってほしいと言い出した。帝王切開だと手術日が誕生日となる。自然分娩だとむずかしいが、これだと子どもの生まれる日ははっきりとわかるのだ。それならば最高にいい日にしたい。四柱推命で手術日を決めたいと言うのだ。

「最初で最後の子どもになると思うので、いい運命をプレゼントしたいんですよ。先生からみたら、とんでもない迷信、とんでもない親馬鹿だと思うかもしれませんが」

「いいえ、帝王切開ですとそういう方は多いですよ」

ここの病院で出産する妊婦は、金持ちの女が多い。我儘《わがまま》な要求には慣れていた。中には、いずれやってくる〝お受験〟で、早生まれは不利なため、取り出すのを四月二日以降にしてくれという母親もいたぐらいだ。

「出血もありませんね」

「はい、ありません。でもなんだか気分がすぐれず、お腹が張るんです」

血圧を計ってみたところ、やや高くなっている。高年齢出産の妊婦にありがちな精神的なものだろうと服部は判断した。しかし油断は出来ない。四十四歳の妊婦なら何が起こるかわからないからだ。

服部は、もちろん人に言ったことはないが、病院内にあるレディスセンターのことを苦々しく思っていた。いくら人の体力が向上したといっても、女には妊娠の適齢期というものがある。二十代前半がベストで、後は下り坂になっていくだけだ。三十代前半でも、子宮はもう若さを失なっているのである。それなのに最近は生殖医療の進歩で、四十代の女でもどんどん妊娠していく。人工的な無理なことをして、中年の女を次々と孕《はら》ませることに服部は反対だった。レディスセンターから送り込まれてくる患者のおかげで、帝王切開の手術数は倍に増えているのが現状だ。

しかしレディスセンターは常に患者で溢《あふ》れかえり、この病院のドル箱になっているのは確かなのである。理事長の計画では、将来どこか小さな病院を買取り、不妊専門にするらしい。服部の個人的な感想はともかく、大切なことは、レディスセンターからまわってくる患者を、全員無事の出産で完結させることなのだ。

「大丈夫だと思いますが、今夜ひと晩入院されたらどうでしょうか」

「入院ですか……」

結花は不安そうに眉《まゆ》をひそめた。ペンシルで描いていないので、ほとんどないに等しい眉である。

「いや、大事をとるだけですが」

ひと晩病院のベッドで眠れば気持ちも落ち着くことだろう。何なら点滴をしてもいい。

「それではいったん家に帰って、荷物をとってきます」

「おたくはどちらですか」

近くの、やはり都心の高級住宅地だ。遠くだったら、荷物は誰かに持ってきてもらうようにと指示するつもりであった。

「それでは看護師に言って、入院の手続きをとってください。といっても、様子をみるための一泊ですからごく簡単なものですよ」

「はい、わかりました。よろしくお願いいたします」

結花はゆっくりと立ち上がり頭を下げた。そして看護師に送られて部屋を出て行った。ぶ厚いグレイのタイツの色が、なぜかいつまでも服部の目に残った。

申し送りの際に、宿直医の後藤《ごとう》にこんなことを言ったのも憶えている。

「四十四っていうのがちょっと気にかかるんだ。よろしく頼むよ」

その後、服部はタクシーで銀座に出た。ゴルフ仲間と飲む約束をしていたからだ。一人が予約してくれていた店は、八丁目の雑居ビルの地下にあった。食通を自任する男が選んだ店だけあって、料理はどれもうまかった。新鮮なぶりの刺身が出たかと思うと、カニを使った熱々のコロッケが運ばれてきたりする。カウンターではなく、四人でテーブル席に座っていたので酒が進んだ。そのうちに店主が秘蔵の一升瓶をかかえてやってきた。

「ちょっとこれ飲んでみてくださいよ。新潟の幻の一本っていわれてるやつだから」

男たちは盃を次々と空けていった。服部は酒が強い。気取ったワインやシャンパンといったものには手を出さず、専ら日本酒だ。若い頃には二人で一升を空けたものであるが、今はそんな元気はない。しかしその夜は、気がおけない仲間とうまい酒が並んでいたために、気がつくと二合徳利が何本も空いていた。

店を出たのは十時をまわっていた。もう一軒行こうとタクシーに手をあげた時だ。なにか嫌な予感が彼を襲った。携帯を見る。不在着信のマークが出ていた。

「まずいな……」

店が地下にあったために、電話が鳴らなかったのだ。確認してみると病院からであった。

「ちょっと待ってくれ」

電話をかけながらタクシーをつかまえた友人たちを手で制した。看護師が出た。

「あっ、服部先生。いま、後藤先生に代わりますね」

間があった。嫌な兆候である。宿直の医師が電話のある場所ではなく、別のところにいるのだ。

「あっ、先生。ちょっとまずいことに、斎藤さんの状態が急変しまして、出血が続いています」

「赤ちゃんはどうなっている」

「モニターを見たら遅発一過性徐脈が頻繁です」

「ソウハク（胎盤早期剝離《はくり》）か？」

「そうだと思います」

「破水はどうだ」

「一時間前にありました」

「羊水混濁《こんだく》は」

「あります」

「わかった。すぐに帰る」

「よろしくお願いします」

携帯を切り、服部はタクシーの前で待つ男たちに言った。

「悪いけど、ちょっとまた病院に帰る。緊急事態だから」

そう言った自分の声の呂律がまわっていないことに気づいたが、そんなことを言っていられない。友人たちが停めたタクシーを譲ってくれた。

「医者《センセイ》も大変だな」

一人がからかい気味に言う。

「おう、大変だよ」

彼は勢いよくシートに腰をおとした。


白衣に着替え、手術室に入ると患者はマスクで酸素投与されているところであった。

「心臓が一時停止しました。今、心マ（心臓マッサージ）で戻ったところです」

後藤が言う。

「まずいな。子どもはどうなった」

「さっき取り出しましたが、息をしていません」

血だらけの赤ん坊を、別の医師が蘇生《そせい》処置しているところであった。途中から後藤が代わったが蘇生することはなかった。体がみるみるうちに紫色に変わっていく。男の子だった。

「どういうことなんだ」

「モニターをつけた時には、心拍が非常に落ちてました」

「胎盤はついてたのか」

「多少の剝離はありました」

「じゃあ、ソウハクか。それにしても、この急激な呼吸困難は……」

「ヨウソク（羊水塞栓症《そくせんしょう》）ですか」

「そうかもしれない。母親の方はどうだ」

「なんとか……」

母親の方は心臓マッサージが、功を奏したのだ。しかし出血はまだ続き、DIC（播種性《はしゅせい》血管内凝固症候群）も起こっている。

「大丈夫だろうな。赤ん坊は死んだんだから、母親を助けるしかない」

ふり返ると、看護師が死んだばかりの赤ん坊をガーゼでくるんでいた。さっきまで胎児だった子どもであるが、しっかりと人間の顔をしていた。閉じられた瞼の上に青い静脈が透けて見える。

「家族はきてるよな」

手術室に入る時見た二人を思い出した。中年の男とはるかに年上の女だ。男は夫で、女の方は患者の母親であろう。赤ん坊は見せた方がいい。その方が納得してくれるからだ。

服部はガーゼにくるまれた赤ん坊を抱いて廊下に出た。

「生まれたんですか……」

言いかけて女はすぐに気づいた。

「そんな……死んでる」

「まことに残念ですが」

女は赤ん坊をひったくると、ぎゅっと抱きしめた。

「ケンタ君、ケンタ君！　こんなことって……。ケンタ君ってば！」

赤ん坊は腹の中にいる時から、名前をつけられていたのかと服部は思った。男か女かはとうにわかっていたから、名前があったとしても不思議ではない。

死んだ赤ん坊を抱いてすすり泣く女に比べ、男の方はずっと冷静であった。

「先生、妻は大丈夫なんでしょうか」

「先ほど心臓が一時停止しましたが、すぐにマッサージで蘇生しました。出血がまだ続いていますので、今輸血をしている最中です」

「昨日までは全く何もなかったんですよ」

「夕方診察した時にも、これといった異状はみられませんでした」

「ソウハクでしょうか」

男が医学用語を使ったので、服部は彼が医師だということを思い出した。しかし美容外科だと聞いている。どこまで話していいものだろうか。

「実は我々も驚くような急変でした」

「そんなにひどいんですか」

「いつ心臓が止まってもおかしくありませんね」

「そんな……」

初めて男は動揺を見せた。四十代後半であろうか。ハンサムな整った顔である。恵まれた立場だとひと目でわかる、なめらかな艶《つや》のある肌。冷静さを保つために努力しているのが、ありありと見てとれた。

「ねえ、ちょっと。どうしてケンタは死んだんですか」

いきなり女がわめき始めた。

「今どきお産で赤ん坊が死ぬなんて話、聞いたことありませんよ。どうしてこんなことになったんですかッ。一刻も早く取り出してくれればよかったじゃないですか」

「担当の医師から後で詳しく説明します」

「いま、説明してくれなきゃわかりませんよ」

「お義母《かあ》さん、ちょっと静かにしましょう」

男が女の肩に手をおいた。

「いま先生たちは、結花を助けようと一生懸命やってくれているんですから」

「助ける、なんて、まあ……」

女はあわあわと口を開いた。うまく声が出せないのだ。やっと喋り出したら、タガがはずれたような早口になった。

「助けるってどういうことよ。結花は病気じゃないんですよ。お産でここに来たんですよ。どうして、助かる、助からないなんてことになるのッ。いったいどうしちゃったわけなのッ」

その時、看護師が、服部を呼びにきた。

「あの、後藤先生が」

手術室に戻ると、横たわる女の喉《のど》に、管から高濃度の酸素が送られていた。後藤はこれに賭《か》けるつもりなのだ。

「血圧が下がってるな」

「ドーパミンを増やしました」

その時、別の医師が叫んだ。

「また心臓が停止しました」

後藤と服部は同時に手術台に駆け寄った。後藤がはだけたままの胸を、どんどんと叩《たた》き始めた。しかし女はぴくりとも動かない。やがて、彼女はさっき自分の腹から出された赤ん坊と同じ色に変わっていった。

7

急激に死が訪れ、そしてつかの間の静寂があった。臨終を告げられた後、夫と母親とはしばらく呆けたようにそこに立っていたからである。

手術室から結花の遺体が運ばれてきたが、斎藤と結花の母親はすぐには近づかなかった。やがておそるおそる母親が結花の頬を撫《な》で、はっと引っ込めた。

「冷たいわ……」

とつぶやいた。

「どういうことですか。冷たいんですけど……」

まるでレストランで、スープを取り替えてくれという風に聞こえる。本来熱を持っていなくてはならないものがそうなっていないと咎《とが》めるような口調であった。

「いったい、どういうことなんですか、これは……」

きょとんとした顔で尋ねた。全く事態を理解出来ていないようであった。

「まことに残念でした……」

服部は軽く頭を下げる。産婦人科医の彼は患者の死にあまり慣れていない。たまに胎児の死亡事故は起こるが、母親の死に立ち会ったのは初めてである。

時々行かされる研修で習った「死亡事故の際のマニュアル」を頭の中でゆっくりと思い出していった。絶対してはいけないのは、「申しわけない」と言って頭を下げることだ。全面的にこちらに非があると思われてしまう。

「ユカちゃん……ユカちゃん」

母親は中年の娘に、幼な児のように呼びかけた。

「ユカちゃん、ユカちゃん、目を覚まして。ユカちゃん」

この後、号泣と半狂乱が始まるであろうと服部は覚悟を決めた。そしてやはりそうなった。

「いったい、どうして。ユカちゃんも、赤ちゃんもよォー」

初老の女は突然大声をあげ、イヤイヤを始めた。そして娘の遺体に身を投げかけるようにとりすがった。

「ユカちゃーん、ユカちゃーん」

その間、夫は微動だにしない。そして激しく泣き出した女を、全く無表情に眺めていた。やがてゆっくりと前に進み、妻の額に手をあてた。体温を測るように見えた。

その後、彼は妻の額にかかった髪の乱れを丁寧に直し始める。長く綺麗な指は、彼が高名な美容外科医だということをふと服部に思い出させた。

「結花……」

彼もまた呼びかけた。

「まさか死んではいないよな」

「でも息をしてないのよー」

初老の女が涙でぐちゃぐちゃになった顔で婿《むこ》を見上げた。

「斎藤さん、どうしよう。ユカが、ユカが死んじゃったのよー」

斎藤は義母には全く目もくれず、服部をきっと見つめた。

「まさか死んじゃいませんよね」

「まことに残念ですが……さきほど亡《な》くなられました」

「先生……」

鋭く冷たい声がした。

「いったいどういうことなんでしょうか。妻は今日の今日まで元気で、赤ん坊を産むはずだったんですよ」

「ご主人、説明いたしますが、ご遺体の前ではちょっと……」

〝遺体〟という言葉に、斎藤の肩がぴくりと反応した。

「ちゃんと説明してください」

彼は看護師ではなく、二人の医師にむかって言った。

「どうして妻が死んだのか、ちゃんと説明してくれるんでしょうね」

「もちろんです。それではちょっと別室に来ていただけますか」

行きしなに後藤は看護師の中村《なかむら》に目くばせする。

この間に泣いている母親をひき離し早く遺体処置をしなくてはならない。いつまでも遺体と泣き叫ぶ遺族とを置いていてはならなかった。

カンファレンス室に移動し、三人の男は無機質なスチール机の前に座った。

「少々お待ちいただけますか」

後藤が言う。

「もうじき、うちの病院の安全管理委員会の者が到着することになっていますから」

「随分手まわしがいいんですね」

青ざめた顔の斎藤が、低い声で皮肉を言う。

「これは当病院の規則で決まっておりますので」

ほほうっと服部は後藤の横顔を見た。後藤は四十一歳の中堅の産婦人科医である。こんな風にリスクマネージメントも身につけていたとは、今まで知らなかった。これは以前勤めていた地方の市民病院で得たものかもしれない。

「斎藤さん、今回のことはまことに残念でした。私どもも精いっぱいのことをしたつもりですが……。心からお悔やみ申し上げます」

彼が頭を下げたので、服部も続く。この場合、動作は謝罪としてのそれであってはならず、あくまでも弔意としてのものだ。

「斎藤さん、奥さまの死亡の原因ですが、胎盤早期剝離ではなく、羊水塞栓症ではないかと思われます」

「病名が急にその名前に変わるんですね」

「はい、今までは弛緩《しかん》出血が原因ではないかと思われた死亡例も、最近はこの羊水塞栓症であったということがわかってきました。羊水が母体の血中に入って起こります。発症は予測困難で、容態も急激に変わります。今のところ、妊産婦死亡の第一原因となっています」

「だからなすすべはなかった、っていうことですか」

「そうは申し上げませんが、容態が激変するということです」

「先生、そんなことを言って誤魔化してもダメですよ」

　斎藤は薄く笑った。

「一応私は医者ですからね。突然死因をころころ変えても信用しませんよ」

「信用しない、とおっしゃいましたが、今、産婦人科ではいちばん怖れなくてはならないものです。非常に言いづらいことですが、奥さまは病理解剖にまわし、きちんとご報告するつもりです」

「そんなことはしなくてもいいですよ」

　斎藤は静かな声で言った。

「私はこれから警察に行きますから。これは医療ミスによる死亡だから、あなたたち二人と病院を訴えるつもりだ。こんな風にあんたたちに丸め込まれたら、死んだ妻が浮かばれませんよ」

その時ドアが開き、白衣の二人が入ってきた。一人は医師、一人は看護師である。

「失礼します。このたびはご愁傷さまでございました」

見たことのない二人だった。二人はまず斎藤に名刺を差し出す。

「私どもは当病院の安全管理委員会の者です。この件は、病院としてきちんと対応させていただきますのでどうかご安心ください」

蛍光灯の下、二人の着用している白衣が、さらに白く現実感のないものに見える。

# 第五章　対《たい》峙《じ》

*1*

「結《ゆ》花《か》さんのお葬式がやっと終わりました。やっと、というのは司法解剖やいろんなことがあって、お葬式までが長びいてしまったんです。

今日式場には報道の人がいっぱい来ていて驚いてしまいました。テレビカメラも来ていたんです。あたり前ですよね、あれだけ雑誌やワイドショーで騒がれたんだから。パパは仕事柄、女性誌や女性週刊誌とのつき合いも深く、時々はテレビの情報番組にも出ていました。ですからそのコネを使ってやたら手記を出したり、インタビューを受けたりしています。妻と息子を返してほしいって、このあいだも涙で訴えてました。気持ちはよくわかるのですが、私としては複雑な気分です。パパは医者二人を絶対に有罪にして、刑務所にぶち込んでやると言っています。私は結花さんのことを本当に気の毒だと思うし、亡《な》くなって悲しい気持ちでいっぱいです。死んでいった弟も可哀《かわい》想《そう》だと思いますが、いろんなことを考えてしまう。それはどういうことなんだと問われたらはっきり言えない。こういう時、ままっ子というのは本当に困ります。でもママだったら、この気持ちわかってくれるわよね。今度いつ日本に来るのかしら。私は話したいことがいっぱいあるの。今、うちの中は大変。パパは血走った目で、毎日弁護士のところへ行ったりマスコミの人と会ったりしています。こんなことは他の人には言えないけど、私、ちょっとヘンな気もする。

パパって結花さんのことをそんなに愛していたのかしらって。

れおな」

長野に向かう新幹線の中で、小原《おばら》俊矢《としや》は週刊誌を読んでいる。

秘書や事務局長からは、

「腹の立つことばかりだから読まないように」

と注意されていたが、先ほどキオスクでつい買ってしまった。今日発売日の主要週刊誌三誌どれもが、白金ソフィア病院の医療ミスを、トップ記事で伝えていた。著名人や芸能人が使うところとして白金ソフィア病院は広く知られていたし、告訴しているのもマスコミにしょっちゅう登場する人気美容外科医の斎藤裕一だ。しかも亡くなった夫人は、大恋愛の末に結ばれた美人の元ＣＡだという。彼女と共に腹の中の赤ん坊まで死亡したのだからマスコミが飛びつかないはずはなかった。

これに対して斎藤は積極的な姿勢に出て、幾つものインタビューに答えていた。その発言は、

「無責任な医者に妻と子の命を奪われた」

ということに終始している。

「息をしていない私の息子を抱いて出てきた医者は、酒くさい息をしていました。そしてもう駄目ですね、と告げたんですよ。その時の私の気持ちがわかりますか。怒りと悲しみで呆然《ぼうぜん》としてしまい、しばらく声が出なかったんですよ」

とその週刊誌でもインタビューに応《こた》えていて、その発言はいつのまにか白金ソフィア病院に対する揶揄《やゆ》や批判へと発展していくのだ。

「白金ソフィア病院は、医学界の風雲児と評されてきた小原俊矢氏が十一年前に買収したものだ。小原グループは経営困難の病院を次々と買い取り、学校経営にも乗り出している。信濃《しなの》医療大学は二年前、悲願だった医学部設置認可も得ているが、これを

めぐっては今もきなくさい噂《うわさ》がたえない。今度の事故はあまりにも肥大化、ビジネス化したグループの体質が原因という声もある」

小原は乱暴に週刊誌を閉じ、隣りの席に座っている秘書の瀬沼《せぬま》の膝《ひざ》に投げつけるようにして置いた。

「確かこの出版社の社長は、岡島《おかじま》だろう」

「そうです」

「しょっちゅう一緒に飯を食ってるじゃないか。このあいだは頼まれて四ページのタイアップ広告を出してやったはずだ。おい、ちゃんと電話をしたんだろうな」

「はい、もちろん。うちの記事が出るとわかってすぐ電話をしました。しかし、雑誌には編集権があって上も手が出せない、とか何とか言って、社長に取り次ぎもせずにつっぱねられたんですよ」

「全くマスコミの連中ときたら、義理も何もあったもんじゃない。すり寄ってくる時は甘い声で、次の日には平気でひどい出鱈目《でたらめ》を書きやがる」

瀬沼は黙って週刊誌を、前のラックに入れる。だから言わないことじゃないという態度である。

小原は目を閉じ、しばらく眠ろうとしたがうまくいかない。昨日の妻とのやりとりを思い出したからだ。

友紀子は八年前からボランティアグループをつくり熱心に活動していた。有名オーナー社長や政治家の妻といった、金も思いやりもたっぷり持った女たちの集まりだ。コンサートやバザー、パーティーを企画しその収益をタイやカンボジアの貧しい子どもたちの支援にあてるのだ。

恵まれた世間知らずの女たちに何が出来ると、小原は気にもとめなかったのであるが、友紀子をはじめとするグループの女たちは意外な力をみせた。有名歌手や音楽家に協力を頼み、大きなホールでチャリティコンサートを開いたこともあった。この時は千万単位の収益金が集まり、それを持って友紀子と幹部たちは意気揚々とカンボジアを訪れたものである。小学校と給食センターを建て、現地で撮った写真はパネルとなって小原家の応接間に飾られている。子どもが手を離れた今、その活動は友紀子の生き甲斐《がい》になっているのだ。

しかし今度のことで、グループ内での友紀子の立場は微妙なものになったという。主要メンバーたちが、「ひどい医療ミスで、母親と子どもを死なせてしまった病院」の経営者の妻として、自分のことを見るというのである。

「もうあそこを辞めなきゃいけないかもしれないわ。私がいると、寄付なんかも貰《もら》いづらくなるかもしれないから」

という友紀子に向かって小原は怒鳴った。

「馬鹿も休み休み言え。うちは何ひとつ悪いこともしていないし、ミスも犯していないんだ。だいいちあのグループの夫どもがそんなに立派なことばかりしているのか」

メンバーの夫の中には、小原と同じように大きな病院を経営している者もいるし、名の知れた代議士も何人か混じっていた。

「世の中に名前が出るような仕事をして金を稼いでいたら、何かあったら世間にボコボコにされる。そんなことは百も承知の男どもじゃないか。そういう苦労を女房たちが知らないはずはないだろう。いくらノー天気でアホな女房の集まりだからってな」

「ノー天気でアホですって」

友紀子は夫を睨《にら》み返した。

「あなたって、私たちのことをそんな風に見てたの」

「そりゃそうだろ。お前たちはしょっちゅうコンサートや講演会をして得意がってるが、亭主の力があればこそのことだろう」

現に半年前に行なわれた講演会では、友紀子にねだられて、小原はソフィアクラブ会員であり、親しい友人の政治評論家を講師に頼んでいた。ふだんは百五十万円のギャラをとる彼に頭を下げ、チャリティのためだからと規定の十万円にしてもらった。そんな夫の協力を忘れてはいないだろうと小原は言外ににおわせたのだ。そうせずにはいられない。全くあの女たちは何さまのつもりだろう。いったいどのツラ下げて、人のことを非難出来るだろうかと小原は腹が立って仕方ない。

「田井修介《たいしゆうすけ》の女房もいるんだろ。あの男だって議員宿舎に女連れ込んだところを、写真週刊誌にすっぱ抜かれてさんざんだったはずだ。そんな亭主ばっかりだ。何もお前の肩身が狭くなるようなことはない。もしも本当に居づらくなったって言うなら、さっさと辞めればいいさ」

そして最後にこうつけ加えた。

「お前の被害妄想《もうそう》じゃないのか。そうじゃなかったらお前が相当嫌われているんだな。日頃出しゃばってリーダー面《づら》しているから、こういう時にあれこれ言われるのさ」

この言葉に友紀子は泣き出し、小原は黙って居間を出たのである。

別に妻を怒らせたぐらいどうということもないが、世間でそうした評価をされていると思うと不愉快極まりない。裁判にも影響してくるはずだ。

長野駅に着き、あらかじめこちらに先回りさせていた運転手付きの車に乗り込んだ。

秋の信州の山々は、もう色づき始めていて空気も冷ややかに透きとおっていた。

小原がここに二万坪の土地を求めたのは今から三年前のことになる。文科省の認可が下りる一年前のことだ。本来ならばとうに建設が始まっているはずなのであるが、近隣の医学部を持つ大学から、認可差し止め請求が出たのである。小原がぶち上げた、

「新しくつくる医学部は、年間二百五十万円以下の学費とする」

という構想が反発を招いたのだ。現在ひとりの医者を育てるために、一億円かかると言われている。どれほど良心的に教育を行なってもこの金額はゆうにかかる。医学部のダンピングは、やがて医師の質の低下を招くと彼らは文科省や厚労省に訴えたのである。

そんな要求は全く不当なことで、認可が下りたうえは医学部はつくる。小原はそう宣言したものの、さまざまな形で妨害が入った。それを何とか解決し、ようやく鍬入《くわい》れ式まで持ち込んだと思ったところ、今度の事故である。病院での医療事故と医学部設置とは全く関係ないはずであったのに、なぜかマスコミはこの二つを関連づける。

ひどいところになると、

「新医学部の教授のポストをめぐって、白金ソフィア病院ではさまざまな軋轢《あつれき》があった。そのため診療がおろそかになり、ミスを招いた」

としたり顔で書くところもあったぐらいだ。学校用地のある市の安藤《あんどう》市長から電話があったのは先週のことである。

「今度のことで建設の予定は大丈夫だろうか」

という問い合わせである。

「白金ソフィア病院での事故と、信濃医療大学医学部建設とがどういう関係があるのか」

と反対に問うたところ、市長の答えはこうだ。

今回のマスコミ報道により、白金ソフィア病院と信濃医療大学とは、同じグループであるということを住民皆が知るところとなった。そもそも信濃医療大学は上田市にあって、介護福祉士、理学療法士、作業療法士を育てる小さな大学であった。毎年定員割れして破産寸前だったのを小原が買い取ったのである。そして東京校を四谷につくるという思いきった行動に出た。キャンパスもないビルだけの大学であるが、講師陣を充実させ国家資格試験の合格は保証するとうたったため、今ではそこそこの偏差値となっている。とはいうものの、

「東京の真中にあって、どうして信濃医療大学なのか」

という声は常にあり、よって医学部完成の折には「ソフィア医療大学」と改名する

ことが決まっていた。

市長によると、

「あんな母子を殺すような事故を起こした病院なら、いつか倒産するのではないか。そこの病院がつくる大学など大丈夫だろうか」

と住民が心を痛めているという。

ふんと小原は鼻でせせら笑った。この安藤という男は、小原に言わせると何とも「食えない」市長である。ミニコミ誌編集長、市民グループ上がりの、典型的な地方の出たがり首長である。

医学部認可に向けて土地を探していた頃、もろ手をあげて立候補したのだ。長野から車で一時間のこの町は、例に漏れず過疎《かそ》化が進み、隣りの大きな市に吸収合併されようとしていた。それを回避するためには企業誘致しかないと案を練っていたところ、ここに大学設置の話が舞い込んだのである。

「そりゃあ、これからは大学でしょう」

小原はこの四十代の市長に、事務局長から噛《か》んで含めるように説明させた。

「医学部の学生を仮に六百人としましょう。教職員とその家族を入れると千人になる。彼らが四万円のアパートを借り、十万円の金を落とす。一ヶ月で一億四千万が入ります。企業をひとつ誘致したとして同じぐらいの金が入るとは思いますが、これだと公害対策や何のかんのと金は出てもいきますよ。それに医学部に入ってくる学生はもともと裕福な家の子どもが多いですから、おそらくさらに高級な住居が必要になるはずですし、人口増加に伴って飲食店も出店することになります。経済効果はざっと百数十億というところでしょうか」

こうして二万坪のうち五千坪は市有地を払い下げてもらったのである。

今日現地へ行くのは、この市長の機嫌を取りにいくのではない。小原からみれば取るに足らない小物ではあるが、最近、事故に関連して、この地でマスコミが動いている節がある。医学部設置認可の後ろに、このあいだ野党になったばかりの党の大物政治家がいるのではないかと書いた週刊誌があるのだ。そのため市長にそれとなく釘《くぎ》をさしておく必要があった。小原はつくづく思う。この国は上は総理大臣から、下は田舎の市長まで、なんだかんだと言いながらみんな金を欲しがる。そして彼らに共通しているのは、病院、医療と名がつくところには、不当な金がたんまり眠っていると信じていることである。そうした彼らとつき合うには、どれほど高度なテクニックを必要とすることか。自分は彼ら相手に理事長、グループ総帥《そうすい》としてしなくてもいい根まわしをしてきた。それもこれも現場の医師たちに快く仕事をしてもらいたいためだ。

政治家に比べれば医師の欲望などたかが知れている。せいぜいが多額の給与と地位ぐらいだ。すべての医師は、ただ目の前の患者を救うことだけに全精力を傾けている。あの医師たちを誰が咎《とが》めることが出来るだろう。最近、小原は大金を遣い最高の弁護団をつくり上げたところである。

瀬沼がアタッシュケースからパソコンを取り出す。その弁護団の一人から、斎藤裕一の新しい情報が入ってきたと彼は告げる。そして小原は画面の中に、彼がよく見知った女の名前と顔を見つけた。

2

築地にある老舗《しにせ》のフグ店は、おととしから座敷もテーブル席になった。年配の客が多く、畳に座るのはつらいという声が出たためだ。が、床の間のある凝ったしつらえの座敷に、イタリア家具のテーブルと椅子《いす》はあまり合っているとはいえない。

今、小原俊矢は、テーブルをはさんで志帆子と向かい合っている。フグ刺の大皿が運ばれ、シャンパンが抜かれたばかりだ。

「なんて美しいの」

志帆子は感嘆の声をあげた。藍《あい》染め付けの大皿に、薄く透き通ったフグの刺身が、大きな牡丹《ぼたん》をかたどって盛り付けられているのだ。

「食べるの、もったいないわね」

こんな時、誰もが口にする感想を漏らした。しかしその言葉とは裏腹に、すぐに志帆子の箸《はし》は伸びた。花芯《かしん》にあたる部分をためらいなくまっ先に崩していく。

「スイス人に見せたらびっくりすると思うわ。食べ物がまるで芸術品みたいなんですもの」

ゆっくりと咀嚼《そしゃく》した後、満足そうに微笑《ほほえ》んだ。帰国してすぐ会議に出た後、雑誌の取材を受けたという志帆子は、グレイのカシミアのジャケットを着ている。中に薄いパープルのニットを合わせ、ゴールドのチェーンを垂らしていた。

時差による睡眠不足のせいか、最初この店に着いた時、志帆子はやや顔色が悪かった。しかしシャンパンを一杯飲み干すと、頬がたちまち薄バラ色に染まっていった。

「ああ、なんておいしいのかしら。フグを食べると、冬に日本にいないのが悲しくなるわ。もしいたら、お金の続く限り毎日食べたい。といっても、こんな高級な店に来れるはずはないけれど」

「じゃあ、東京にいる間は、毎日ここに来よう。俺もつき合うよ」

「嘘《うそ》ばっかり。毎晩会食で忙しい人が、来られるわけないじゃないの」

「いや、志帆子が望むなら毎日だって来るよ」

狎《な》れ合った男と女の視線が、フグ刺の上でからみ合う。数ヶ月ぶりの出会いであったが、アルコールと共にたちまち溶解していくものがある。さきほどから小原の靴下を履いた足は、志帆子のナイロンストッキングの爪先《つまさき》に重なっていた。

「もっとも、私はあさって帰るから、明日だけ来ればいいんだけど」

「本当に明日来たっていいよ」

「いいわよ、無理しなくて。明日は娘とご飯食べることになっているから」

「娘っていうのは、斎藤先生とのお嬢さんだね」

「そうよ……」

しばらく沈黙があった。ごくさりげなく、志帆子の爪先は小原の重みから逃れる。

「この話は、刺身を食べてからにしよう」

「いいわよ。もうとっくに別れた夫なんだから関係ないもの」

志帆子はそう言って、今度は箸を皿に添って動かし、花弁の部分を何枚かはさんだ。

「どうぞ、話したいことがあったら言って頂戴《ちようだい》」

「驚いたよ。全く……」

小原はため息を漏らしたが、あまりにも芝居じみているのではないかと次に、こほんと咳払《せきばら》いした。

「弁護士から、斎藤先生のプロフィールを渡された。そこに君の写真があったんだ。別れた旦那《だんな》は美容外科医をしていると聞いていたが、まさか斎藤先生とは思わなかったよ」

「あら、そう。前に話したことなかったっけ」

「いや……」

またそこで小原はおし黙り、志帆子も無理に言葉を発しようとはしない。いつも弾丸を発し合うように会話をしていく二人にしては珍しいことであった。ややあって小原が再び語り出す。

「週刊誌の記事を見たかい」

「日本の週刊誌は二誌送られてくるから目を通すわ。随分大騒ぎになっているのね」

「そうなんだ。正直言って斎藤先生は、感情的になっているとしか思えない。どんなことがあっても、うちの医師を二人有罪にすると息まいているんだ。それも民事だけじゃなくて刑事告訴をするなんて、ちょっと考えられないことだ」

「あの人は昔からそういうところがあったわ。相手を許せないと思うと、徹底的にやるの。妥協するってことを知らないし、そういうことを軽蔑《けいべつ》するタイプの人間ね」

「それにしたって常識っていうものがある」

小原は声を荒らげた。この二ヶ月のことを思い出したからだ。

「斎藤先生だって医者だろう。だったらわかるはずだ。患者が死ねばいい、なんて思う医者はこの世に一人もいない。みんな必死になって最善を尽くす。たまたまそれがうまくいかなかったからといって、いちいち告訴されたらたまったものじゃない。医者のなり手なんてなくなってしまうよ。志帆子はちょっと前に日本であった、産婦人科医の逮捕を知っているだろ」

「ええ、妊婦が死亡したあの事件ね」

「どうしても避けられない事故だった。しかし産婦人科医は家族の前で警察に連行された。ちゃんとした医師が、患者が死んだために、犯罪者のように扱われたんだ。わかるか、あの時は日本中の産婦人科医が震え上がった。そしてたくさんの産婦人科医が、分娩の取扱いを止めたんだ。それだけじゃない。産婦人科志望の医学生は、いっせいに進路を変えたんだよ」

「そりゃ、そうでしょうね」

「彼は無罪になったが、それでも日本の医学界に与えたショックははかりしれない。

それと同じことが今、起ころうとしているんだ。わかるかい」

「わかるわよ」

志帆子はまたフグを口に運ぶ。

「その後にあなたが言いたいこともね。あなたは、私に斎藤を説得させようとしているんでしょう」

「そうだ」

小原はもう一度、自分の足を進ませる。そしてストッキングにつつまれた志帆子の爪先をとらえた。そこに頷《うなず》くように重みを与える。

「志帆子と斎藤先生は、今もつながりがある。そして斎藤先生は、今も志帆子のことを忘れられない」

「どうしてそんなことがわかるの」

「あたり前だ。君みたいにいい女を、男が忘れるはずはない」

「斎藤は奥さんを愛してたのよ。だからあんなに怒っているんじゃないの」

「志帆子までそんな綺麗《きれい》ごとを言うことはないよ。君がいちばん知っていたはずだ。斎藤先生はずっと志帆子のことを思っている。あの死んだ奥さんには悪いが、彼女は所詮《しょせん》つかの間の代替品だったんだ」

「もし本当にそうだとしても、告訴を取り下げろって言う理由にはならないわ」

「まさか、そんなことを言いやしない。ただ俺は斎藤先生にもうちょっと冷静になって欲しいだけだ。そうすればあんなにマスコミで吠《ほ》えまくることもないだろう？　同じ医師として刑事告訴がどれほど無意味なことかもわかるはずだ」

「無意味かどうかは、斎藤が決める話だわ。私はかつてあの人の妻で、あの人の子どもを産んだことがある。それ以上でも以下でもない。別れてから、私はあの人の心に触れたことは一度もないんだもの」

「志帆子、頼む」

志帆子の箸が落ちる。いきなり手首をつかまれたからだ。

「今、うちは医学部がちゃんと設置出来るかどうかの瀬戸際《せとぎわ》なんだ。斎藤先生はそれを邪魔しようとしているとしか思えない。あの先生を説得してくれないだろうか。先生を宥《なだ》めることが出来るのは君だけなんだ」

「でもそれはへんだわ」

志帆子は左手で、小原の指をほどいていく。

「私が仮によ、仮に斎藤にそういうことを言うとしたら、いったい何と言えばいいの。あなたから頼まれたって言うの。私があなたの願いごとを伝えるのは、とてもおかしなことじゃないかしら」

「別に志帆子が俺の――」

そこで小原は口ごもった。まさか愛人という言葉は使えなかった。〝女〟でも違う。〝恋人〟というのは軽過ぎる。いったいこれほどの女との関係を、どう表現していいのかわからない。

「俺と、その、つき合いがあるとは言わなくてもいい。ただ医師としての常識ということを話してくれるだけでいいんだ」

「それはとてもむずかしいことだわ。医者の常識っていったい何なのかしら。私はいろんな場所で、命がけのことをしている医者を何人も知っている。そこにある常識と、日本の安全な場所で医療をしている医者の常識が同じなのかもわからないもの」

「そんなわけのわからん綺麗ごとはどうだっていい」

小原はうめくように言った。

「斎藤先生は、日本の医療体制をめちゃくちゃにしようとしている。そして俺の夢を壊そうとしている。いや、単なる俺だけの夢じゃない。金がなくても優秀な人間を医師に育てるっていう計画がこれで遅れたら日本の損失だと思わないか」

「日本の損失……」

志帆子はここでうっすらと笑った。確かに笑った。

「私は日本の損失を防ぐために、何かしなきゃいけないのね。わかったわ……」

「斎藤先生に話してくれるのか」

「いいえ、あなたが望んでいることがわかった、ということ。でも私は、それにどう対処していいかわからないの。私はこの事故のことをほとんど何も知らないし、今の斎藤のことも何もわからない。それなのにどうして説得出来るのかしら」

「この事故のあらましは、すぐに送るよ。君だったら二時間で理解出来る内容だ。頼む。僕を助けてくれ」

「僕を助けてくれなんて……」

志帆子は顔を上げて小原の顔を眺めた。

「あなたの口からそんな言葉を聞こうとは思わなかったわ。でもフグを食べましょうよ。乾いてきたわ。花がしぼんでしまう」

れおなに会うのも数ヶ月ぶりだった。すっかり私立の医大生らしくなっている。授業に追われているにもかかわらず、ここの女子学生は華やかに金のかかったものを着ている。れおなは真赤なツインニットに、ティファニーのネームペンダントをしていた。医大の入学祝いに父方の祖母が買ってくれたものだという。

「おばあちゃまもいろいろ大変なのよ」

どこでどう調べたのか、斎藤の実家にもおかしな電話がかかってくるそうだ。告訴を取り下げるように息子に伝えておけ、という男の声がしたかと思うと、子どもを失くした母親から、くどくどと励ましの電話があるという。

「これもパパが、やたらテレビや週刊誌に出るからだと思うわ」

鮨屋《すしや》のカウンターで、れおなは憮然《ぶぜん》とした表情で言う。

「このあいだはワイドショーで、再現フィルムみたいなことまでして、それにもパパは出ていたの。そしていろんなことを喋《しゃべ》りまくってるの」

「結花さんが亡くなったことが、本当にショックだったのよ」

志帆子は話をそこで切り上げようとした。

「れおな、今、何を履修してるの。語学はうまくいってる？　まだ一年生なら臨床実習はないわね」

れおなは気がのらない様子で、母の質問に答えていく。

「でもね、大学でもパパのことはすごく話題になっているのよ」

このあいだも講義で、教授があの事故のことを持ち出したという。

「民事訴訟と刑事訴訟との違いで、例に出されたの。ちらちらと私を見るコもいて、本当にイヤだった」

「娘が通っていることを知らないのかしら」

「たぶんね。その教授は、パパのしたことに批判的なのよ。こういうことはいずれ医者の首を自ら絞めることになりかねないって。それをくどくど説明してくれるんだけど、まるっきり頭の中に入らないわよ。自分の父親がコケにされて、サンプルにされていると思うといたたまれないわ……」

「ひどいわね。私が学校へ行って頼んでもいいわよ」

「いいわよ、そんなことをしてくれなくても。小学生じゃあるまいし」

れおなはビールは飲むものの、鮨は食べようとしない。

「ものすごくおいしい中トロだったわ」

「ママ、もう四貫も食べてる」

「当然でしょ。今の季節日本に帰ってくる楽しみは、フグとお鮨なんだから」

「ママ、フグは食べたの？」

「ええ、昨日いただいたわ。同級生の開業医におごってもらっちゃった。その人、お金持ちで食べること大好きだから」

〝同級生〟という言葉を除いて、小原のことで嘘はついていない。

「私ね、個人的にはパパが騒いでいる理由もわかるのよ。でもね、冷たい言い方かもしれないけど、死んだ人が生き返るわけでもないでしょう」

母と娘は同時に頷いた。

「それなのにあれほどいきり立ったって。そこからは何も生まれないと思うのよ」

「そりゃそうよ」

「そりゃあ、あの病院にもいろいろ問題があるのよ。あの理事長って、ものすごいやり手で強引な人らしいわ」

「そのとおりだわ」

「でもね、医者が医者を訴えて憎しみと怒りをぶつけるのを近くで見てるのって本当にイヤ。こんなのアリ?っていう感じなのよ。そしてね、ネットで、パパも叩《たた》かれ始めてる。金儲《かねもう》けばっかりしている美容外科医が、何をギャーギャー言ってるんだっていう書き込みも多いわ。ママ私ね、医者になるの、だんだんイヤになってきた。医者って、こんなにも人の憎しみを買うものかしら。そしてその憎しみをぶっつけてるのが、自分の父親だと思うといたたまれなくて。私、このままだと医者になることが出来そうもないわ。医大やめたいって、この頃本当に思う。ねえ、ママ、どうしたらいいのかしら」

れおなの頬を涙が一筋伝い、それを彼女は目の前のおしぼりでごしごしとぬぐった。

3

テレビの画面に、凝った外壁の建物が映し出される。大きく見せようという意図なのか、カメラは下の位置からあおるように撮っている。

アナウンサーの声が入る。

「母親と胎児の死は、過失だったのか、それとも避けられない事故だったのか。この事件をめぐり、もうじき医療事故調査委員会の報告書が出されます。その結論によっては二人の医師の起訴もあり得るとみられています」

カメラはスタジオに戻り、人気のキャスターと若い女性アナウンサーが映し出される。

「だけどこの事件、随分長びいてますね」

キャスターの男は、自分の娘ほどの年のアナウンサーに話しかける。

「こんなに長びいたら、遺族の方はたまらないでしょう」

そうですね、と彼女は答え、カメラの正面に向き直った。

「今日はゲストをお招きしています。医事評論家の佐藤義彦《さとうよしひこ》さんです」

紹介された中年の男は軽く頭を下げた。彼と同年代のキャスターは、ややかん高いトーンで質問する。

「今回のこの医療事故ですが、佐藤さんはどういう風にご覧になっていますか」

「はい、私は起訴は不可能だと思っています」

「へえー、〝二人〟が死亡という医療事故ですが、それでも起訴はされないんでしょうか」

「今回の件は、間違って臓器を切ってしまったとか、薬の量を間違えてしまったというような明白な医療ミスの事案ではないと私は考えています。羊水塞栓症《そくせんしょう》という予想しえなかった事態によるものです。もし起訴ということになりますと、臨床現場で行なわれていたことを、検察側がよほど詳しく把握しなくてはならないでしょう」

「しかし遺族の方が、何度もおっしゃっていますが、当日、医師の一人はあきらかに酒に酔っていたということです。人の命が、酔っぱらいの手にゆだねられる、なんてことがあってもいいんでしょうか」

「そこも争点のひとつになると思いますが、この医師は勤務を終え、プライベートな時間に飲酒をしていたのです。そして電話で呼び出された。彼は立ち会っただけで、医療行為はしていないと主張しています。それが事実なら、おそらく、何の罪にも問われないことになるはずです」

「けれど医師たる者、患者を抱えていたら、いつ何どき呼び出しがあるかわからないんでしょう。そういう場合に備えて、酒を控えめにする、ということは出来ないんでしょうかねえ」

「それは無理というものでしょう」

佐藤という男は苦笑した。

「我々だってひと仕事終えたら、酒くらい飲みたいですからねえ」

「でも医師たる者……」

不満そうなキャスターの言葉を遮《さえぎ》った。

「お医者さんも人間ですよ。仕事が終った後、酒を飲むなと法律で止めることは出来ません」

「しかし佐藤さん、母親と胎児がともに亡くなっているんです。起訴されないってことで、国民が納得しますかねえ」

「しかしですね、例の大野病院事件、産婦人科医が逮捕され、その後無罪になったケース以降、検察側は非常に慎重になっています。おそらく医療ミスは認められないでしょう」

「そうですかァ……」

キャスターはあきらかに何か言いたげだ。

「こういう医療事故っていうのはどうなんですかねえ。とことん裁判で争って真相を解明した方がいいんじゃないですかねえ」

「そういう意見もあるでしょう。しかしこういう刑事裁判というのは、結局は国民のためにならないというのが、医学界全体のコンセンサスになりつつあるんじゃないですかね」

「国民のためにならないんですか」

「刑事裁判になることで、医師が萎縮《いしゅく》してしまう。そして裁判が続く間、現場の医師が医療現場から離れることは大変なマイナスになるという考え方ですね」

「そうですか。でも僕なんかはやっぱり納得出来ないんですが……」

「まあ、いろんな考え方があるとは思います。この件は刑事裁判にならないでしょうが、おそらく民事裁判にはなると思いますよ」

ふうーんと、村岡進也はテレビのスイッチを切った。不愉快さが残る。キャスターに対してだ。聞き齧《かじ》った知識だけで、医師が悪いと決めつけているのだ。

「何も切らなくたっていいのに」

テーブルを片づけていた妻の仁美が言った。

「この司会してる奴に腹が立つんだよ。何もわかってないくせにものすごくえらそうで」

「このおじさん、いつもそうよ。自分は正義の味方ってことを示すために、怒ったふりしてるんだもの」

「だけどよく言うよ。裁判してとことん真相解明しろだって。馬鹿言うなって言うんだよ。医者にそんなヒマないよ。そんなヒマあったら診療してるよ」

小児科医である進也は、目の前で死んでいった何人かの子どもを思い出した。中には、

「これは医療ミスだ。絶対に訴えてやる」

とわめき出した親もいる。死んだ子どもを前に、その原因を説明し、親をなだめた、あのつらい夜のことは決して忘れることはない。医者というのは、自分の身を切られるようなつらい記憶を幾つも抱え、そしてそれに気づかぬふりをして生きていくのだ。

「白金ソフィア病院、これでブランドイメージがた落ちよね。なんかいろいろ週刊誌

に書かれてるわ。あそこの理事長って、あの医療大学に医学部つくるために、ものすごく無理してたんでしょ」

「それと医療事故とまるっきり関係ないじゃないか」

「それをくっつけるのが週刊誌なんじゃゃない」

週に二回、企業の診療室に通う仁美は、時間がたっぷりあるらしい。風邪の季節を除いてほとんど社員もやってこない診療室で、心ゆくまで週刊誌を読んで帰ってくる。

「でもあの亡くなった奥さん、すごく綺麗な人ね。CA時代の写真が出てたけどまるで女優さんみたい。あれじゃあ、旦那さんが諦《あきら》め切れないの、あたり前よね」

進也が無視しても話を続ける。最近の仁美は前よりも多弁になった。ひとり息子が、第一志望の私立小学校に合格してからというもの、慰労会と称して塾や幼稚園の同級生の母親たちとのつき合いを楽しんでいるのだ。一緒にランチやカラオケに行ったりしている。女医であるうえに子どもを一流校に合格させた仁美は、女たちから尊敬をかち得ているようで、そのことが嬉《うれ》しくてたまらないのだ。言葉や動作にうきうきとした調子が加わった。勤務日でない今日は、待ち合わせて皆で宝塚を観に行くという。なんでも熱心なファンがいて、皆の分のチケットをとってくれたというのだ。

「初めてなのよね」

昨日からインターネットで、スターの情報を集めている。そうした妻を横目で見ながら出かけようとしていた時に、ケータイがメール着信を告げた。埼玉の大学病院に勤務する吉村であった。シーナの会のメンバーである。

「ニュース。今話題の白金ソフィアの件、訴えてる美容外科医は、シーナの元ダンナらしい」

最初は軽い驚きだった。

「世の中って狭いなあ……」

ひとりつぶやいた。渦中の人物が、佐伯志帆子のかつての夫だったという偶然が少々進也を興奮させた。しかし車のハンドルを握ったとたん、妙な気分にとらわれたのである。志帆子、訴える夫、そして白金ソフィア病院。この三つがしっかりと結びついていることに気づいたからだ。

後でジュネーブにメールしてみようかと、進也は考える。

結局れおなは、ほとんど鮨を口に入れなかった。

「もう医大やめたい」

と母に告げた後、その言葉の重さに怯《おび》えてしまったのだ。久しぶりに会った母に甘えて口から出まかせを言ったわけではない。そのことを口にしたとたん、そうだ、そんな解決法もあったのだと目の前が開けるような思いになり、かえって不安になった。本当にずっと以前から、自分はそう考えていたような気さえしたからだ。

その傍で志帆子は平然と鮨をつまんでいる。そして最後に好物のかんぴょう巻きを口にした後、こう言ったのだ。

「さっ、行きましょう」

「私、もうどこにも行きたくない。悪いけどこのまま帰るわ」

「だかられおなと一緒に帰るのよ」

「まさか……」

「お葬式は失礼してしまったから、せめてお線香ぐらいはあげさせてもらわないとね」

「ちょっと待って。パパに電話するから」

「いいわよ、そんなことするとめんどうくさいから。お線香あげるだけですぐに帰るわ」

店を出るとタクシーをつかまえるために右手をあげ振り返った。

「どこに住んでたっけ？」

「イヤだわ、代官山じゃないの」

「そうよね。だけどれおなに手紙を出すこともないし忘れちゃったわ」

八幡通りの途中の信号を左に折れたところに、城壁のような塀に囲まれた低層マンションがあった。

「ここよ……」

「まあ、すごいところね。でも、ちょっと悪趣味だけど」

志帆子はエントランスにある小さな噴水を、軽くヒールで蹴《け》った。

「ママ、ちょっと酔ってるんじゃないの。お線香あげるの、次、日本に来るときにしたら」

「大丈夫。ここに来ること思いついてお茶に切り替えたから、たいして飲んでないわよ。ところであなたのお父さん、おうちにいるのかしら」

志帆子は時計をみる。九時を少しまわったところであった。

「いるんじゃない……この頃外にあんまり出かけないし。でもわからない」

「いいわ、いてもいなくても。さあ、案内して」

暗証番号で扉を開けてからがまた遠かった。ちょっとした体育館ほどのロビーの奥にフロントがあり、そこに制服を着た女が立っていた。

「お帰りなさいませ」

エレベーターに乗るなり志帆子は言った。

「ますます悪趣味だけど、このマンション随分高そうね」

「ここ賃貸なのよ」

「へえー」

これおなが知るよしはなかったが、東京で最高の家賃を誇るそのマンションは、いちばん小さな部屋で一ヶ月百七十万円を支払わなくてはならない。

これおなが部屋のチャイムを鳴らすと、初老の女がドアを開けてくれた。化粧を落としている。

「お帰りなさいませ。あらっ、お客さまですか……あら」

途中で女は気づいた。

「もしかすると……」

「そうよ、ママよ」

まあ、まあと女は不幸のあった家にはふさわしくないはしゃぎ声をあげた。

「あのおえらい方ですわよね。テレビで拝見しました。おめにかかれるなんて……」

「お手伝いの桂子さん」

れおなはぶっきら棒に紹介した。

「いつもお世話になっていますね」

志帆子はにっこりと笑い、そして玄関に出されているいくつかのビニール袋に目をとめた。

「これ、何かしら」

「いえ、その」

桂子はもじもじと身もだえた。

「あの……赤ちゃんのお布団とか、おもちゃなんです。いつまでもとっておくのも何だと思いまして、今、地下のゴミ捨て場に持ってこうとしていたんですが……」

「そうね、それはいいことね」

志帆子は自分でさっさとコートを脱ぎ、玄関のラックにかけた。

「ママ、こちらへどうぞ」

れおなが観念したように先に立って歩き出す。今、玄関で父親の靴を見てしまった。今夜は家にいるらしい。結花の写真と位牌《いはい》は居間に置いてあるのだ。どうしても父親と会うことになるだろう。その時、どう声をかけて入っていけばいいのだろうか。

が、その心配の必要はまるでなかった。騒ぎを聞きつけて、父親は廊下まで出てきたからだ。元の妻を見つめたまましばらくは言葉が出てこない。

「お久しぶりね」

志帆子は微笑んだ。

「お線香をあげさせてね。そのくらいいいでしょう」

「おう」

斎藤はいささか間延びした口調で答えた。

志帆子は手を合わせる。

その時、

「元気ないわね」

志帆子は八年ぶりに会った前夫の手首を、いきなりつかんだ。そして引き寄せ脈を見る。次に斎藤をあおむかせ、下瞼《したまぶた》をさげる。あっけにとられた斎藤は、されるがままだ。

「血圧、高くなってるんじゃない」

「ほんの少しだ」

「夜、眠れないでしょう」

「たまにだ」

「あの頃も導入剤飲んでたじゃない。今も飲んでるの」

「ごく軽いものだ」

「駄目よ。ああいうものはどんどん強くなっていくんだから」

そう言いながら志帆子は、居間の真中に立つ。

都内で最高の賃料を誇るこのマンションは、居間だけで四十畳の広さがある。仏壇がどこにあるかすぐにはわからない。

「お線香をあげさせてもらいたいんだけど」

斎藤は黙って、アンティークの食器を飾ってある棚の前に進んだ。その隣りに黒い漆《うるし》塗りの箱がある。現代的な家具調の仏壇の中には、位牌が二つおさめられていた。死産した子どもにも「水子《すいじ》」がつく愛らしい戒名がつけられていた。死んだ妻の戒名ははるかに長い。美という文字が入っていた。写真の女は水色の服を着て微笑んでいる。カラー写真なのと、女の笑顔があまりにもあでやかなので、女優のブロマイドのようにも見えた。

「本当に綺麗な方ね」

再び手を合わせた後、志帆子はしみじみと写真に見入った。

「そしてやさしそうだわ。斎藤さんがどんなに大切にしていたかわかるわ」

「ありがとう」

桂子が茶を運んできた。小さな和菓子が添えられていた。志帆子は伏し目がちにしているお手伝いの顔をはっきりととらえた。

「桂子さんが、すべてこのうちのことをやってくださっているんですってね。だかられおなも安心して学生やっていられるんだわ」

「まあ、まあ、どういたしましょう」

桂子はすっかり舞い上がってしまった。

「こんなえらい方に、そんなこと言っていただいて」

が、彼女はこの場の空気から、自分が全く浮いていることを知り、すぐに去っていった。

「突然うかがってごめんなさいね。さっきまでれおなとご飯を食べていて、今日しか行けないことに気づいたのよ。だかられおなに、無理言って連れてきてもらったの」

「電話ぐらいしてくれればいいじゃないか」

斎藤は娘を咎めるように見た。

「れおなはそう言ったんだけど、私が止めたのよ。すぐに帰るつもりだったから」

志帆子はれおなに目くばせする。うまくこの場をはずせということなのだ。れおなはさりげなく居間を出ていく。ふだんは離れて暮らしている母と娘であったが、こういう時はぴったりと息が合った。

「このたびは本当にご愁傷さまでした」

あらためて志帆子は頭《こうべ》を垂れた。

「結花さんにはお会いしたことはないけれど、心から感謝していたのよ。れおなのことをちゃんとめんどうみてくれて、医学部にも合格させてくれたんだから」

「ああ、やさしい女だった」

ソファに座り、斎藤は仏壇の方に目をやったが、その距離は少し遠過ぎた。

「れおなのことも、本当の娘のように可愛《かわい》がってくれたんだ。れおながいれば他の子どもはいらないとまで言ってくれた。だけどやっぱり自分の産んだ子どもを欲しかったんだろう」

「そりゃそうよ。女は誰だって自分の産んだ子どもが欲しいものよ」

「年とって無理して子どもをつくるから、こんなことになるんだって、ネットに書かれているんだ」

「心ない人たちが集まってるのがネットよ。私もいろいろ書かれているけど見ないようにしているわ」

「結花が子どもを欲しいと言い出してからの頑張りは、それこそ鬼気迫るものがあったよ。僕もそれにひきずられたというのが本音だ。だけど結花はやったんだ。奇跡をひき起こして子どもを得た。僕にも初めての男の子が出来るはずだったんだ。それなのに、あの医者が結花と子どもを殺してしまった」

「斎藤さん」

離婚してから、志帆子は電話でもそう呼ぶようになっている。

「医者のあなたが、殺された、なんていう言葉を使うのはおかしいわ。いくら争っている最中でも絶対に駄目よ」

「いや、美容外科医は医者ではないらしい」

「誰がそんなことを言っているの」

「ネットの連中だよ。美容整形で儲けまくっている医者は、医者のうちに入らないそうだ」

「勝手なことを言うものね。ネットなんか見ない方がいいわよ。私や斎藤さんのように、少しでも世間に名前を知られている人間は、あんなものを見る必要がないの」

相手は志帆子の話を全く聞いていない。

「そして医者にも入らないような大金持ちの美容整形屋、のおやじとその女房が、年くってるくせに無理して子どもをつくるからこんなことになるんだと。それなのにちゃんとした産婦人科の医者を訴えるなんておこがましいそうだ」

「まあ……」

「こういう図々しい奴がいるから、医療訴訟が後を絶たない、そして迷惑するのが、ちゃんとした医者だってな」

ふふっと斎藤はかすかに笑った。

「だけど僕は絶対にひきさがるつもりはないよ。徹底的にやるつもりなんだ。あいつらが結花と息子にしたことは絶対に忘れない」

「事故だったのよ」

志帆子ははっきりと言った。

「あれはどうみても事故だったの」

「君に何がわかるんだ」

「いろいろ調べさせてもらったわ。羊水塞栓症はある確率で起こるものだし、医師たちは出来る限りのことをした。けれども結花さんは亡くなってしまった。お気の毒だと思うけれど、結花さんの運命だったのよ」

「君が運命なんていう言葉を使おうとは思わなかったね。いちばん安易な言葉じゃないのか」

「いいえ、私は臨床をしていた時にいつも考えた。たいていの人は百歳まで生きられない。健康で一生を全うする人も少ないわ。だけど患者はみんなこう言う。どうして自分はこんな病気になったんでしょうか、絶対に治りますよね、治してくれるんでしょうね。脳腫瘍《しゅよう》の末期になるまで放っておいた患者さえそういうの。いいえ、あなたは助かりません、それが運命ですから、なんて口が裂けても言えるわけはないわ、私は医者だから。けど時々思うことがあった。医療っていうのは、運命っていう大きな道の途中で、ひとり奮闘しているようなもんじゃないかって。奇跡的に助かることがあっても、あっけなく死ぬことがあっても、みんなそれは運命っていう行先で決まっているもんなんじゃないかって」

「なんだか宗教がかってるな。それじゃあ君がアフリカやアジアの僻地《へきち》でやっていることはどうなんだ。あの辺りの赤ん坊なんか、とっくに死んでる運命のところを、君らが悪あがきしてちょっとの間、止めているだけじゃないのか」

志帆子は言った。

「私は地球がもっとよくなるっていう運命を信じているから」

「今は無理でも、飢えや伝染病で死ぬ子どもがいなくなるっていう未来がくるのを信じてるの」

「こりゃまたえらくお気楽だな。そんな世の中になったら、地球の人口はどうなるのかな。食糧はどうなんだ。俺はアフリカで、一定の数の子どもが死ぬから、世界の人口はまだ爆発を先延ばし出来ているっていう考えの持ち主なんだよ」

「そう考えるなら考えればいいわ。北の豊かな人たちが、貧しい南の人たちのことをそう考えている間にも、不気味なパンデミックはおそらく南から起こるはずよ。私たちはアフリカの子どもたちと運命を共にしているっていうことを、あなたに教えるつもりはないけれどね」

「よそう、こんな議論。昔は君としょっちゅうしていたけれど」

「そうだったわね。学生時代も新婚の時も、あなたといつも朝までやり合って、最後はものをぶつけたこともあったわよね。今考えると、いつもささいなことから口論が始まるのよ」

「若い時はエネルギーがあまってるから、ぶつけずにはいられないのさ。あんなにしょっちゅう喧嘩《けんか》して、よくれおなが生まれたものだと思うよ」

「そのれおなのことで話があるのよ」

志帆子は居住まいを正した。じわじわと話を核心にもっていかなくてはならないと先ほどから考えていたのだが、うまくきっかけがつかめなかったのだ。

「あの子はとても傷ついているの。もう医学部をやめたいとまで考えているの」

「れおなが、どうして」

「あなたが今、医師と争い、告訴までしている、それを見て、医者が医者のことをあんなに憎むなんて考えられないって、れおなは言ってるの。それが医者になる気持ちを失わせようとしているのよ」

「れおなが、君にそんなことを言っているのか」

斎藤のこめかみのあたりが、痙攣《けいれん》し始めている。他の人には気づかれないかもしれない、かすかな予兆であった。が、志帆子にはわかる。ずっと会っていない元の夫であったが、志帆子はそれに気づく。彼が激昂《げっこう》する前ぶれであった。

「れおなが君にそんなことを言っているなら許せない。そんな重要なことを、どうして君に話すんだ。そして原因は俺だって言うのか。冗談も休み休み言え」

「あの子は、あなたが思っているよりもずっとナイーブなの。原因は私にもある。それはわかっているわ。あの子、強くドライな女の子を装《よそお》ってるけど違うのよ。本当は医者に向いていないいんじゃないかって、いつもおびえている。それが私にはわかるの、母親だから」

「離婚して自分を捨てた母親の方が、俺よりも信用出来るってわけか」

「私はれおなを捨てたおぼえはありません。それをあの子が選んだのよ。あなたと日本に残るって」

「そうだよ。れおなにもわかってたんだよ。母親がどんなに自分勝手な女かってな。君は野心家で、日本のただの医者で終わるつもりはまるでなかったんだ」

「そんな言い方は正しくないわ。私は確かに野心家かもしれないけれども、その野心は自分ひとりのためのものではないと思っている。それをれおなもわかっていてくれるはずだと信じていたの。でもそれは違っていた。あの子は本当に今、悩んでいるの」

「それは俺の裁判が原因だって言いたいのか」

「そうよ。あなたは今、冷静さを欠いているわ。私は今日あなたに、あなたのしていることが無意味なことだと言いに来たの」

斎藤の痙攣ははっきりとわかるほどになっている。しかしもう途中でやめることは出来ないのだと志帆子は心を決める。

「裁判になっても、たぶんあなたは負けることになる。それをわかっていてあなたは続けていると思う。だけどこの事件が長びけば長びくほど、いいことなんか何ひとつ起こらない。れおなのこともそうだし、今の日本の医療界にとっても、いいことは何もない。それでもあなたの意地だけで裁判をしようとするならば、それはとても馬鹿げたことだわ。ねえ、もう一度考え直すことは出来ないの。あなたも医師だっていうことをもう一度考えてほしいのよ」

「理事長にそう言われたのか」

「えっ」

「あんたの大切な、白金ソフィア病院の理事長にそう言われたのかって聞いているんだよ」

斎藤はにたりと笑った。志帆子はあまりのことに声も出ない。

「こっちも裁判するにあたって、相手のことをいろいろ調べたんだよ。相手は大物だったから、うんと高い興信所を使った。絶対になんかボロが出てくるはずだと思ったんだよな。そうしたらびっくりしたよ。あんたの名前が出てきたからな。俺もまさかと思ったよ。ジュネーブで、世界人類のために働いているあんたと、日本でやり手で有名な理事長先生とが、どうやって結びつくのかまるで見当もつかなかった。だけどいろいろ証拠が出てきたよ。あんたと理事長、日本に来れば会ってメシを喰って、ホテルにしけ込む仲なんだな」

「そんな言い方はやめてください」

「別に俺はこれをスキャンダルにするつもりはないよ。どこかの週刊誌に売ろう、なんて気もまるでない。ただ裁判をする相手が、どういう人間か知りたかっただけなんだ」

「もし私が、理事長とそういう関係にあったとしても、あなたの裁判とはまるで関係がないことじゃないの」

「相変わらずキレイごとがうまい女だよなあ」

斎藤はかすれた声で小さく笑った。この笑い声は初めて聞くものであった。

「あんたは俺のことを内心ずっと馬鹿にしていたんだろう。天下のＷＨＯに入って、世界を救うために頑張っている私に比べて、この人はいったい何をしているんだろうってね。海の向こうで暮らしていても、あんたのその視線はいつも感じていたよ」

「私はあなたのことをそんな風に思ったことはないわ。れおなの父親として、有難く思っていただけよ」

「うるさいよ。いいから聞けよ。あんたは昨日、あの理事長と築地でフグを食っていたな。一人前六万円はするところらしいじゃないか。早速、今朝、報告があったよ。まあ、そんなことはいい。あんたはそこで、理事長から俺を説得するようにと頼まれただろう。俺の弁護士は、興信所の報告を聞いて俺にこう言った。たぶん佐伯さんはあなたの前に現れるでしょうとね。俺は信じたくなかった。どうかあんたが俺の前に現れずに、おとなしくジュネーブに帰ってくれるように祈っていた。だけど驚いたね。あんたは現れたんだよ、突然にね。俺がどんな気持ちで、八年ぶりのあんたを見たかわかるかい」

「……」

「あんたは昔からそうだ。いつも自分だけが正しいと思っている。あのレイプ未遂事件にしてもそうだったな。あんたはいつも男を誘っているんだ。いったいあんたの心の何が、男をこれほど馬鹿にしているかわからない。太ももをちらつかせて甘い声を出せば、男はいつでも寄ってくると思ってる。そしてあんたのずるいところは、そうして寄ってくる男をはねつけるところだ。それも上手に、男のプライドを刺激する。だから男はあんたを襲うことになるんだ。若い頃の俺は、まだそういうあんたを見抜けず、本気でいきり立った。そして教授に楯《たて》ついて、いろんなコースを閉ざされたよ。だから美容外科医になった。今じゃこの仕事をして本当によかったと思ってるが、あんたはさぞかし馬鹿にしてることだろうよ。言っておくぞ。俺はもうあんたに騙《だま》されない。もうあんたに俺の人生を変えさせない」

# 第六章　出発

*1*

れおなは肝臓を手にとった。それは輪切りにされ、さらに縦に切られていた。丁寧に元の形にして棺《ひつぎ》におさめる。棺の中には、他のさまざまな臓器が、切り刻まれてはいるが、人間のあるべき元の姿に沿ってきちんと置かれていた。そしてその上を白菊の花で埋める。最後に業者の男が簡素な杖《つえ》を入れ、棺は閉じられた。

「黙禱《もくとう》……礼」

主任教授が声をかける。四ヶ月にわたる前期解剖実習は終わりを告げ、れおなはこうして、

「七十七歳　男性　胃癌《がん》」

の遺体に別れを告げたのである。

百二十人の医学生は、頭を下げたまま三十の棺が出ていくのを送った。もしかすると、あの棺の中には見知った人がいたかもしれない、とれおなは思った。

桜志大学医学部には、「桜徳会」という後援団体が存在する。これはここの医学生のために死後の献体を申し出てくれた人々のグループだ。桜志大医学部附属病院の患者がほとんどで、老人が多い。学校側では新入生と、こうした人々との触れ合いの時間をもうけていた。月に一度、有志の人たちと茶話会を開き、コミュニケーションをとるように図るのだ。

「あなたのような可愛《かわい》い人も、将来はお医者さんになるんだね。どうかやさしい先生になってくださいね」

と話しかけてきた老人がいた。確か末期の肝癌だったはずだ。もしかしたら彼女は、今回の三十体の中に混じっていたかもしれない。しかし知るよしもなかった。業者によって血を抜かれ、ホルマリン処理された遺体は、生前の個性をほとんど消されていたし、学生は遺体を自分で選べない。教授によって割りふられるのだ。

そして学生四人に、一体が〝配られる〟。どこをどう受け持つかは、学生たちの話し合いで決める。四肢は文字どおり四つあったから、分担には苦労しなかった。が、脳や患部は願い出るものが、二人か三人、あるいは全員になることもある。じゃんけんなど「不謹慎だ」と、教授や講師に怒鳴られるのはわかっている。だから何とはなしに、女子学生が優先されることになる。

れおなは脳を担当して、そのはりめぐらされた血管の多さ、細かさ、複雑さに息を呑《の》んだことがあった。スーパーコンピュータの内部を見たことはないが、こちらの方がはるかに巧緻《こうち》を極めているのではないだろうか。最初の頃はメスの使い方に慣れていなかったので、めあての血管を探りあてるのにどれほど苦労したことだろう。

桜志大学医学部では、二年生になってすぐ解剖実習が始まる。前期四ヶ月、後期四ヶ月という長丁場、最初の試練だ。

「おとしはぶっ倒れたのがいる」

「実習のあと、泣きながら退学届けを出した女子学生がいる」

などと、さまざまな伝説が聞こえてくる。

実際のところ、この解剖実習に耐えられず、医者を諦める学生が、五年に一人ほど存在するのも事実なのだ。

れおなは解剖実習にあたって、母の志帆子からこんなメールをもらっていた。

「私も最初、ホルマリン処理されたご遺体を見た時、本当に恐怖のあまりそこから逃げ出したくなりました。が、すぐにこう心を落ち着けました。目の前にあるご遺体は、生前やさしい老婦人だったに違いない(ママの担当したご遺体は、八十歳の女性でした)。その方は生前から、若い医学生のことを気にかけていて、献体をしてくださったのだ。おそらく親切な医師に出会ったに違いない。今、ここで悲鳴をあげたりしたら、この老婦人にとって、どれほど失礼なことになるだろう、と。ああ、有難い、こういう方のご遺志によって、私たち医学生は勉強させていただいているんだ。ありがとうございます、ってつぶやきながらメスを入れなさい。キレイゴトって思うかもしれないけど、あの時はそう考えるしかないの。そうでなかったら、つらく長かった受験生活のことを思い出しなさい。もしこれをクリア出来なかったら、あの生活はすべて無駄になるって考えるのよ。それでも駄目だったら、クラスメイトの誰かに先に吐いてもらい、思いきりバーカと思うこと。こうするとぐっとラクになります」

実習では、志帆子の言葉をひとつひとつ思い浮かべた。が、幸いなことに吐くこともなかったし、逃げ出すこともなかった。

「人間の体って、医学書で見ていたのと同じだ」

という感慨があっただけだ。

写真にあったとおりの臓器があり、図に示されたとおりの神経があった。しかし病におかされた部分は、はっきりとそれを主張していた。腫《は》れ上がったり壊死《えし》していて、他と色や形が違っている。

病というのは、なんと明確なものだろうか。それなのに表面に出る時、それは極めて不明確なものとなり、人は争ったり呪《のろ》いあったりするのだ。

れおなはおととい開かれた父の裁判を思い出した。昨日の朝のワイドショーでは、レポーターが東京地方裁判所の前で、父が現れるのを待ち構えている映像を流していた。

やがて弁護士につき添われて、ダークスーツ姿の父親が現れた。もともと長身で端整な顔立ちの父であったが、その時ほど美男子に見えたことはない。妻と息子をいっぺんに奪われた、悲劇の男を演じているようにれおなには見えた。

もし、もしもと考える。亡《な》くなったのが本当の母親と弟だったら、自分はこれほど冷静でいられるだろうか。父が嘆き、憤《いきどお》るたびに、どこかでつぶやいている自分がいる。

「子どもは死んだその子だけじゃないわ。ここに生きてる娘がいるのに、どうして見てくれないの。どうして話もあまりしてくれなくなったの」

いっそのこと、自分も今泉徹《いまいずみとおる》のようになればよかったと思う。淡々とメスで切り裂くことが出来た自分とは正反対に、彼はどんなことをしても遺体に近づくことが出来なかった。その時、主任教授に激しく叱責《しっせき》された彼は、次の回から解剖実習を欠席している。他の教科と違い、この実習の欠席は許されていないはずだ。だから徹はただちに落第が決まった。

「その方がよかったかもしれない」

とれおなは思う。どうしても遺体を解剖することが出来なかった学生は、医者を諦《あきら》めるしかないのだ。退学するいい口実になったに違いない。自分の心は、もう医者になることから離れている。それなのにどうして、臆《おく》することなくメスを握ることが出来たのだろうか。不思議であった。

前期解剖実習がすべて終わった後、何人かの学生は街に繰り出していった。今夜はカラオケをし、飲みまくるというのである。何年か前まで、恒例の飲み会があったらしいが、ある教授が怒ってやめさせた。献体してくれた死者への尊敬や慎みがあれば、打ち上げのような飲み会を出来るわけがないと言うのだ。それ以来、個人的に飲みに行くことはあっても、全体で出かけることはない。

れおなも誘われていたのであるが、それを断わり、キャンパスの購買部に入った。早めに家に帰り、本でも読むつもりであった。しかしめあての本はなく、書籍の売り場は、ベストセラーとハウツー本で占められていた。

れおなの通う大学は、私立の中でも偏差値が低い方である。法学部や文学部の偏差値は、五十に届いていないはずだ。しかし医学部だけは、七十近い数字を誇っていた。どうしてこのレベルの大学に医学部が出来たのかと不思議がる人は多いが、大学創設者の一族の中に、有力政治家がいたからだと伝えられている。とにかくさえない大学に、医学部を設置することは理事たちの悲願だったようだ。医学部によって、他の学部のレベルが上がることを願ったのであろうが、四十年たってその差は開くばかりである。

医学部の学生たちは当然のことながら、

「自分たちは違う」

という強い意識を持っていたので、たとえばクラブのバッグには、必ず「FACULTY OF MEDICAL」という文字を入れていた。徹もそのひとりであった。彼は岡山の医師一族の息子である。三浪してこの医学部に入ってきた。今どきの青年にしては背が低いが、綺麗《きれい》な小さな顔をしていた。れおなは入学してすぐ彼とつき合うようになり、夏休み前に初体験を持った。予備校時代も恋人らしき同級生がいたのであるが、その時は最後までいくことがためらわれた。医学部をめざしている自分は、禁欲的でなければならないと考えていたためだ。

れおなは本の品揃《しなぞろ》えの悪さと、ゲーム攻略本に見入る学生の姿に、今日に限って耐えがたいほどの嫌悪《けんお》を感じた。同じキャンパスの中に、たった今厳粛なセレモニーを終えた自分たちがいることが信じられない。

外に出てメールをうった。

「最後の実習が終わりました。今、何してるの」

すぐに返事がきた。

「うちにいる」

れおなは東門に向かって歩き出した。キャンパスから駅に向かう途中に、新築の高級マンションがある。学生相手のワンルームマンションは、他にいくらでもあったが、この高級マンションには、徹をはじめ何人か医学部の学生が住んでいた。ひとり暮らしには広過ぎる2LDKのマンションは、時々上京する父親も使うということだが、れおなは会ったことがない。

商店街の和菓子屋で、大福ときんつばを買った。徹は洋菓子は食べないが、アンコものは大好物だ。酒を飲まない二人は、和菓子を食べながら、ビデオを見る。時々はゲームもした。医学部の学生だったら、日々の課題に忙しく、とてもゲームをする時間などないのであるが、徹はのめり込んで長時間する。

「この世にドラクエが存在しなかったら、現役で入ったはず」

と言うのは本当かもしれない。この日も居間に入っていくと、床に座り込んで画面に見入っていた。

「終わったよ」

れおなは声をかけた。

「今日が最終日だったよ。みんなでお棺を見送ったわ」

「ふうーん」

徹は興味なさそうに言ったものの、操作を何度か失敗した。あっけなくゲームは終わり、彼はソファに座る。

「おととい、電話で親父《おやじ》に死ぬほど怒鳴られたよ。学校から通知が行ったみたいだな、解剖実習、ずっと欠席してたこと」

「そう……」

「親父がさ、夏休みに岡山に帰ってきたら鍛え直してやるって。一緒に養鶏場行って、そして毎日、百羽ずつ首をちょん切るんだとさ。そうしたらホルマリン漬けのご遺体も、どうってことなくなるって」

「失礼だけど、徹ちゃんのお父さんってちょっと過激よね。それにニワトリとご遺体とは違うわよ」

「親父にとっちゃ同じなんじゃないか。もう留年決まったし、カッカしてるんだよ」

「まあ、そういう気持ちはわからないでもないけど……」

れおながどう取り繕ったらよいかわからず言いよどんでいると、徹はあーあと大きなため息をついた。

「オレって、やっぱ医者になれないのかも」

「どうしてそんなこと言うのよ。来年やり直せばいいだけのことでしょう」

「いいよ、いいよ。れおなだって内心呆《あき》れてんだろ。最初の実習の時はみんな緊張で震えてるけど、そうやってさ、みんな医者になるハードル越えるんだよな。だけどオレはさ、近づくことも出来なかったんだ。あのホルマリンのにおい嗅《か》いだだけで、足がすくんで一歩も動けないんだ。もう退学するしかないだろうな」

「やめてよ。来年はとにかくどんな方法使ってもいいから、立て直すしかないわよ。ニワトリは悪い冗談だと思うけど、心を鍛え直すしかないんじゃないの」

「そういう自分はどうなんだよ」

不意に尋ねられた。

「医学部やめたいって本気で言ってたじゃん」

「今だってそう思ってるよ」

　れおなはワイドショーに出てきた、父親のことを再び思い出す。そしてインターネットに書き込まれたあの文章も。

「斎藤の娘って、桜志大学の医学部通ってるらしい。金がうんとかかる、あのアホ大学の医学部かよ。どうせ卒業したら、親父みたいに金めあての美容外科医になるんだろ」

　父はここのところ診療も他の医師に任せ、裁判のために弁護士のところへ通い詰めている。ただ相手を憎むだけの人生。医者なのに。

　父を目標に医学部を目ざしたのではない。両親が医者だったから、ごく当然のように子どもの頃から医学部に入るものだと思っていた。育ててくれた祖母もたえずそう言っていた。おそらく心の中で自分は選ばれた人間だと思っていたに違いない。

　選ばれた人間が努力して勝ち取る職業。それが医者だとどこかで考えていた。けれどもその密《ひそ》やかな傲慢《ごうまん》さを、父の姿が打ち砕いた。誰にも感謝されていない父親。インターネットで叩《たた》かれ続けている父親。それに立ち向かう大病院の医師たち。あれが私の目ざしていたものなのだろうか……。

「れおなは医者になれるよ。向いてるよ」

「そうかしら」

「オレさ、今度のことでつくづくわかったよ。医者になる人間っていうのはさ、ホルマリン漬けの真白いご遺体見て、たとえひるんだりしたって、勝手に手が動くもんなんだってな。れおなもそうだった。真青な顔してたけど、ちゃんと立ってメスを握ってた。医者ってさ、どんなすごい場面だってさ、動物的に動かなきゃいけないもんなんだよな。手や腕のちょん切れた人間や、内臓のはみ出した患者を診なきゃならない時もあるんだ。オレたちが医者になる覚悟があるかどうか、試されるために解剖実習っていうのはあると思ってた。だけどそればっかりじゃないんだ。勝手に手が動く能力を教授たちは見てるんだ。だけどオレにはそれがなかったんだ」

「自分で決めつけるのやめなよ。医者に適してるかどうかって自分が決めることじゃなくて、患者が決めることだって、オリエンテーションの時に言われたよね」

「だけど、オレはさ、第一歩がダメだったんだよォ」

徹は顔を手で覆《おお》う。泣いているのか。まさか。徹はこんな時に泣かない男だ。れおなにはわかる。

「オレんちさ、祖父《じい》ちゃんも親父も、伯父さん二人も、お袋の方の祖父ちゃんもみんな医者なんだよなあ。するとさ、医者じゃないと、家族の一員に入れてもらえないわけ」

「わかるよ。うちもそんなとこあるもん」

「それで迷わず医学部入ることだけを考えてたんだけど、こんなことになるとはさあ。いちばん驚いてるのはオレだよな」

「私だってそうだよ」

れおなは徹に近づき、ゆっくりと肩に手を置いた。上質なコットンの手ざわりを感じた。

「ある時急にイヤになった。パパと同じ仕事に就くことが。理屈でも何でもない。毎日こんなに勉強してることが急に空《むな》しくなった。私も徹ちゃんと同じだ。医者になる気持ちがぷっつり切れるのは、ご遺体に近づけないのとまるっきり同じだよ。私も徹ちゃんと一緒に退学届け出すよ……」

夕暮れが近づいてきて、暗くなっていく部屋の中、二人の若者は同じ姿勢のまましばらく動かない。

## 2

　朝の七時に、机の上に置いた携帯が鳴った。まだパジャマ姿のれおなは、急いで起き上がって手に取る。誰からかはわかっていた。こんな時間にかけてくるのは、ジュネーブに住む母の志帆子しかいなかった。

「もし、もし、元気？」

　案の定携帯の向こうからは、国際電話独得のくぐもった声がした。

「れおな、メール読んだわよ」

　いきなり本題に入られて、れおなは黙り込む。おととい「大学をやめることに決めた」というメールを送ったばかりなのだ。おそらく母からの電話は、退学を思いとどまるようにという叱責に違いない。

　しかし志帆子は、突然こう尋ねた。

「夏休み、もう予定たてたの？」

「ううん、別に……」

「今年はハワイへは行かないの？」

れおなの父は、何度か行ったハワイが気に入り、マウイ島に広いコンドミニアムを持っていた。昨年亡くなった養母の結花と、毎年夏休みをそこで過ごすならわしだったので、れおなも短かい期間合流したことがある。

「まさか、それどころじゃないもの」

刑事告訴は成立しなかったものの、父が起こした民事の裁判はまだ続いているのだ。

「そりゃ、そうよね。じゃあ、れおな、ママと一緒にバンコクへ行かない？」

「バンコク……」

その時、れおなの頭の中に浮かんだのは、ゆっくりと行進する象であった。そしてその後は、大学近くにあって時々行くタイ料理屋のことを思い出した。安くておいしい店だ。バンコクと聞いて、れおなが思いついたのはせいぜいがそのくらいであった。

「来月になったら、私はしばらくバンコクですごす予定なの。休暇のつもりだけど、少しは仕事もするわ。よかったらあなたも連れていってあげようと思って」

「うーん、どうしようかな……」

とてもそんな気分ではなかった。恋人の徹と、一緒に退学しようと誓い合ってから、ほぼ毎日のように彼のマンションに行っている。簡単なものをつくったり、コンビニで買ってきたもので夕飯をすませ、それから家に帰る。父親も最近はうちで夕食をとらなくなった。誰と食べているのかわからないが、いつも帰りは遅い。

「奥さまがいらした頃は、機嫌よくいつもワインを抜いて、二時間ぐらいお夕食をとっていらしたのに」

　と桂子は嘆いている。死んだ結花とは、そう心が通じ合っていたという思いはないが、一応彼女によって、家族の糸は繋《つな》がれていたらしい。

「バンコクは最高よ。あそこは私のベースキャンプなの。世界中でいちばん好きなところ。ぜひれおなに見せたいわ」

「バンコクねえ……」

　今は徹と離れたくないというのが正直なところだ。今二人は怯《おび》えた小動物のように、ぴったり寄りそっている。医学部をやめることが、どれほど大きなことかよく知っているからだ。おそらく、ふつうの大学をやめる百倍は、リスクがあるに違いない。徹の父親など怒りを通り越して、深い絶望感に陥るに決まっている。代々医者の家の父親にとって、自分の息子が医者失格だと告げられることはたえがたい不幸なのだ。れおなの父親も、さぞかし憤ることであろう。父の夢は、医者になった娘とその夫が、自分のクリニックを継いでくれることだ。以前酔ったあまり、ぽつんと本音を漏らしたことがある。いやだわ、酔っぱらいの言うことなんか気にしない方がいいわよと、あの時傍の結花は笑って言ったものだ。れおなのことを心配しているようでそうでもない。おそらく、夫の財産のほとんどは、娘のれおなに譲られるのだという実感が、結花の目をあれほど冷たくしていたのだろう。

「バンコクは暑いんでしょう。夏に暑いところあまり行きたくないなあ」

「そりゃあ、東京に比べれば暑いかもしれないけど、それを補って余りあるものがあるわよ。私は今年、どうしてもれおなを連れていきたいの。あの美しい場所を、一度見て頂戴《ちょうだい》よ。退学届けを出すのは、バンコクに行ってから、来学期になってからでもいいじゃないの」

ああ、誘われたのはそういう目的だったのかと思ったら、ずっと気がらくになった。そしてバンコク行きを承諾していたのだ。


羽田から出発する真夜中の便で飛んだので、バンコクのスワンナプーム空港に到着したのは朝の五時半であった。空港のあまりの広さにれおなは驚いた。バンコクというと、東南アジアの一都市というイメージがあったのだ。

志帆子が頼んでくれていたので、空港にはホテルの車が迎えに来ていた。マンダリン オリエンタル　バンコクという文字とホテルのマークがついたボードを誇らしげに掲げた運転手が、出口のところに立っていた。

「バンコクで泊まるなら、絶対にマンダリン オリエンタルよ。他にも新しいところがいろいろ出来たけれど、あそこほどバンコクにいる時間を楽しませてくれるところはないのだから」

志帆子はそうメールに書いてきた。

「ホテル代は私が払ってあげるけど、エアチケットは、あなたのパパに頼みなさい。あの方はつましい国連職員の私とは、ケタ違いのお金持ちですもの。いちばん安いディスカウントチケットなら、いくらもしないはずよ」

しかし父はエコノミーでなく、ビジネスクラスにしなさいと言った。どうやら志帆子に対しての見栄があるらしい。

「学生だからってエコノミーで行くことはない。エコノミーに乗りつけると、エコノミーしか似合わない人間になってくるぞ。れおなはいずれ医者になるんだ。医者は勤務医でも、たいてい学会にはビジネスクラスでやってくるからな」

この父が、いずれ出すつもりの退学届けのことを聞いたら、どれほど悲しむだろうかとれおなは不安になる。しかし徹の父親ほど深刻ではないだろう。彼の父よりははるかに都会人であるし、今は自分の問題の方に心がいっているからだ。

ホテルさしまわしの車は、四十分ほど高速を走った。やがて夜が明けてくる。橙《だいだい》色《いろ》の朝陽を背景に並んでいるのは、いくつもの高層ビルだ。空港といい、街並といい、バンコクは考えていたよりもよほど大都市であった。

やがて車はゆるやかなカーブを曲がり、マンダリン　オリエンタルに到着した。

「ようこそいらっしゃいました」

早朝にもかかわらず、黒服のスタッフが出迎えてくれた。日本人の女性だ。ジャスミンと蘭《らん》でつくったブレスレットを歓迎のあかしに、手にかけてくれた。白い花は甘やかなかおりをはなっていた。

「佐伯先生から、アーリー・チェックインを言いつかっております。どうぞお部屋にお入りください。お部屋は新館のツインルームをご用意しております」

白い蘭が入った籠《かご》が、シャンデリアのように吊《つ》るされているロビーを中心に、右側が新館、左側が旧館になっている。エレベーターで十一階に向かった。清潔で明るい部屋だ。ベランダからは、チャオプラヤ川が見える。今も渡し舟が、何艘《そう》もゆっくり行き来している。

「どうもありがとう」

まだ少年のようなベルボーイに、二十バーツのチップを渡した。彼はタイ独得の合掌のお礼をして去っていく。ドアの閉まる音を聞いたとたん、急に疲れがこみ上げてきて、れおなはベッドに横になる。母の志帆子は、フランクフルトから乗り継いでくるので、午後に着く便になるはずだった。

れおなは傍のベッドを見る。まだカバーがかかったままだ。母親と五日間、こうして枕《まくら》を並べて寝ることを考えると、嬉《うれ》しい半面少し億劫《おっくう》な気分になった。

ここで一緒に寝たら、母親はいろいろなことに気づくに違いない。恋人が出来て、もう何度もセックスをしている。そのことは仕方ないとしても、彼への同情もあって、退学届けを出すことは知られたくなかった。少女の頃に別れているから、れおなには、洗いざらい母親に話すという習慣がない。悩みを打ち明けているようで、肝心の〝しん〟の部分は口にしていない。それはまわりの人たちから植えつけられた、

「お母さんはとてもえらい人」

という遠慮もあったかもしれないが、それよりも、

「こんなことを話しても、はたしてあの人にわかるだろうか」

という思いの方が強い。こんなくだらない、こんなありふれたことを話して、母は理解出来るのか。ＷＨＯの高官として世界中をとびまわり、国際的な活動をしている母。世界規模で、人の生命や未来を救おうとしている母。そんな人に、こんなささい

な悩みを聞いてもらったとしても、何になるのだろう。

「まあ、そんなつまらないことでくよくよしているなんて、本当に信じられないわ」

あの人ならそう言うかもしれない……。

いつのまにかれおなは眠っていたらしい。電話の音で目が覚めた。

「もしもし。今、何してるの」

「ベッドに横になってたら、ついうとうとしてしまったわ。ママは今、どこ？　ロビーなの？　迎えに行こうか」

「やあね、自分の部屋にきまっているじゃないの」

志帆子の小さな笑い声がする。

「えー、自分の部屋って。ママ、別のところをとってるの!?」

「そうよ。私はいつも旧館のオーサーズ・スイートに泊まることに決めてるの。でもね、この部屋は国連職員のガバメント・レートがあって、随分割引きしてもらっているの。いわば公用ってことで、安く泊めてもらっているのに、娘も一緒っていうのは、ちょっと公私混同じゃないの」

「そういわれれば、そうだけど……」

いかにも母親らしいとれおなはおかしくなった。公私混同は建て前で、母は娘と一緒にツインルームに泊まる、などということには耐えられないのだ。

「よかったら、私の部屋に来ない。そこから旧館まではかなり歩くけど、いいわよね」

確かにそのとおりだった。エレベーターで降り、広いロビーをつっきり、アーケード・ショップの中を通って、旧館のロビーに出た。コロニアル風の白い螺旋《らせん》階段で、母のいる二階へと向かった。この旧館は創業当時のものらしい。

「ジェイムズ・A・ミッチェナー」

と記されたドアをノックする。中からドアが開き、白いTシャツにカーゴパンツというでたちの志帆子が立っていた。

「久しぶりィ、れおな」

外国式にハグをされる。その時に母の香水に気づいた。志帆子は香水を愛用しているが、これほど強いものは珍しい。

「ママ、どうしたの、すごくきついにおいだわ」

「これはエルメスのジャルダン アプレ ラ ムッソンよ。日本語でモンスーンの庭っていうの。私はこのホテルに泊まる時は、いつもこれをふりまくのよ。ベッドにもバスルームにもね」

東京で会う時の母と、まるで違っていることにれおなは気づく。いつもだと学会や取材のあとに食事をするので、母はたいていスーツかジャケットだ。しかしこうしてくつろいだ格好をして、強い野性的な香水のにおいをさせる母は別人のように見えた。髪をゆったりとひとつにまとめ、首のまわりには薄いオーガンジーのスカーフをまきつけていた。その透きとおるスカーフには、南の花が染められている。もしかするとこちらで買ったものかもしれない。

「部屋をざっと見たら、食事に行きましょうか」

母はいきいきと部屋を案内し始めた。旧館は陽ざしの角度と木だちの関係で、南国独得の優雅な暗さをつくり出していた。やや古びた家具と最新のテレビが置かれた居間の隣りは、ベッドルームだ。赤を基調とした部屋で、キングサイズのベッドが置かれていた。

そして次はバスルームだ。ここも壁紙が赤い。扉を閉めると四方が鏡に囲まれる。これまた古風な猫足のバスタブがあった。

「わー、まるで映画に出てくるみたいな部屋だわ」

れおなははしゃいで、デジタルカメラであちこち撮りまわった。

「ところでママ、部屋のドアにある、ジェイムズ・A・ナントカって誰のこと」

「この部屋によく泊まった作家らしいわ。他には、サマセット・モーム・スイートっていうのもあるのよ」

「ふーん。それで、このジェイムズ・Aっていう人は何を書いた人なの」

「そんなこと、私が知るはずないでしょ」

歌うように志帆子は言い、ライティングテーブルの上に置かれた、三冊の本を指さす。

「退屈な時に読んだけど、あんまり面白くなかったわ。紀行文みたいな小説を書いてた人みたいね。写真も載っていたけど、お爺《じい》さんであんまり私のタイプでもないわ。もしかするとこの部屋に、彼の霊が来てるかも、と思う時もあるけど、あんな爺さんなら、裸を見られてもへっちゃらだわ」

「やめてよ、そんな話……」

怪談話が昔かられおなは苦手である。

「さあ、近くで食事をしたら、すぐにここのWHOに行きましょう。事務局長のマギーに、お土産を持っていかなきゃならないの。れおな、ちゃんとサングラスとスカーフは忘れないようにね。ここの太陽はとても強いわ。信じられないぐらいにね」

志帆子はれおなの手をとる。どこかへ誘い込むように。また強いジャルダン アプレラムッソンの香りが立った。

3

食事の後、車をチャーターして、志帆子とれおなは保健省に向かった。ＷＨＯバンコク支局は、この保健省の建物の中にあるのだ。

南国の建物らしく、吹き抜けのまわり廊下だ。殺風景とまではいわないが簡素なビルだ。

「マギー、久しぶり」

「シーナ、どうしてたの」

志帆子は事務局長のアメリカ人女性とハグを交した。五十代に見えるが、もしかすると四十代かもしれない。この世代の白人女性は、年の見当がつかないとれおなは思った。

おそろしく背が高くて眼鏡をかけている。真夏だというのに、秋物のツイードジャケットを着ているのが不思議だった。おそらくバンコクのあまりにも強い冷房のせいだろう。

「マギー、紹介するわ。私の娘のれおなよ。今、日本で医学の勉強をしているの」

「まあ、それは素晴らしいこと。シーナのように立派なドクターになるんでしょうね」

彼女は二人を近くのテーブルに誘った。秘書の女性がミネラルウォーターを運んできた。

「マギー、これはあなたの大好きなブリュー・フローラのチョコ。保冷剤をぴったり貼《は》りつけておいたけど、この暑さだわ、すぐに冷蔵庫に入れて。それからこのスイスワインもね」

れおなが卒業した、母の母校でもあるミッションスクールは、小学校の頃から徹底した英語教育を行なっていたので、れおなもかなり喋《しゃべ》ることが出来た。たいていの会話もわかる。しかし母とアメリカ人女性が交す、テンポの速い英語は半分も聞きとれなかった。難解な医学用語や固有名詞がとびかうからだ。

しかし事務局長はとても親切な女性で、時々解説を入れてくれる。

「今ね、シーナと二〇〇九年の豚由来の新型インフルエンザの時のことについて話していたのよ。あの時は本当に大変だった。タイは日本と違って一刻を争うことが多いの。シーナは正確な分析をして、ここでの混乱を防いでくれたわ」

「タイの医師はね、抗インフルエンザ薬に躊躇《ちゅうちょ》していたの。あまりにも早く使用すると、ウイルスに耐性がつくっていう説もあったから。私は抗インフルエンザ薬はとにかく早く使うように指示を出し、それから、副作用のあるステロイドの使用を控えるように言ったわ」

「本当にあの時のシーナの働きを、れおなに見せたかったわ」

事務局長は欧米人がよくやるように、大げさな感に堪えぬ表情をする。

「タイだけじゃなく、メコン川流域にとんで、パンデミックを収束させようとあらゆる手を尽くしたの。シーナがいなかったら、確かにパンデミックは悪化したわね」

「いいえ、あの時は偶然が重なったのよ」

「そればっかりじゃないの。シーナは今後のことを考えて、いろんな土地でこれぞと思う医師をスカウトしてきたわ。そしてジュネーブに研修生として送り込んだの。全くあなたのママの聡明《そうめい》さとパワーには感動してしまうわ」

「マギー、あなたって大げさなんだから」

志帆子はそれでも嬉しそうに微笑《ほほえ》んだ。この事務局長は以前、ジュネーブのＷＨＯ本部で志帆子と一緒であった。しかし本部での人間関係に疲れ、バンコク勤務に転じたのだと志帆子は後に教えてくれた。エンジニアの夫と、二人の子どもがいるという。

事務局長はさらに続ける。

「れおな、あなたのママのさらに素晴らしいところはね、人の話をよく聞くことだわ。現地の人にちゃんと敬意をはらうの。これは出来そうで出来ないことだわ。だからこちらの人からもシーナは大変な尊敬をかちえているのよ」

そして、彼女は最後にこう尋ねた。

「アー・ユー・プラウド・オブ・ユア・マザー？（お母さんのことを誇りに思っているんでしょうね）」

「オフコース」

れおなはとっさに答えたが、直後に釈然としない思いにとらわれた。もしかすると母は、自分にこうした素顔を見せたいがためにここバンコクに呼んだのだろうか。いや、母がそれほどまわりくどいことをするとは思えない。単に知り合いのところに挨《あい》拶《さつ》に行くのに誘ったのだろう。

最後に別れのハグを交しながら、事務局長は言った。

「ドクター・タンウェットに会うんでしょう」

「もちろんよ」

「よろしく言って頂戴」

「わかったわ」

そのドクターは、いったいどこの誰なのかと、れおなは母に聞かないまま、車に乗り込んだ。繁華街はビルが立ち並び、ルイ・ヴィトンやエルメスのウィンドウも見える。先進国の都市とそう変わりない。

志帆子は陽気に運転手に話しかけている。いつもバンコクに来る時は、マンダリンオリエンタルで手配してもらう顔見知りのドライバーなのだ。彼は訛《なま》りはあるもののよくわかる英語を喋った。

「まあ、なんていう暑さなのかしら。あなたの車は、いつもうんと冷やしててくれるから嬉しいわ」

「そりゃあ、ドクターが冷房をよくきかせた方が好き、っていうのを知ってるからね」

「あら、あの建物は何かしら。また新しいのが建ったわね」

「あれはマンションですよ。なんでも平均一千万バーツぐらいっていうから、オレなんかとは縁がない話だけどね」

「また日本人騙《だま》くらかしてる女とか、男が買ったのかもね」

と志帆子は言い、運転手と笑い合った。その笑いに卑猥《ひわい》な響きがあるのを感じ、思わずれおなは咎《とが》めるように母を見た。志帆子は、れおなの視線にふふっと悪びれることなく応《こた》えた。

「タイの不動産のことよ。タイには毎年たくさんの日本人がやってくるわ。観光客ばっかりじゃない。ここは物価も安いし、人もやさしい。だから第二の人生を求めて、中高年がやってくる。独身ならほとんどが現地の女の人と結婚するわね」

「ふうーん」

母が楽しそうに話すのが、れおなにはよくわからない。

「それで家かマンションを買おうということになるんだけど、ここの政府は外国人に土地の購入を認めない。マンションならいいらしいんだけど、たいていは現地の奥さん名義にするの。するとものすごい確率で捨てられる。土地や家やマンションは、タイ人の奥さんのものになるわけよ。日本人は身ぐるみはがれて捨てられる」

タイ人のどこがいったいやさしいんだろうかと、れおなは思った。

「女ばっかりじゃない、男に騙されることも多いの。タイはホモ天国だから、そうした男の人がものすごく多いわ」

「へえー、そうなの」

どこかで聞いたことがある。

「男と男って、もっと情がからむから大変よね。日本の中年男がこちらにやってきて、若いタイの男の子に夢中になる。そして二人の愛の巣をつくろうとするんだけど、あっという間にすべてを騙し取られるってよくあるのよ。バンコクの病院には、着の身着のまま、行き倒れ寸前になった日本人男性が時々運ばれてくるらしいわ」

「バッカみたいね。でも相手が女性でも、そういう目に遭うんでしょう」

「それが面白いものよね。男と女のことって、男がいつもどこか用心している。百パーセントは信用しない。女の人に夢中になって入れ揚げている最中も、もしかしたら騙されているんじゃないかって、心のどこかで思ってる。だから、さすがに行き倒れってことはないみたいね。ちゃんと持つべきものを持って日本へ帰るの」

「じゃあ、ホモの男の人の方が純情ってことなのかしら」

「純情っていう言葉があたっているかどうかはわからないけれど、まあ女性相手よりも信じようっていう気持ちが強いのかもしれないわね」

そうしている間に、車は古びた商店街に入っていった。屋台が出ている。花の屋台だ。それも十や二十ではない。通りの両側がずっと、白やピンクの蘭で埋めつくされるかのようだ。

「今日はお祭りなの」

「そうじゃないわ。さあ、ここで降りましょう。シルタット、いつもの銀行のところで待っていてね」

屋台の花はレイになっているものが多い。今朝、ホテルから贈られたような、手に巻くブレスレット状のものもどっさり束になって売られていた。

「花市場よ。タイ中の花屋やホテルが、ここに買いにくるの。ここは私のいちばん好きな場所。バンコクにくると必ずくるところよ」

志帆子は陽ざしから守るため、白いオーガンジーのスカーフを、首にくるりと巻く。そしていつもの速い足どりを取り戻し、路地の中へと入っていった。

4

昼頃出発すると耐えがたい暑さになる。水上マーケットに行くならば、朝早く出発しなくてはと志帆子は言った。

「日焼け予防はきちんとしておきなさい。いい加減にすると後悔することになるわよ」

いつになく細かく注意したが、実際そのとおりだった。十人乗りの小さな船をチャーターしたのであるが、屋根などまるで役に立たない。長袖《ながそで》の綿を通して、じりじりと南国の陽ざしが肌を刺激してくる。

「なんて暑いの！」

れおなは小さく叫んだ。

「まるで鉄板の上にいるみたい。私、ホットケーキの気分だわ」

「アフリカの暑さはこんなもんじゃないわよ」

志帆子は笑ったが、濃いサングラスをかけているので少々意地悪く見えた。

「あっちの陽ざしは本当に痛いのよ。つき刺さってくるみたいに痛いの。いつだったかスーダンを走っている時に、車の冷房が故障したことがあったわ。窓を開けたら熱風が入り込んできて息が出来なくなった。あの時は窓を閉めた方がましじゃないかっていう判断で、それこそ車はサウナと化したの」

そうしている間に船は岸辺を離れ、左手にエメラルド寺院が見えてきた。寺院の金色が空の濃い青とよく似合っている。そして高床式の家が並ぶ市街地を抜けると、両側は熱帯雨林となっていった。

「なんか面白い。すぐそこが高層ビルのある街なのに、ちょっといくとジャングルなんて」

「そうね。バンコクって発展し続けているようで限界があるのは、この川のせいかもしれない。地盤が弱くて建物が建てられないのよ。それと王さまのせいもあるわね」

「王さまのせい？」

「そう。あまりにも王さまを崇拝しているから、誰もが王さまが望まないことをしようとはしない。時の政府だって好き勝手な政策は出来ないの」

「ふうーん」

「バンコクは中心を離れると、昔とちっとも変わっていないわ。だから私はこの街が大好きなのよ。こんなに変わらない街はないから」

やがて小さなボートが近づいてきた。漕《こ》いでいるのは麦わら帽子をかぶった女だ。ボートの中にはミネラルウォーターや菓子、土産品などがのっている。女は少し黄ばんだ歯を見せ、扇をひろげてニッと笑う。白檀《びゃくだん》のそれを買わないかと言っているのだ。

志帆子が何か言い、女はミネラルウォーターを二本手渡した。

「ママって、タイ語も喋れるんだ」

「ほんのちょっとよ。買物するぐらいは話せないと」

いったい母は、何ヶ国語を操ることが出来るのだろうかとれおなは考える。英語はもちろん、フランス語にも不自由しない。簡単なスペイン語とスワヒリ語も喋れると聞いたことがある。

「医学と語学ってよく似ているじゃないの。どっちもコツコツやっていくしかないんだから。学会でこっちにやってくる先生たちも、留学していなくてもたいてい英語を喋るわよ」

以前志帆子がそんなことを言っていたような気がする。

船はさらに熱帯雨林の中を進んでいく。やがて音楽が聞こえ始めた。騒々しいタイの流行歌の聞こえる先が水上マーケットだ。桟橋にたくましい男が待機していて、ここで船をひき寄せる。有名なダムヌン・サドゥアックの水上マーケットよりも、ここはずっと規模が小さいが、その分観光客が少なく、地元のよさが味わえると志帆子は言った。

川に浮いた板の上に、幾つかの屋台が出ている。どぎつい色の砂糖菓子、揚げパン、ジュース、干した魚……板から降りると、地面の屋台では野菜と果物が売られていた。

「ドリアンがあるわ」

志帆子が指さす。茶色の小さなフットボールのような形をしている。

「買っていくの？」

「ちょっと無理ね。マンダリン　オリエンタルは、ドリアン持ち込み禁止なの。隠して持ち込もうとしても、あそこのドアボーイはものすごい嗅覚《きゅうかく》の持ち主でね。マダム、失礼ですが、何かお持ちでは……ときちゃうのよ」

「そんなにおいしいの」

「好き好きね。私はたまらなく好き。どうしようもなく食べたくなる時があるわ。そういう時は買っていって、知り合いの家で切ってもらうことにしていたの」

そして志帆子は歌うように、

「悪魔のにおい、天使の味……」

とつぶやいた。志帆子は水色のニットに白いパンツを組み合わせ、日焼け防止のために、上から白の薄いパーカーを羽織っている。そうした志帆子を、異国の男たちの視線が幾つも追っていく。もう五十になろうとしている母が、これほど男たちを惹《ひ》きつけているのだと、れおなは奇妙な気分になる。

母親には恋人がいるらしい。私は男の人が切れたことがないと、以前得意気に語ったことがあった。ジュネーブに住む白人のようだ。別に偏見を持っているわけではないが、母が欧米の男たちに興味を持たれるのは、何となくわかるような気がした。母がつき合うのは、おそらく教養ある社会的地位を持つ男なのだろう。そうした男たちが、同じような立場にある母を愛したとしても理解が出来る。

しかし、この水上マーケットにいる、薄汚れたTシャツを着た褐色の肌の男たちも、野卑な欲望を隠そうとしない。ショートパンツ姿の若いれおなよりも、男たちが粘っこく目で追いまわすのは志帆子の方なのである。

泥のように黒い魚がうごめく生け簀《いす》の前で立ち止まる。太陽は真上に来ようとしていた。

「ドリアンが食べたいわ……」

志帆子がつぶやく。

「実物を見ちゃったら、やっぱり食べたくなっちゃったわ」

「だったら買ってくればいいじゃないの」

れおなはぶっきらぼうに言った。朝早く起きたせいで少し不機嫌になっていたからだ。

「でもホテルへは持ち込めないわ」

「じゃあ我慢するのね、ママ」

「食べたことがない人にはわからないと思うけれど、ドリアンは一度でも口にすると、呪《のろ》いをかけられるの。一生この味を忘れられないし、ジュネーブやニューヨークの真中を歩いていて、急にドリアンのことを思い出す。すると食べたくて食べたくて、気がおかしくなりそうになってくるのよ」

「だったら、ドリアンを買って、バンコクの知り合いの家へ行って食べさせてもらえばいいじゃない」

「その人はもういないのよ。彼は本国に帰ることになって、もうバンコクをひき払ったから」

その知り合いというのは男で、おそらく母が味わったのは、ドリアンだけではないのだと、れおなは了解した。

次の日の午前中は、自由行動にしようと言い出したのは志帆子である。

「古い友だちの、国立小児病院の部長を訪ねるつもりなの。どうせあなたは一緒に来ないでしょう」

「興味ない」

バンコク支局の事務局長のように、娘のれおなに向かい、志帆子を讃《たた》える言葉を次々と並べるに違いない。

「シーナは素晴らしいドクターであり、オフィサーだよ。この国の子どもに、インフルエンザが流行した時、あなたのお母さんの活躍ぶりといったら……」

その部長の話が想像出来た。志帆子にそんなつもりはなくても、相手は娘と知るや、母親への賞賛を口にせずにはいられないのだ。

「私は水着持ってきたから、朝ご飯食べたらプールにいるわ。素敵なチェアがあったから、あそこで本でも読んでいるつもり」

「そうね。それがこのホテルでのいちばん正しい過ごし方よ」

志帆子はあっさり頷《うなず》いたものだ。

マンダリン　オリエンタルの朝食は、川沿いのテラスで食べる。豪華なビュッフェだ。パンが何種類もあり、どれもおいしい。まさかタイでこれほど美味なクロワッサンが食べられるとは思ってもみなかった。れおなは皿に生ハムとクロワッサンを盛り、冷たいグアバジュースと一緒に咀嚼《そしゃく》した。時計を見る。朝の九時半を過ぎようとしている。母はもう出かけたに違いない。タイでは、とにかく用事を早くからスタートさせなくてはいけないと、昨日も言っていたからだ。

朝食を終えたれおなは、そのままエレベーターで部屋に戻ろうとしたが、ふと考えを変えてロビーに向かって歩き出した。広いロビーをつっきると母親が泊まっている旧館の入り口になる。そこにアーケードがあり、いくつか店が出ているのだが、アクセサリー屋に可愛《かわい》いリングがあったのを思い出したからだ。この旅行をするにあたって、父親はビジネスクラスのチケットを買ってくれただけでなく、クレジットカードの家族カードを手渡してくれた。何か欲しいものがあればこれで買うようにと言うのだ。食事の支払いもこれでするようにと言ったのは、別れた妻への見栄があったに違いない。それまでも贅沢《ぜいたく》なことはさせてもらっていたが、学生の範囲でというただし書きが常についていたれおなは、これほどの自由を与えられたことがなく少々面くらってしまったほどだ。

れおなはアーケードに入る。狭い通路だ。大きなリボンをつけ、白いレースのワンピースを着た少女が、れおなの傍を走り抜けていった。旧館のロビーは白い花とリボンで飾りつけられていた。おそらくここでウエディングパーティーがあるのだろう。少女を追って、若い母親がやってきた。紺色のてらっとしたドレスに、真珠をたらしている。東洋人の綺麗な顔立ちをしていた。

タイの上流階層を形づくっているのは生粋のタイ人ではない。移民してきた中国系の人々だという母の話は本当だった。水上マーケットの売り子たちはタイ人であるが、こうして高級ホテルでパーティーをひらく人々は、中国系なのだ。

れおなはその時、一人の男を見た。彼があまりにもきちんとした格好をしているので、一瞬パーティーの客かと思ったほどだ。グレイの薄い素材のジャケットを着ていた。

どこかで見たことがある。さらに男が近づく。目が合った。

「おはよう」

男が言った。やはり日本人であった。

「おはようございます」

れおなは出来るだけそっけなく答えた。男は微笑を向けた。その時男からかすかに香水の香が発せられた。それがエルメスのジャルダンアプレラムッソンだということにれおなは気づかない。しかしもっと大きなことに気づいた。この男が週刊誌やインターネットでさんざん見た白金ソフィア病院の理事長だということを。


深夜に近い時間、ドアがノックされた。

「遅かったのね」

志帆子は二重の木の扉を開ける。男は紙袋を渡した。

「そら、約束のものだ」

「まあ、嬉しい」

両手で受け取った。

「ドアボーイに気づかれなかった?」

「気づかれるもんか。ジップロックを三重にして入れてきた」

幾重にもくるまれた紙を取り去ると、ジップロックに入ったドリアンがあらわれた。

「嬉しい。ずっとこれを食べたくて食べたくて、昼間から気もそぞろだったわ」

志帆子は部屋に置かれたフルーツバスケットからナプキンを取り上げた。

「このホテルの素晴らしいところは、毎日このフルーツを取り替えてくれることだわ。特に私の好きなスターフルーツは、たっぷり盛ってくれるの。でもどんな果物だって、ドリアンにかなうはずはないもの」

「食べるんだったら、窓を開けた方がいい。においがこもらないように」

旧館の窓は、建てつけが悪く、力を入れなければ開かない。そのとたん南国の夜の熱気が、いっきに部屋を満たした。風もないというのに、すばやくぐるりと部屋をひとまわりする。木々の間から、プールの水が光って見えた。もう誰も泳いでいない時間だ。

男は一緒に持ってきたナイフで、力を込めて果実を切断した。においがあたりにたちこめる。とても果物から発せられるものとは思えないほど、重く動物めいたにおいだ。

「このにおい、小便くさくないか」

小原は顔をしかめた。

「おかしなことを言わないで、さぁ、ひと切食べなさいよ」

志帆子は大きく切った果肉を差し出した。そうしながら自分もひと切頬張る。

「もうちょっと熟れていた方が私は好き……。でもおいしい……」

「志帆子は好きなものを食べる時、本当に幸せそうな顔をするね」

　ソファに腰かけた小原は満足そうに微笑んだ。

「残さず食べるんだな。ひと切でも残してこの皿に置いたら大変なことになる。皮と種は僕が持って帰ってやるが……。そういえば、今朝、君の娘とすれ違ったよ。この下で」

「あら、そう。何でこっちに来たのかしら」

「アーケードを見てたよ。綺麗な娘《こ》だね。目のあたりは君にそっくりだ」

「でもね、美人なんだけど、なんか平凡に見えちゃうの。損をしてるわ」

「だけどまずくないか。娘と一緒に泊まってるのに、男をこうして部屋につれ込むのは」

小原が冗談めかして言い、志帆子もそれに応えてふくれたふりをする。

「だって仕方ないでしょ。あなたが急にバンコクに来るって言うんですもの。しかもたった三日間しかいない。だったらこうして夜会うしかないじゃない。部屋はまるっきり離れてるし、あの子だってもう大人だし。全然構わないわよ」

志帆子は果汁のついた指をなめながら、小原の傍にぴったり座った。そして彼の顔を両手ではさむ。

「ねえ、こんなスイートに泊まって、男なしなんて、ドリアンを食べないタイ旅行みたいなものよね」

「そりゃそうだ。だけどやっぱり窓を閉めた方がいいよ」

小原は片手で志帆子の髪を撫《な》でながら、おごそかに言った。

5

夜明けがこようとしていた。

ドリアンの香りは、窓を閉められて床に重く溜《た》まっている。いつのまにかそれは志帆子の香水と混ざり、永遠に消える気配がないように思える。

ウイスキーを片手に、小原は喋り続けている。それは今夜、志帆子を抱かないことに対しての、きまり悪さを消そうとしているかのようだ。そんな様子が、志帆子はおかしくてたまらない。もっと居心地悪くさせるために、自分から迫ろうかと思ったほどだ。

「タイの病院に、日本の未来があるって、僕は確信しているね。いや、そうなるにきまっているさ。今日もあの病院へ行ってきたよ。一緒に行った連中も、口をあんぐりあけていた」

彼が〝あの病院〟というのは、二年前から白金ソフィア病院と提携しているバンコクの私立病院である。巨大航空会社が資本投下したその病院は、患者を富裕層に絞り、最新の設備と豪華な施設を誇っている。小原は今回、ここへ日本から何人かを連れて見学しにきているのだ。

志帆子は一度も行ったことがないが、病室はどれも個室で、バストイレはもちろん、キッチン付きの部屋もある。自分の家のメイドを連れてくる患者も多いので、何部屋かの特別室は次の間付きだ。病院の中には、レストラン、スターバックス、コンビニはおろか、患者の要望で和食レストランさえあるという。

ここは国内でも有名な専門医師が何人か在籍し、個室を持っている。それぞれ自分の能力と人気によって、高額な診療代をつけることが出来るのだ。病院はいわばエージェントのような役割を果たし、何パーセントか取る代わりに、医師に必要なナースや機材を提供しているのである。

こうした医師のところには、こっそりと王族の人々が訪れるだけでなく、アジアの要人たちが診療を受けにやってくる。それどころか評判が評判を呼び、他のアジアの国々からも、メディカルツーリストと呼ばれる患者がひきもきらない。インドネシアやベトナムの日本人駐在員たちも、やっかいな病気になったらすぐここにくることになっているという。

今回小原が驚いたのは、この病院が救急車による搬送に新たなサービスをつけたということだ。今までも有料であったが、別料金でナースがつくようになった。さらに高額な料金を出すと、救急ドクターも同行することになっているというのだ。

「日本だと、金持ち優先とか、命を金で買うとか、さんざん非難を浴びるだろうよ。だけど金を出せば、最高の医療サービスを受けられるって素晴らしいことじゃないか。日本が医療は平等だ、なんてごたくを並べている間に、他の国はどんどん進んでいるってことに、どうして気がつかないんだろうな。こんなことを今さら言っても仕方ないと思うが、今まで精いっぱい働いてきて、ちゃんと金と地位をつかんだ人間が、自分の金を使って、いい治療を受けたいと思うのはあたり前じゃないか。それが日本だと、平等っていう名のもとに、みんな一緒に下にひきずりおろすんだよ。今日聞いたら、ゴルフかたがた、日本からドック受けにくる人も多いそうだ。日本語通訳もいっぱいいるから、何の不便もない。俺はあの病院を見るたびに、日本はなんでこういうことが出来ないんだ、厚労省のバカヤローって、地団駄踏みたいような思いになるなァ」

志帆子はスイスから持ってきた白ワインをゆっくり飲みながら、昨日会った国立小児病院の部長を思い出していた。

歩くたびにぎしぎしと音をたてるような古い建物の中で、彼は悲し気に言ったものだ。

「シーナ、このタイでも医師不足は深刻だよ。本当に数少ない医師を、みなが取り合っている。だけど最近、優秀なドクターは、みんな一部の私立へ行ってしまうんだ。ああいうとこではこの国の水準からみると、気が遠くなるような収入を得られるからね」

志帆子は自分でワインを注ぐ。冷房をきかせているが、外の熱気はどこから忍びよってくるのか、ワインはすぐにぬるくなる。志帆子は冷凍庫の中から氷を取り出し、二個ワイングラスに沈めた。

「随分、乱暴な飲み方をするんだな」

「いいのよ。そんなに高いワインじゃないんだから」

ここで小原はしばらく黙る。志帆子がスイッチを入れたので、天井に取りつけられた大きな扇風機がまわっている。けだるいゆっくりとした機械音は、南国の夜によく似合っていた。

「君にとって、こういう話は退屈だろう」

「そうね。私は、医療サービスの近代化、なんていうところから、対極のところで普段働いているから。アフリカやアジアの奥地に行って、伝染病で死んだ子どもは何人か、って数える者にとって、ドクター付き救急車なんて、想像も出来ないおとぎ話の世界よね」

「まあ、いいさ。いずれ君も、そのおとぎ話の世界に来なきゃいけないんだから」

「また、あのことね」

「そうだ。ＷＨＯの仕事だって、そう長くは出来ないだろう。君だってそろそろ五十歳だ。世界中を飛び回れる年数にも限りがある。何度も言うけれど、君が日本に帰ってくるならば、うちは大歓迎だよ。それどころか何だって条件を呑《の》むよ。今度うちでつくる医学部の、目玉教授として迎えたいんだ」

「医学部、設置できるの」

「ああ、もう間違いない。絶対に大丈夫だ」

「あの裁判は、影響してないのね」

「冗談じゃないよ。あの種の医療事故で、いちいち病院が訴えられたら、もう病院経営なんか成りたっていかないと、みんながわかってることだよ。たまたま相手が有名人だったから、マスコミがとびついたっていうことだからね」

「そう……。それはよかったわね」

「まだ、元の亭主に惚《ほ》れているのか」

不意に小原が尋ねた。

「今度のことで、テレビに出るたびによく観察したよ。確かにいい男だね。若い頃の志帆子が夢中になるのもよくわかるよ。育ちがよくて、ちょっと我儘《わがまま》な男っていうのを女は好きだからな」

志帆子は微笑むだけで何も答えない。

「だから君は、僕の頼みをきいてくれなかったわけだろう。裁判をやめさせてくれって頼んだ後、俺としては珍しくうんと後悔した。惚れてる女を元の亭主のところに行かせて、頼みごとをさせるなんて、俺はなんていう男なんだろうってね。もしそれがきっかけで、元のサヤにおさまったら、どうするんだってね」

「そんなことがあるわけないじゃないの」

志帆子はグラスを置いた。氷がちゃりんと鳴り、再び天井の扇風機がまわる音だけが続く。

「私にとって、あの人は、娘の父親っていうことだけ。他に何の感情もない。別れた亭主に惚れてる、なんて、あなたがそれほどロマンティストだとは、考えてもみなかったわ」

「じゃあ、君が惚れてる男って、いったい誰なんだ。僕は時々考えることがあるよ。俺に惚れているんだろう、なんてことは考えたこともない。そこまで自惚《うぬぼ》れてはいないよ。それなら誰なんだろう。ジュネーブでつき合っている白人の男たちか……。正直に言うと、俺は時々志帆子が怖くなる。わからないんじゃなくて、怖くなるんだ。君はマスコミで、人類愛がどうたらこうたらとよく喋っているが、本当は男が、いや人間がそんなに好きじゃないんじゃないかって。そう考えると、ぞっとするが……」

「まさかぁ……」

志帆子は残りのワインをぐっと飲み込む。白い喉《のど》がぐにゃりと上下に卑猥に動く。

「私、インタビューで人類愛なんて、そんな気恥ずかしい、ナマナマしい言葉を使ったことはないわ。ただ人を救うことに生き甲斐《がい》を感じるって言ってるだけよ」

「どっちだって同じことだよ」

「そうかしら。ねえ、ブリジット・バルドーって知ってる」

「もちろんだよ。フランスの女優だろ。昔の映画を見ると本当に綺麗だな。今は皺《しわ》くちゃの魔法使いみたいだが」

「彼女って、動物愛護のために、後半生を捧《ささ》げているのよね。女優の地位だってなげうって、それを生き甲斐にしている。野生のライオンのためなら、アフリカでもどこにでも行く。だけど人は信用していないし、自分の産んだ息子もほったらかしなのよ。彼女にとって、動物は大きなテーマだから、命を賭《か》けるほどだけど、身近な人間なんかどうでもいいの。とるにたらないものなのよ。私も彼女に似たところがあるの……」

「そんなことはないだろう。君は娘を可愛がっているじゃないか」

「私が本当に愛したのは、十一歳で死んだ妹だけかもしれない……」

志帆子は目を閉じ、記憶を反芻《はんすう》しようとした。

「私と菜美子は、たった二人きりだったのよ。子どもの頃から、メキシコやアメリカに父が赴任したから、どこへいっても二人きり。地元の学校にはなじめないし、日本人学校がないところもあった。だからね、私と妹は二人きりで助け合って生きていかなくてはいけなかったの。そして東京では、毎日のように両親の喧嘩《けんか》があったわ。うちの父親はもてたから、すぐに愛人をつくったのよ。よくあれだけ喧嘩が出来るものだと、感心するくらい、毎日罵《のの》り合っていた。私はね、ベッドの中で菜美子の耳をずっとおさえてやっていたの。こんなひどい言葉を、聞かせたくないと思ってね。ある時、母が言ったわ。子どもたちを殺して、私も死ぬって。私は本当に恐怖を感じた。その時は妹を庇《かば》って、私が死のうって決心したのよ」

「子どもにそんなことを聞かせるなんて、ひどい親だな」

「確かにひどいわ。私はね、早く大人になって、妹を連れて家を出ようって、そのことばかり考えていた。でも菜美子はね、たった十一歳で死んでしまった……」

「それで君は、医者になるっていう約束をしたんだよね」

「そんな綺麗ごとだけじゃない。次に母は言った。妹じゃなくて、私が病気になればよかったのにと。あの子の方がずっといい子で、母はあの子の方を愛していたから。うちの両親は仲が悪くいがみ合っていて、母は妹しか愛さなかった。私は母を憎んだわ。本当に殺そうと思ったくらい憎んだの。でももっと母を苦しめる方法を見つけたわ。それは妹が死ぬことだった。妹が死ねば、あの女はどんなに嘆き悲しむだろうと思ったら、愉快な気持ちになった。そしてそんな自分が怖《おそろ》しくなって、妹の最期《さいご》に近づけなくなった。妹が死んだ時もいなかったわ。そして思った。こんな私を妹は許さないだろうって。きっとあの世から呪うだろうって。それから逃れるためには医者になるしかないと思った。妹との約束を守らなきゃって。そしてね、もし私が医者になれば、母も私のことを見直してくれるんじゃないかって、そのことに救いを求めたの。だけどそんなことはなかった。母はやっぱり私じゃなく、妹を死んだ後でも愛し続けたのよ……」

それから……と志帆子はいったん沈黙する。天井の扇風機が南国のぬるい風を静かにかきまわしている。

「私はもっと考えた。母を死ぬほど苦しめたいって。地獄につき落としたいって。そして私が考えたことは、母が愛して愛して、気が狂いそうなほど愛している私の父親を誘惑することだった。近親相姦《そうかん》で父の愛人になってやろうと本気で考えた。だけどさすがに父はのってこなかったわ。その代わり、他の男はいくらでも寄ってくるようになったの。本当に怖いくらいにね。そして私はいつのまにか、恋人や奥さんのいる人ばかりとつき合うようになったの。愛し合っているふりをしている二人を別れさせるのが楽しくてたまらなかったのよ」

「斎藤先生もそうなのか」

「そうよ。あの頃あの人、大金持ちの令嬢と婚約していたから近づいていったのよ。子どもが出来たのは計算外だったわ。……でもあの人は、結婚してすぐにわかったはずだわ。私があの人を少しも愛していないことをね」

「君の亭主になる男ぐらい、不幸な男はいないだろうとかねがね思っていたよ。夫として当然もらえる愛情をもらえないんだから」

「ひどい言い方をするのね。でもあの人は私のことを恨んでいるの。だから和解にものってくれなかった」

「そうだろうな」

「アフリカの奥地で、子どもを抱き上げる時、その子たちがたった一本の抗生剤で生還する時、本当に生きているって感じる。こんなに嬉しく幸せなことはないわ。だけど街では、私の属している世界では、どうしても私はやさしい気持ちを持つことが出来ない。男も女も、私にはいくらでも寄ってくる。でも彼らに本当に愛情を持ったことがない。そして私は、いつもブリジット・バルドーの、あの怖ろしく老《ふ》けた顔を思い出すわ。あれは生身の人間を愛せなかった罰よ。そしてね、私もいつかああいう風な顔になるんじゃないかって思う時もある……」

志帆子は立ち上がり、小原の膝《ひざ》に座る。そしてワインのしずくのついた唇を重ねる。

「なーんて言うのも、全部私のつくり話かもしれない。私が男を好きなのは本当のことだから。さあ、ベッドルームに行きましょうよ。もう当分会えないと思うわ」

「志帆子、男が好きっていう言い方は、しない方がいいと思うよ」

「そうよね。二人きりでいる時は、あなたが好きって言わなきゃね。そうよね……、私はそういう配慮がまるでないわ」

「志帆子……」

小原は低い声で言う。

「今夜の俺は、君にちょっと怯えている。ごめん、役に立ちそうもないよ。今夜はこのまま帰らせてくれ」

「そうね、そうしましょう」

志帆子はにっこりと笑った。


深夜の便で日本に帰るれおなが、最後にもう一度タイ料理を食べたいと言い出した。志帆子は予約も出来ないような、町の小さなレストランに連れ出した。六時を過ぎたばかりだというのに、店は満員であった。やっとのことで二人テーブルを確保し、れおながすっかり気に入ったタイ風カレーや、エビと玉ネギのサラダ、魚のすり身の揚げものなどを注文した。

まずはローカルビールで乾杯した。

「ママ、いろいろサンキュー」

「はい、お疲れさまでした」

安ものの厚いガラスのコップが、カチンと心地よい音をたてる。

「どう、バンコク気に入ったでしょう」

「そうね。ママほどじゃないと思うけど、かなり気に入った。今度はもっとゆっくりするわ」

「それがいいわね。来年の夏休みもここで落ち合いましょうよ。もっとも、れおなに夏休みが存在するかどうかっていう話になるんだけど」

「それって、皮肉かしら……」

「嫌だわ。私が皮肉やあてこすりっていうものが大嫌いなの知ってるでしょう。言う時はズバリ言うわよ」

「ママ、でも、私が学校やめる話、ひと言も口にしないから、今の言葉がそうだと思った」

「あっ、そう。私は単純に、来年はもうれおなが学生じゃないんだって思っただけよ」

「じゃあ、私が学校やめること、わかってくれるわけね」

「そうね。私の学年にも、どうしても医者にはなりたくないって、退学届けを出した人がいたわ。だけどコストパフォーマンスからしたら、もったいない話よね。えーと、桜志大学の医学部って、入学金いったいいくらだっけ」

「そんなの、知らないわ。パパが払ったから」

「そうね、あそこの偏差値からして、安くはないはずよね。一学年の納付金は、八百万から九百万っていうところかしら」

「そのくらいかもね」

「そのくらいって……。今、日本人の四人家族がいったい幾らで生活していると思っているのよ。三十代でせいぜい年収は四百万円よ。ここの隣りにいるタイ人なんか、月収は二万円ぐらいのはず」

「お金のこと言うなんて、ママらしくないわ」

れおなは不快そうに唇をゆがめた。

「そうね。ただ私はもったいないなあって思うけど、れおながそう決めたんなら仕方ないわよね。だってイヤイヤなった人が、いい医者になれるはずないもの。そういう人は、これから三年、四年って、専門課程に耐えられるはずもないわ。勉強が嫌いで医者に向いていないってわかったら、その時点でやめることも賢い選択かもね」

「でも私は勉強がイヤになったわけじゃないのよ」

あきらかにむっとした表情になる。

「ただパパの裁判をみていて、医者になるのがすっかりイヤになっただけ」

「そうだったわね」

「そうよ。医者同士がいがみ合って、パパは勝てない裁判起こして、世間からバッシングされてる。これでも医者かって。それ見てると、私は医者になる気がなくなってくるの」

「それだったら、裁判終わるまで待ちなさい」

「えっ、どういうこと」

「もうじき、あなたのパパが言っていることが、本当に正しいかわかる時がくる。医学部をやめるのは、その時でも遅くないと思うけれど」

「それって、パパが勝つの？　私、本当にわからないわよ」

「私だってわからない。だけどれおな、逃げてはダメよ。最後の審判をあなたの目で確かめなさい。ちゃんと傍聴をしてくるの。医者が争うさまを、ちゃんと自分の目で見届けるの。退学届けを出すのはその後でも遅くはない。さあ、これだけはママと約束しましょう。医者と医者の卵としての約束よ」

6

夜の十時近いというのに、空港には光が溢《あふ》れ、たくさんの旅行者たちが行き来している。

れおなは十一時四十分発の便を予約していた。これに乗ると、明日の早朝に羽田空港に到着する。忙しいビジネスマンたちに、いちばん人気のある便ということだった。

「れおな、これ……」

志帆子がホテルの封筒を手渡す。開けると白い錠剤が入っていた。

「ママ、これって、まさかヤバいクスリじゃないでしょうね。空港でこんなもの困るわ」

「まさかァ」

志帆子は娘のこのジョークが気に入ったらしく、くっくっと低く笑った。

「軽めの睡眠導入剤よ……」

　と言いかけ、娘が医学生だということを思い出したのか、

「マイスリーよ」

　とはっきり名前を告げた。

「夜中に発《た》って、早朝に着く便っていうのは、眠れないと本当につらいわ。だから私、これでぐっすり眠ることにしているの」

「私、そういうの必要ないかも。席に着いて音楽を聞き始めると、あっという間にバタンキューだもの」

「そうね、若い人は必要ないかもね」

　志帆子は封筒を、白い革で出来た自分のトートバッグにほうり込むようにしまった。その動作のすばやさに、れおなはふと不安になる。

「ママはいつも、薬使わないと眠れないの？」

「そうね、眠れる時と眠れない時があるけれど、仕事で海外に行く時は興奮して眠れないことが多いわ……」

　自分でマラリアの強い予防注射をうつことは喋るつもりはなかった。時々悪夢にうなされる怖ろしい夜のことも、話すつもりはない。

「そのバッグ、可愛いわね」

れおなのひく白いキャリーバッグに目をとめる。ブランド品で、よく見るロゴマークが組み合わせてあった。

「これ、結花さんのよ」

「そうなの」

「亡くなった後、結花さんのお洋服やアクセサリーは、みんなあっちのおうちに送ったのよ。結花さんの妹さんが使うようにって。だからほとんど何も残ってなかったんだけど、納戸《なんど》にこれがあったの。新しいし、これ、貰《もら》うことにしたのよ」

「いいんじゃないの、形見分けってことで」

「そうなの。私、あの人は本当はどう思ってたかわからないけど私はあの人のこと、結構好きだったし、だから死んだ人の使っても、全然抵抗ないし」

航空会社のカウンターは、かなり遠かった。どうやらタクシーを降りた場所があまりよくなかったようだ。

「だけど、ママ、サンキュー。今度の旅行、楽しかったよ。暑いのにはちょっとまいったけど」

「お礼はあなたのお父さんにも言いなさいよ。チケット代は出してくれたんだから」

「まあね……。パパには感謝しなくっちゃね。バンコクでママとゆっくりいろいろ話も出来たしさ」

「そうね。考えてみると、あなたが大人になってからこんな風に旅行するの初めてだものね」

「そうだよ……」

急に日本人の旅行者の姿が増えたと思うと、すぐそこに日本の航空会社のマークが見える。観光シーズンでもあり、カウンターに長い行列が出来ていた。それを見て、意を決したように、れおなは急に早口になった。

「私、今度の旅行、嬉しかった。私さ、子どもの頃から、なんとなく自分はママの邪魔してるんじゃないかって思ってたから」

「おかしなこと言うのね。そりゃ忙しかったけど、あなたが邪魔だなんて思ったことないわよ」

「それって、ウソだと思うな。子どもってそういうことに結構敏感だもの」

志帆子は一瞬黙る。それは今朝の小原との会話が甦《よみがえ》ってきたからだ。

「本当に愛したのは、死んだ妹だけかもしれない」

というのは本音ではないと思いたい。が、自分の心の動きを、いちばん正確にあらわしていることも事実なのだ。志帆子は慎重に言葉を選んだ。

「そりゃあね、若い時は子どもさえいなければ、もっとばりばり仕事が出来るのに、って思ったこともあるわ。でもね、そういうことって働く女なら誰でも考えることじゃないかしら。私はれおなを産んで本当によかった、と思ってるし、あなたが心の支えになっているのは嘘《うそ》じゃないわよ」

「それって、たまに、のことでしょう」

れおなが悪戯《いたずら》っぽく顔を覗《のぞ》き込む。

「子どもの頃から、ママって私といる時、いつも『心ここにあらず』っていう感じあったわ。なんかちゃんと向き合ってくれていない、って私、不満だった。でもそれって、私が子どもだからで、いつか大人になれば、ちゃんとつき合ってくれるだろうって考えていたから、今度の旅行は嬉しかった。ママ、今までと違ってたから」

「そう……」

志帆子は珍しく言い澱《よど》む。すべてお見通しだとわかったからだ。

「まあ、いろんな親子の形があるからね。ママもそんなに、いいお母さんのふりをする必要はないよ」

そう言いながら、れおなはキャリーバッグをカウンターの前に押し出す。エコノミークラスと違い、ビジネスクラスのカウンターの前には誰も並んでいなかった。

その時、

「佐伯先生じゃないですか」

隣りのカウンターに並んでいた男がこちらを見ていた。

「お久しぶりですね」

「まあ、高田《たかだ》先生」

先生というからには、医師であろうが、それを考慮に入れても男の身なりはひどく金のかかったものであった。夏用のジャケットにポロシャツといういでたちだが、時計や胸元に覗くチェーンが高価なものだとひと目でわかる。並んでいたのは、ファーストクラスのチェックインカウンターだ。

「ご活躍はいろんなところで拝見してますけど、あれ？　佐伯先生は今、ジュネーブじゃないんですか」

「娘とバカンスを楽しんでいたんですよ。私は明日、朝早い便で発ちますが、今、娘を送りにきたところなんです」

と言い、れおなには小声で説明した。

「昔、研修を一緒にした高田先生よ」

高田は志帆子とれおなに一枚ずつ名刺をくれた。立川の住所と総合病院という名前が並んでいた。

「先生もバカンスでいらしてたのかしら」

「いやぁ、視察旅行ですよ。タイの病院がいかに進んでるかってことで、五人で見に来たんです。今、他の人たちはタックス・リファンドやってますけど、もうじき来ますよ。あー、来た、来た」

高田は軽く手を振る。スーツケースを手にした四人の男たちがすぐそこに来ていた。みな同じような年格好の男たちであった。その中にあの男がいるのを、れおなはすぐに気づいた。マンダリン オリエンタルですれ違った。その際やけに狎《な》れ狎《な》れしく、れおなに「おはよう」と言ったあの男だ。白金ソフィア病院理事長の小原に間違いない。

「皆さん、ご紹介しますよ。ほら、この頃よくお顔を拝見する佐伯先生ですよ。WHOのメディカル・オフィサーの……」

三人の男たちは、一様に驚きと歓迎の声をあげる。

「それはそれは」

「おめにかかれて光栄ですよ」

あの男だけが曖昧《あいまい》な微笑をうかべて志帆子とれおなを見ていた。

「佐伯先生、こちらは白金ソフィア病院の理事長、小原先生ですよ」

志帆子はにっこりと高田に向けて微笑む。

「私、小原先生には何度かお会いしているんですよ」

「そうですよね」

小原は、れおなの方を向いて笑いかけた。

「お嬢さんとも一度お会いしていますね」

「ええ、オリエンタルホテルで」

れおなは自分が、とても強い口調になっていることに気づいた。高田は何も知らないようだが、この男が今、自分の父と争っている相手なのだ。インターネットで調べたこともあるし、雑誌にも時々載っている。幾つかの経営困難の病院を買い取り、見事再生させた男。大学も経営しているやり手の男。美男子ではなかったが、はっきりした目鼻立ちの、厚めの唇はいかにもエネルギッシュで、ゴルフ焼けなのか浅黒い肌をしている。男はれおなに名刺をくれた。理事長の他にいくつもの肩書きが並んでいる。やがて男たちは騒々しくカウンターに向かい、チェックインを始める。れおなもパスポートと航空券をカウンターに差し出した。

「お預けの荷物はこれだけですか」

現地の女性が、奇妙なイントネーションの日本語で尋ねる。

「ええ、これひとつだけです」

その時、れおなは背後で母が小声ですばやくこう言ったのを聞いた。

「あなたもこの便だとは思わなかったわ」

誰に言っているのか振り向かなくてもわかる。あの男にだ。

れおなはとっさに男たちのスーツケースに目をやる。それらはちょうどベルトコンベアによって運ばれようとするところであった。どれにも「シェラトンホテル」という大きなシールが貼られていた。小原もみなと一緒にここに泊まっていたのだ。それならばどうして彼だけ、朝、マンダリン オリエンタルにいたのだろうか。しかも彼が歩いていたのは旧館であった。

「まさか……」

たまりかねてれおなは振り返る。母と男は素知らぬ顔をしてそこに立っていた。が、ほんの何秒か前、そこに濃密な空気が流れていた残滓《ざんし》は感じられたのである。

「まいったなァ」

斎藤は言った。それ以外の言葉は思いあたらない。一年半も前に別れた愛人とばったり出会ったら、そう言うしかないではないか。

クリニックのお得意様である早川品子からの誘いであった。彼女は自分と同じように、気力も体力も金も、あり余るほど持っている女たちとボランティアのNPOを立ち上げたのだ。アフリカの子どもたちのために、学校を作るのだという。金持ちの女の考えることは同じらしい。ともあれ品子から、その発足記念のチャリティパーティーをするので、ぜひ来てくれと誘われたのである。男性はタキシード、女性はイブニングという正装で、チケットは十万円という目をむくような金額だ。パーティーの経費をひいた額が寄付されると聞いても、どこか腑《ふ》に落ちない。この贅沢な料理やシャンパンの分をそのままアフリカの子どもに送ったらどうだと言いたくなってくる。

同じテーブルには、有名な女優や、政治家も座っていたが、すぐに斎藤は飽きてしまい、アトラクションのマジックが始まったのを潮に、席を立つことにした。そして出口のところで、ばったり深沢怜に出くわしたのだ。ドレープがたっぷりした紫色のイブニングがよく似合っていて、同席していた女優よりもよほど綺麗だ。元愛人が変わりない美貌《びぼう》を保っていることに対しての複雑な気分を込めて、斎藤は思わず、

「まいったなァ」

と発していたのだ。

「何言ってるの。早川さんをあなたのクリニックに紹介したの、私じゃないの」

怜は笑ったが、確かにそのとおりであった。そして何とはなしに、二人でホテルのバーに行くことになったのだ。

「奥さん、お気の毒だったわね。本当にご愁傷さまでした」

怜は悔やみを口にする。考えてみると結花の妊娠をきっかけに別れることになったのであるが、本人も子どもも死んでしまったというのはなんとも皮肉な現実であった。

「いや、僕も突然のことで驚いているんだよ。その後もいろんなことがあって、とても外に出る気にはなれなかった。今日のような華やかな席に出るのはあれ以来初めてだよ」

そこでよりにもよって、別れた愛人に会ってしまったのである。

斎藤は久しぶりの怜を見つめる。それは美容外科医としての好奇心も混じっている。腕によりをかけてつくり出した美しい顔。たんねんなリフトアップ手術のために、とても五十歳とは思えない張りのある皮膚だ。しかし少しかさついているのが気にかかる。目の下の隈《くま》も以前よりあらわになっている。

「それはそうと、あのお金ありがとう」

別れた時の慰謝料をいっているのだ。最初は五千万とふっかけられたが、なんとか三千万にしてもらったことを思い出した。

「あれでものすごく助かったわ。あの後、私入院することになったから、その間の店の運転資金にあてたの」

あまりにも露骨な内輪話に、斎藤は鼻白んだ。

「入院って、どこか悪かったのかい」

「ええ、子宮癌《がん》で全摘したのよ」

「それは大変だったな」

その瞬間、何度も自分を受け入れてくれた女の体の感触が甦る。もう二度とあのようなことはないだろう。

「お医者さんに全摘すすめられた時、女じゃなくなるような気がして、絶対にイヤって言ったの。でも考えてみればもうこの年だし、成人した子どももいるし、もういいかって思ったのよ」

「そりゃそうだ、命あってのことだからね」

斎藤は実に陳腐な返事をしたと自分でもわかる。医者としてもっと別の言い方があるのではないかと思いをめぐらした時、

「でもね、全摘しても、もうあんまり長く生きられそうもないの」

「そんなことないだろう。婦人科系は今、生存率がすごく高くなっているはずだよ」

「あのね、つい先週、転移が見つかったの」

「そうだったのか……」

「本当のこと言うと、早川さんにあなたの出席確かめてからここに来たのよ。お別れとお礼を言いたかったし……」

「おい、おい、やめてくれよ」

「あのね、今だから話すけど、私、あなたの子どもを一度堕《お》ろしたことあるのよ。だから私はあの時、すごく傷ついた。あなたは奥さんが妊娠して大喜びで、それで別れてくれって言うんですもの。でも、もういいの。もう全部済んだことだから」

「知らなかった……」

「いいの。本当にいいの。でもね、死っていろんなところにあるのよね。道を歩けばころがってるの。あなたは奥さんの死が許せないって裁判してる。でもね、死ってそこいらで毎日起きるふつうのことなの。だから私、ふつうに死んでいくつもりよ。ふつうに死ねば、残る人たちがそれほど思い悩むことはないものね。まあ、私はあなたの奥さんでもないし、ま、人生ってこの程度のものかもね」

# 第七章　逆転

1

九月も半ばを過ぎたのに、太陽は衰えることを知らない。目に痛いほどの強い光を、アスファルトに向かって叩《たた》きつけている。

地下鉄の駅からたった数分歩いてきただけなのに、れおなの額や腋《わき》の下からどっと汗が噴き出してきた。新聞社の階段を上がりかけて、めまいを起こしそうになった。

ロビーのソファに座り、脈を測ってみる。大丈夫、正常だ。しかしすぐに水分を摂《と》った方がいいだろう。れおなは夏にはいつも持ち歩いている、小さなペットボトルの水を取り出し、三口ほど飲んだ。そして受付に行き、藤谷《ふじたに》の名を告げた。

父の次の裁判を傍聴しに行くつもりだと母の志帆子に告げたところ、こんなメールが返ってきた。

「その前にちゃんと勉強をしときなさい。知識なしで裁判を見たり聴いたりしても、何が何だかよくわからないから」

そして紹介してくれたのが、新聞社科学部の藤谷だ。医療問題をずっと担当しているというので、中年の男性を想像していたのであるが、現れた藤谷は二十代終わりか三十代はじめの若者であった。

「こんな昼間の、いちばん暑い時に来てもらってすみません」

しきりに恐縮する。いかにも秀才めいた顔つきで、銀色のフレームの眼鏡をかけていた。ロビーの傍にある喫茶室で、二人とも当然のようにアイスコーヒーを頼んだ。

「いやあ、佐伯先生には本当にお世話になりました。ジュネーブにも行って、四回シリーズで佐伯先生を特集させていただいた時は、読者から大変な反響があったんです」

「そうですか……。私はまだ一度もジュネーブに行ったことがないんです」

「それはぜひ行かれるといいですよ。日本女性でこういうすごい方がいるのかと感動しますよ」

こうした母の評判は、聞き飽きていた。れおなが知りたいのはもっと別のことだ。

「私の父のことはお聞きになっていると思いますが……」

と切り出すと、藤谷は深く頷《うなず》いた。

「父は勝つことが出来るんでしょうか。私は正直言って、父のしていることがよくわからないんです。医者が医者を訴えて、いったいどうなるのかって思うこともありますし。私、父親のこの裁判のことがとても嫌で、ずっと目をそむけてきたものですから、本当にわからないんです」

そのくせインターネットの書き込みだけは神経質に見ていた。

「女房が死んだのは不可抗力だろ、こんなのがいるから、産婦人科医のなり手がいなくなるんだよ」

「自分が医者ならば、医者の大変さもわかっているのに、どうしてこんなことをするんでしょうか」

それはほとんどが、訴えた側の父親に対する非難、中傷であった。

「斎藤さん、医療過誤訴訟というのは、患者側はどのくらいの割合で勝てると思いますか」

「すみません、わかりません……。半分ぐらいでしょうか」

「いいえ、今は二十パーセントほどです」

「そんなに低いんですか」

「これは和解ができず、争って判決になった場合ですから。医療訴訟全体の半分くらいが和解で解決されています」

「そうなんですか……」

「日本は医者への尊敬の念がとても強い国です。お医者さんがそう言うんだから間違いない、お医者さんの言うとおりにすればいいんだ、っていう時代がずっと続きました。僕や斎藤さんが生まれる前、昭和五十年代ぐらいまで、医療訴訟なんか、年間二百件か三百件にすぎなかったんですよ。それが平成になってからはぐんぐん伸びて、平成十五、十六年にはついに一千件を超えました。この頃、患者側が勝つ確率は四十パーセントぐらいだったんです」

「まあ、そんなに」

「だけどこういうことは必ず反動がきます。こんなことではとてもやっていられないと、全国の医師会が抗議の声明を出し始めたんです。斎藤さんは大野病院事件を知っているでしょう。おそらく今度のあなたのお継母《かあ》さんの事件にも大きく関係しているはずです」

「はい、それは調べたことがあります」

それは帝王切開の手術中に、大量出血によって産婦が死亡した事件だ。まだ若い産婦人科医は家族の前で警察の車に乗せられたのである。一人の医師が仕事中の事故により、凶悪犯のようにマスコミの目にさらされ、警察に連れていかれる。これを見た一般人も衝撃を受けたが、医師たちのそれは計り知れないものがあったようだ。医師は後に無罪となったものの、この大野病院事件がさらに拍車をかけ、分娩《ぶんべん》取扱機関が激減したと言われている。

「この頃『医療崩壊』という言葉が大きくクローズアップされます。平成十八年に出版された『医療崩壊……』えーと、ちょっと失礼。正確な題を失念しました」

藤谷はいかにも新聞記者らしい律義さで、スマートフォンを取り出し、書名を調べ始めた。

「小松秀樹さんが書いた『医療崩壊～「立ち去り型サボタージュ」とは何か』という本ですね。この種の本には珍しくベストセラーになりました。僕も当時読みましたが、筆者が医師なので医療の現場の実情がよく書かれていました。佐伯先生のメールだと、斎藤さんは医学部に通ってらっしゃるそうですから、こういうことはよくご存知でしょう」

「まだ行きたい科も決まらず現実感もないんです」

それどころか、退学届けを出そうかどうか悩んでいる最中だなどとは、とても初対面の相手に言えることではなかった。

「どうして慢性的な医師不足が起こるのか、それは大学病院や、小児科、産婦人科の医師の負担があまりにも大き過ぎるからだ。そして多くの自治体病院は、こうした医師不足や、施設拡充の負担から閉鎖に追い込まれていく。だから過疎《かそ》地の年寄りや妊婦は、ますます行き場がなくなっていくという内容でした。これによって医師の方への同情の声が、次第に強くなっていったんですよ」

「同情の声ですか」

「そうです。こう言ったら身もフタもないかもしれませんが、医師というのはやはり金も力もあります。大きな意見広告も出せるし、発言する機会も多い。世論を動かすというと語弊があるかもしれませんが、あの頃から一般の人たちの受け取り方も次第に変わっていったような気がします。大野病院事件が発覚した時は、なんてひどい医師だろう、という声が一般的でしたが、終わり頃になると、お医者さんだって一生懸命やっているんだ、それなのにミスをすると逮捕というのはあんまりだ、っていう論調に変わっていきました」

「つまり今の世の中の流れとして、あまりにも医師に厳しくすると、やがてなり手がいなくなってしまう。だから厳しく弾劾《だんがい》するのはやめようということなんでしょうか」

「まあ、よほどのひどい誤診でなければそうでしょう。その一方で患者側のインフォームド・コンセントやセカンドオピニオンといったような権利意識も高まっています。つまり両者が対等に近づいた今、医師ばかりに罪を着せるのはどうかという考え方ですね」

そして藤谷は、氷のとけ始めたアイスコーヒーをいっきに飲み干す。

「あなたのお父さんの件は、医者対医者という最近では珍しい事例なので、こんなに注目が集まるんだと思います。それにお父さんがテレビにもよく出ている、有名な美容外科医というのも面白いんでしょうね。残念ながら裁判官も一人の人間です。世の中の空気を無視出来ないところがある。そういう中でこの裁判、どのような判決が出るか、僕もずっと注目しているんです。今度の審理にはいらっしゃいますか」

「はい、行くつもりです」

「それでは、法廷でまたお会いしましょう」

劇場で会いましょう、とでも言うような軽さであった。

地方裁判所というところへ行くのは初めてであった。地下鉄の霞ヶ関《かすみがせき》駅の階段を上がると、すぐ目の前に灰色の高層ビルが見えていた。

予想されていたことであったが、数十枚の傍聴券を求めて列が出来ていた。とはいうものの、二ヶ月前の第一回と比べて、並ぶ人はずっと少なくなっている。以前は五倍ほどの競争率だったが、今は二倍ほどだということだ。れおなの席も、傍聴席の最前列に確保されていた。

今日は代理人として、向かって左手の原告側には三人、右手の被告側には四人の弁護士が座っている。

原告側は、白金ソフィア病院に対して、一億二千万円の賠償を請求していた。これは専業主婦としては考えられないほどの高額である。ホフマン方式やライプニッツ方式などを使って計算する生涯収入から大きく離れたこの金額は、夫である斎藤の精神的苦痛に対する慰謝料を加味したものだ。

実年収二億円余りの斎藤は、妻の死によって以前の気力が損なわれ、健康上の援助が受けられなくなったというのである。

このたび、斎藤は弁護士をもう一人加えた。医療裁判にかけては、日本で一、二を争うと言われている有名弁護士を雇い入れたのだ。一方被告側が用意したのも、これまた医療訴訟専門の超一流とよばれる弁護士である。双方の弁護士についやされた費用と時間はもはや相当のものになっている。

まずは証人による宣誓が行なわれ、この時は傍聴人もすべて起立した。

「それでは本日、平成二十三年（ワ）第一万二千四百二十三事件、原告、斎藤裕一、被告、医療法人財団ソフィア会の損害賠償請求事件の証人尋問を行ないます」

中央に座る裁判長が開廷を告げる。地方裁判所には医療集中部というものがあり、医療関係の裁判を専門に行なっているが、彼はそこに属する裁判官である。

被告側の尋問が終わり、原告側の弁護士が立ち上がる。四十代のいかにもやり手といった男であるが、〝本命〟の弁護士の方はいちばん端に座っており、まだ出てこない。

「乙B十八号証を示しますが、これは先ほどあなたがおっしゃったとおり、あなたが書いたもので、この内容に間違いはありませんね」

証人席に座る後藤医師を初めて見た。想像していたよりも若く、平凡な男といった印象しかない。たとえば居酒屋で隣り合わせたとしても、何の記憶にも残らないだろう。

そして何の感情もわいてこないことに気づいた。もし彼が誤って死亡させた相手が、母の志帆子だったら、自分はこのように他人ごととして見ていられただろうかと考える。

「あなたは斎藤結花さんを、最終的に羊水塞栓症《そくせんしょう》と判断されましたが、それはどういう根拠からでしょうか」

「分娩直後に、突然の呼吸困難に陥りましたので、これは羊水塞栓症と判断いたしました」

「この時にどうして胎盤早期剝離《はくり》から診断を変更したのでしょうか」

「急激な血圧降下があり、その後心停止が起こりました。胎盤早期剝離の場合は、これほど急激に起こらないのがふつうです」

後藤医師は言葉を選び選びゆっくりと喋《しゃべ》る。弁護士によって、何回となく練習をさせられたであろう喋り方だ。

「それでは別の質問をします。羊水塞栓症と胎盤早期剝離というのは、とても判断がしづらいものでしょうか」

「確かに見分けづらいものですが、羊水塞栓症の場合は突然の呼吸困難などの特徴的な所見があります」

「それではお聞きしますが、斎藤結花さんに出血はあったのでしょうか」

「ありました」

「それは異常な量でしたか」

「羊水も血性であり、出血は多量であると認識しています」

「斎藤結花さんの分娩は帝王切開で行なわれたのですね」

「はい、そうです」

「それならば、開腹の時に、異常があればすぐにわかるはずですね」

「はい、わかります」

「その時はいかがでしたか」

「確かに胎盤剝離はありました」

「しかしあなたは胎盤早期剝離による大量出血ではなく、羊水塞栓症が原因だと、ここで断言するのですね」

「裁判長！」

被告側から一人の弁護士が立ち上がった。

「医療訴訟の審理の席で、断言、という言葉は不適切です。撤回していただきたい」

裁判長に異議が認められたが、原告側の弁護士は全く意に介さないようであった。

「それでは、あなたは今でも胎盤早期剝離による大量出血ではないという診断は正しいとお考えですね」

「はい、そう考えております」

「裁判長、ここで甲A七号の証拠を示したいと思いますが」

「わかりました。原告側の甲A七号証の提示を認めます」

「後藤さん、これが何だかおわかりでしょうか」

「いいえ」

「さる八月二十八日に提出された司法解剖の結果です。これによると斎藤結花さんは、羊水塞栓症ではないという結論が出ています」

廷内が一時ざわついた。原告側の弁護士が思わぬ隠し玉を出してきたのだ。

「これによりますと、母体血中から羊水成分も検出されず、血清学的検査でも陰性の結果が出ています。あなたはこの結果についてどうお考えですか」

「そういうこともありうると思います」

医師はそれが戦術なのかはっきりと答えた。

「母体への羊水流入が証明されなくても、羊水塞栓症ということはあるのです。非常に希少なケースではありますが」

希少なと、彼はそこをことさらに強めて発言した。

2

原告側弁護士が、今度は初老の男へと代わった。灰色のスーツを着ているが、それは彼の瘦《や》せた体をますます細く見せているようだ。彼は先ほどの弁護士とは違い、ゆっくりと後藤に向かって喋り始める。

「乙A二号証二十四頁を提示いたします。この分娩記録は誰が書いたものですか」

「助産師が書いたものです」

「これによりますと、患者の心肺停止が起こったのは、午後十時七分からと思ってよいのですね」

「はい」

「その際、あなたは挿管と酸素投与、心臓マッサージを行ないましたね」

「はい」

「では、あなたは何を優先させようとしたのですか」

「まずは血圧を上げなくてはいけないと、エフェドリンを投与しています」

「その際、胎盤早期剝離ということはお考えにならなかったのですか」

「考えました」

「剝離の程度は何パーセントぐらいでしたか」

「わかりません。胎盤早期剝離の場合、胎盤母体面に血腫《けっしゅ》と脱落膜が剝《は》がれない部分があります。また辺縁部には胎盤実質と、剝がれない凝血塊とがあって、これは血腫をガーゼで丁寧に拭《ぬぐ》って確認しなくてはなりません。手術の際、それほどの余裕はありませんでした」

「それなのに、どうしてそれほど明確に、胎盤早期剝離による大量出血ではなかったとおっしゃるのでしょうか」

「患者のあまりの急変ぶりです。胎盤早期剝離による大量出血ならば、これほどの急激な心肺停止はないと思われます」

「しかしこの記録によると、あなたは十時五十分に服部医師に示唆《しさ》されるまで、羊水塞栓症という病名は出していないのではないですか」

「そうかもしれませんが、そのことは頭にありました。ただこの異常な事態はいったい何なのだろうかと深く考える間もなく、患者の救命のために治療をしていた、というのが本当のところです」

「それはおかしいですね。医師がこの事態はいったい何だろうとわからぬまま、やみくもに治療をするなどということがあり得るでしょうか。あなたは心の中で、ひょっとしたらこれは胎盤早期剝離による大量出血かもしれないと考えていたのではないですか」

「いいえ。患者と赤ちゃんのこれだけ急激な変化はおかしい、母親の血圧降下と心肺停止は、羊水塞栓症によるものだろうと次第に考えるようになりました」

「先日証人として出ていただいた看護師の中村さんによると、あなたは服部医師が戻ってくるまで、非常に狼狽《ろうばい》して、いったい何が起こったのだろうとおっしゃっていたそうですね」

「そうかもしれません。よく憶《おぼ》えていませんが」

「あなたは帝王切開の際、胎盤剝離の程度を自分の目で確認してはいなかったため、後で服部医師と話した際の『羊水塞栓症かもしれない』という診断に大きく心を動かされたのではないですか」

「大きく心を動かされた、という表現は妥当ではないですね。私はそういう可能性も確かにあると思っていました」

「しかしお聞きおよびのとおり、司法解剖では『羊水塞栓症』の所見は出ていません。あなたの診断の誤りが、胎盤早期剝離による大量出血の初期段階の治療を遅らせてしまったとはお考えになりませんか」

「それは考えられません。なぜならば万が一、私の判断が誤りだったとしても、輸血、投薬、心臓マッサージ等、胎盤早期剝離に必要な治療をその時現に行なっていたからです」

「それでは別の質問をしましょう」

弁護士は少し体の位置を変えた。れおなには、それが「いよいよ仕留めにいくぞ」という合図に見えた。なぜだかわからないが、この後、大きな何かが起こるという予感がしたのである。

「分娩記録によると、十時二十一分を最後に輸血量の記載がされていませんが、これはいったいどういうことでしょうか」

「わかりません。看護師がつけ忘れたのではないでしょうか」

「不思議なことに、帝王切開における出血量の記載もありませんが、これは単なる看護師のミスでは済まされないことではありませんか」

「わかりませんが、私は何度か輸血のオーダーをしています」

「それでは、その夜の白金ソフィア病院の輸血のオーダー量を乙A二号証四十二頁から四十五頁までで確認してみましょう。二千ccが最後ですが、時間が記載されていません。あなたは何度かオーダーをしたと言っていますが、オーダーをしたのはただの二度です。おそらく帝王切開時から大量出血はあったのに、輸血が間に合わなかったのではないですか」

「ですから二回めのオーダーはしたのですが、到底間に合う量と余裕ではありませんでした。患者はこの時DIC、つまり播種性《はしゅせい》血管内凝固症候群を起こしていたのです。急激にです。この後心肺停止も起こっています。これこそ羊水塞栓症の症状ではないかと私は考えたのです」

「ですが、あなたが早くに胎盤早期剝離による大量出血と考えて対応していれば、充分な輸血を早めに行なうことが出来、患者を救えたのではないですか」

後藤は憤然とした顔を弁護士に向けた。それまで想定内とばかりに返答してきた彼が、初めて感情をあらわにしたのである。

「私は医師として最善を尽くしました。解剖で羊水塞栓症という所見が出ていないこともまだ信じられません。羊水塞栓症はまだまだ解明されていないことが多いのです。解剖によってはっきりと結果が出るとは限りません」

「所見がないにもかかわらず羊水塞栓症と断言するのは、医学的根拠に欠けるのではないでしょうか」

「それならば、こうした結果は、我々医師にとって非常に不利ではないでしょうか。胎盤早期剝離の症例で、帝王切開手術中に急激に悪化した事例で、羊水塞栓症が合併している事案は珍しくありません。そうでなければ、このような急激な変化は見られない」

「しかし何万にひとつだろうと、何十万にひとつだろうと、起こることは起こってしまったのです」

弁護士は後藤にというよりも、そばにいる傍聴人に向かって話しかけているように見えた。

「医療過誤訴訟は、適切な医学的知見を反映したものでなくてはなりません。しかしこの知見が適切なものであるかということは、いったいどのように判断したらいいのでしょうか。医療訴訟は、医療ではないんです。訴訟なんです。医学的真実を探求する場でもなければ、患者にどのような治療をすればいいのかを考えるカンファレンスでもないのです。死者が出たという現実が、どうして起こったのかを明らかにする場なのです。後藤先生のような専門家に対し、症例をあげる以外に、私のような弁護士がどうして挑むことが出来るでしょうか。たとえ稀《まれ》な症例だとしても、それを念頭において治療なさるべきだったのではないでしょうか」

後藤は沈黙している。弁護士が質問を終えると、裁判長が閉廷を告げた。

れおなは父親と裁判所を出た。報道陣がうるさくつきまとってくるかと思ったがそんなことはなかった。初期の頃と違い、世の中の関心は別の方に移っているようであった。

少しずつ太陽が翳《かげ》り始める時間であった。街路樹の枝々から、晩夏独得の蟬《せみ》の騒がしい声が聞こえてくる。

外務省に向かって歩く。どちらもタクシーを拾おうとは言わない。二人とも黙って今の出来事を反芻《はんすう》しようとしていた。

「ねえ、もういいんじゃないの」

ややあってれおなは言った。

「誰も悪くなかった。それが今日すごくよくわかった」

「お前に何がわかるんだ……」

言いかけた父の腕に、れおなは触れる。

「私がいるじゃない。娘の私がここにいるよ。パパの気持ちがすごくよくわかる娘の私がいるよ。ねえ、それだけじゃダメなの？　私だけじゃまだパパを救うことが出来ないの？」

斎藤は何も答えず、蟬の声がいっそう高くなる。

「ママへ
お元気ですか。今年も日本の夏は暑く長く、息もたえだえになっています。

インターネットか何かで見たかもしれないけれど、パパが民事裁判の和解勧告に応じたのです。これにはまわりの人たちが驚いていました。

なぜならもう少しで勝つことがわかっていたからです。お金のことはともかく、病院側に非を認めさせられたはずだと言うのです。だけどパパは、もういいと言ったんです。

あそこまでわかったんだからもういいんですと、弁護士さんに向かって言ったのを私も見ていました。

裁判は私も傍聴していましたが、緊張のあまり息が詰まりそうになりました。何も一人の医師を徹底的にあれほど追い詰めることはないと思ったの。でも弁護士さんの最後の言葉はとても感動的でした。

医療訴訟というのは医療ではない。訴訟なんだって。医学的真実を探求するわけでもなく、カンファレンスでもない。どうして死者が出たかを明らかにする場だという言葉に、私は強くうたれました。

　だけど医者というのは医療とカンファレンス、これ以外何も出来ない職業なんですよね。そういう人たちが裁判という場で争うのはやはり異常なことなんだ。悪い人は誰もいない。みんな一生懸命やるんだけれども、それでも手順の悪さや知識のなさから死者は出てしまう。それはあたり前だ、仕方ないことじゃないか、と言う人はいるかもしれないけれども、私はそんなことを考えない医者になりたいと思います。

なりたいと思います、なんて言ったけれども、休学届けは出してしまいました。退学届けではないから安心してください。

　でも今の私には医者になりたいというモチベーションが本当にないんです。ですからこれから一年間、もしかしたら二年間、そのモチベーションを探し続けたいと思います。

　もしかしたらジュネーブに行くかもしれないけれど、どうぞよろしく。私はママにいろいろ聞きたいことがあるの。でもまだそれを聞く勇気がないんです。

　まあいろいろ迷っている最中です。でもきっと自分で答えを出すから気にしないでね。


れおな」

3

「シーナの会」で親しくなった秋山から呼び出されたのは、それから十日ほどたち、正月休みの明けた病院がいちばん忙しい頃であった。秋山も都内の大学病院に勤務する内科医なので、二人のスケジュールを合わせるのは大変だったが、ちょうどこの日が空いていたのである。

神奈川から帰る進也のために、彼が予約してくれたのは渋谷の駅ビルの中にある割《かっ》烹《ぽう》料理の店だ。博多が本店で、鶏の水炊《みずた》きがうまいという触れ込みであった。

お互いの近況をしばらく喋った後、秋山が話の流れでさりげなく言った。

「あ、オレ、今度病院辞めることにしたから」

「開業するのか」

「ああ」

秋山は東京郊外に生まれ育ち、地元の昔からの医師が老齢のために次々と診療所を閉じるのを見て、開業を思い立ったという。資金は今まで蓄えていたものに加え、両親の家と土地を担保にして捻出《ねんしゅつ》したそうだ。

「オレも驚いたけど、銀行もちゃんと貸してくれるんだよな。やっぱり医師免許って強いと思ったよ」

彼はしみじみと言う。

「だけど、秋山先生、いつもシーナの前で言ってなかったっけ。貧乏でもいいからずっと勤務医でいるって。そして後半は、世界中の命にかかわる仕事をしたいって。WHOの職員になるか『国境なき医師団』に入るのが夢だって」

「そうだよなァ。シーナはよく言ってたよな。オレたち日本人は、宗教の基盤がないから、せめて理想を持ってなきゃ何も出来ない。その理想を自分の神さまにしなさい、って」

「そう、そう。青くさいあなたたちが大好き、とか酔っぱらって言ったっけ……」

あの夜のことははっきりと憶えている。かなり酔っぱらった志帆子は、一人一人にキスでもしかねない勢いで叫んだのだ。

「一生お金に縁がない、青くさいあなたたちのことが本当に好きよ……」

だけどなァと、秋山は手酌でビールを注ぐ。

「オレもさ、結構悩んだんだよ。いくら収入が低くたって大学病院にいるのは、別に理想や使命感だけじゃない。最先端の医療が学べるからだ。今さら町医者になるのは、内心忸怩《じくじ》たるものがある。だけど、オレは君と違って私立の医大出てるし、親にはさんざん迷惑をかけた。出来たら近くに住んで、たまには海外旅行か温泉に連れていってやれるぐらいの金が欲しいよ。それにさ……」

ちょっと照れたように言った。

「娘二人が案外出来がいいんで、医者にしてやりたいなァと。そうなったら勤務医じゃ無理だろう」

「そうかもしれない……」

仁美の言葉を思い出す。両親が医者ならば、ひとり息子をやっぱり医者にしなきゃ。医者っていうのは、DNAも関係しているんだもの。私は絶対にそう思うわ……。

妻のそういう特権意識に辟易《へきえき》することは多いが、子どもを医者にしたいか、したくないかと問われれば、したい、と即答するだろう。医者はそう即答することが出来る数少ない職業だ。

「それにな、オレたちにさんざん理想を吹き込んだシーナの、すごい噂《うわさ》を聞いたんだ」

「シーナの……」

自分の声がうわずったのがわかる。

「驚くよなァ。あのシーナが、金儲《かねもう》けのいちばんうまい、業界の風雲児とかいう白金ソフィア病院の、小原理事長の女だっていうんだから」

「嘘《うそ》だろ」

「女、っていう言い方はシーナに悪いか。つまり、愛人だな、っていうのもヘンか。まあ、つき合っているっていうことだ。かなり長いつき合いらしい」

「信じられないよ……」

「オレだって信じられないけど、これは確実な話だ。ほら、シーナも、前の旦那の、斎藤先生っていうのもうちの学校の先輩なんだよ。だから同窓つながりで、いろんな情報が入ってくる。斎藤先生、白金ソフィア病院で奥さん亡《な》くして、それで訴えてたろ。マスコミでもいろいろ騒がれてたじゃないか。だけど提訴を取り下げた。あれはシーナが間に入ったっていう噂だ」

「ちょっと待ってくれよ」

進也は叫んだ。酔いがまわったわけでもないのに目の前がくらくらしてきた。

「シーナがそんなことするはずないじゃないか。オレたちの知ってるシーナって、そういう企みとか、暗躍、っていうのからいちばん遠い人だろ」

「だけどシーナだって女だぜ。好きな男のためには、どんなことだってするかもしれないじゃないか」

「馬鹿馬鹿しい。シーナが、よりによってあんな俗っぽい金持ちの男を好きになるはずがないよ」

「だけどさ、君にしたってオレにしたって、シーナのこと、どのくらい知ってるんだよ。ものすごく有能なWHOのメディカル・オフィサーにして色っぽくて恋多き女。オレたちが知ってるシーナは、せいぜいがこんなところだ。シーナの影の部分なんか誰も知らないよ」

「そんな話、やめてくれよ」

「まあな、オレだってショックだよ。でも男と女のことは、本当にわけがわからない」

その夜遅く、進也はジュネーブの志帆子にあててメールを送った。ことの真偽を問い質《ただ》すためではない。そんなことは怖《おそ》ろしくてとても出来なかった。

「ごぶさたしています。今年の日本の冬はとても寒く、インフルエンザが大流行しています。おかげで病院には、マスクをした子どもたちがたくさん詰めかけています。正直なところ、どうして親が予防注射を済ませておかなかったのかと腹立たしくなるようなことも多いです。苦しむのは子どもなのですから。

正月、妻の実家に行った折に、そろそろこちらでやる気がないかと医者の義父に言われました。僕は勤務医をやめるつもりはまるでありませんが、正直少々心が揺れたのも確かです。毎日とても疲れているからに違いありません。

迷った時、僕はいつもシーナのことを考えます。シーナのようにまっすぐに、自分の信じる道を生きられたらなんと素晴らしいことでしょうか。医者になったらなったで、医者にはいろんな道が拓《ひら》けているから、悩んだり迷ったりすることがつい多くなります。医者をめざした時の、貧しい人たちを救いたい、という純粋な気持ちを、どうして自分は一生持ち続けることが出来ないのだろうかと悲しくなる時があります。

シーナ、あなたに会いたいです。そしてあなたからたくさんの勇気をもらいたいと思います。僕にもし家族というものが無かったら、僕はすぐにジュネーブのシーナのところへ行ったと思う。こうして日本で、いろいろなしがらみにからめとられながら診療をしている自分が、とても小さくつまらない人間に思われる時があるのです。

村岡進也」

「シンへ

急に気弱になってどうしたのかしら。あなたは充分に信念を持ってやっているはずです。あなたは決して小さな人じゃないわ。

この私だって迷うことや、自分に問いかけることはいっぱいあります。けれども仕事柄、即座に決断を下さなければならないシーンがたくさんあるのです。世界に向けてメッセージを発する時に、迷っている姿を人に見られてはならないと身構えているから、そうは見えないだけなのです。迷わずに、ともかく決断する。こういうことを繰り返していると、時々発作のように『これでよかったのか』という大きな疑問が、時間差でやってきて私を苦しめるのです。そう、迷わなかった分、私はとても苦しむんです。これがリーダーとなった人間の背負わされる運命かもしれない。

それはそうと久しぶりに日本に帰ります。たぶん二月の末になると思うわ。久しぶりにシーナの会の面々と会うのがすごく楽しみです。

佐伯志帆子」

「いいえ、会のメンバーと会う必要はありません。僕とだけ会ってくれませんか。前から思っていましたが、他のメンバーはみんなくだらない連中です。シーナのことをいちばん理解し、そして尊敬しているのは僕なのですから、僕とだけ会ってください。

僕は今、深い絶望の中にいます。そしてそこから救い出してくれるのはシーナしかいません。こんなストーカーのようなメールを出すつもりはなかった。だけど僕の話を聞いてください。一生のお願いです。

村岡進也」

4

たった四泊の日本滞在なのに、そのうち一泊は無駄に使ってしまったと、席に着くなり志帆子はぼやいた。

「いつもだったら、飛行機の中でうまく調整出来るのに、今回はまるで駄目だったわ。昨日は夕方五時から明方までぐっすり眠ってしまったのよ。おかげで夜、会おうかな、と思ってた人に連絡も出来なかったわ」

「ママは忙し過ぎるのよ」

れおなは冷たく聞こえないように、注意深く答えた。今日も、どうしても食事をしたいからと、必死に母に頼んだのだ。講演、ミーティング、マスコミ取材と、日本にいる間の志帆子のスケジュールはびっしり詰まっている。だから必ず都心のホテルを使う。新宿にある外資系のこのホテルは、ＷＨＯレートがあって安く泊まれるのだという。

外に出るのも億劫《おっくう》だからと、志帆子はホテルの中の中華料理を提案してきた。高級なフカヒレ料理も、うまい老酒《ラオチュー》も、どちらもジュネーブではあまり見かけないもので、それは志帆子の大好物である。

「ああ、おいしい。こんなぶ厚いフカヒレ煮込みが食べられるのは、東京だけかもしれない。落ちぶれた、って言っても、こういうものにお金を遣う人は多いのよね」

「ママ、今日、中華だったら、おめあてのお鮨《すし》はいつ食べるの」

「明日の夜にしようと思ってるわ。人と会うから」

「その人って、男?……」

「やあねぇ、れおなったら……」

志帆子はれんげを口にあてたまま、ふふと低く笑った。

「まるでナイーブな、中学生みたいな質問しちゃって。ママは誰と会うのかしら、まさか男の人とじゃないわね……。そんなセリフは、ちょっともうあなたには似合わないわ」

「あ、そう。悪うございました」

冗談めかして答えたが、れおなは追及の手をゆるめようとしない。

「じゃ、あさってはどうするの」

「箱根の温泉に行くかもしれないわ……」

志帆子はさらりと答えた。

「三月の十三日じゃ、まだ桜は見られないでしょうけど、温泉に何だか無性に行きたくなっちゃったの」

「その一緒に行く人って、男の人？」

「そうよ」

「その人、ママの恋人ってこと」

「うーん、微妙な質問ねぇ」

志帆子はれんげを動かす手はとめずに答える。

「まあ、私たちの年齢になるとね、おつき合いも複雑だから、恋人とかそういう言葉でぴしっと定義出来ないわねぇ」

「その人に家庭があるから」

「そういう時もあるわね」

「その人って、小原さんなんでしょう。白金ソフィア病院の……」

れんげを持つ手が止まり、志帆子は初めて娘の顔を凝視する。しかしその目にひるみや照れはなかった。

「よく知ってるわね」

「バンコクで会ったじゃない。だけど驚いた。小原さんっていえば、パパと裁判で争った病院の人よね」

「私も偶然に驚いているわ。小原氏と知り合ったのはその前だから」

「ふうーん。こういう時、慌《あわ》てたり、別れようとか思わなかったの」

「しょっちゅう会うような仲なら、いろいろ葛藤《かっとう》もあるかもしれないけど、一年に二、三度会うぐらいの仲だし」

「よくわからないけど、そういうのを大人の関係っていうのね」

「そういう気恥ずかしい言葉は嫌いだけど、私、あの人のことが好きだし、会うと楽しい。それだけのことよ」

「明日、会う男の人も好きなの」

「ふふ、明日は違うわよ」

志帆子は茶色のぷりぷりとした塊を、ゆっくりと口の中に入れ咀嚼《そしゃく》し始めた。味わうように目を閉じる。

「明日会うのは若いドクター。前にジュネーブに来てくれた人。シーナの会のメンバーよ。まあ、私のファンクラブの一人っていう感じかしら」

「だったら私、今日このホテルに泊まってもいい？ すっごく綺麗《きれい》で、前から来たかったの。なんだか家に帰るのが、めんどうくさくなっちゃったし……」

本当のことを言えば、母と小原との関係がはっきりした直後、父親の顔を見るのはどうにもやりきれない思いだったのだ。

「いいわよ。じゃ部屋をひとつとってあげる」

すぐに志帆子は承諾したが、自分と同じ部屋に泊めることは考えもしないようであった。昔からそうであった。


十六階にあるバーは、東京の夜景がよく見える。外資系のホテルらしく、生演奏のジャズは黒人の男がベースを弾き、金髪の女が歌っていた。

下の鮨屋で好物のマグロをたらふくつまんだ志帆子は、飲食のために唇と頬がいきいきと赤くなっている。本当なら葉巻を吸いたいところなのにと少女のように唇をとがらせた。なんと愛らしいのだろうかと、進也は一瞬ブランデーグラスを持った女に見惚《みと》れてしまう。葉巻を吸おうと、強い酒を飲もうと、志帆子はいつも可愛《かわい》らしい。

彼はそれを自分を陥れるための罠《わな》だと思うことがある。志帆子はいつも仕掛けてくる。

困るのはそれが退屈しのぎか、半分本気なのかよくわからないことだ。半分でも、いや、三分の一でも本気だとしたら、男はその罠に自らはまらなくてはならないことになるのだが。

二人はとりとめもない話をする。志帆子は進也の医師としての仕事に、さまざまな助言をしてくれる。

「シン、それはあなた一人ですべきではなかったわ。すみやかに他の病院に搬送しなきゃいけなかったのよ」

「そう言われたとしても、あなたはナースの自尊心を尊重しなくてはいけなかったの」

いつもならこうして傍にいて、志帆子のやや鼻にかかった声を聞いているのはそれだけで楽しい。が、今夜の進也は悲愴《ひそう》な決心に全身をこわばらせている。

「シーナ、どうしても聞きたいことがあるのですが」

「何かしら」

志帆子の目がうるんでいるのは酔いのせいだ。ある量を超えると、彼女の酔いは急激に進む。いつもなら仲間と喜んで分け合う志帆子の奔放さを、今夜は進也ひとりで受け止めなくてはならない。

「こんな噂を聞いたんですけど。シーナが白金ソフィア病院の小原先生とつき合っているっていう……」

「あら」

志帆子は大きく目を見開いた。

「昨日、同じことを娘に聞かれたわ。すごい偶然ね」

「はぐらかさないでくださいよ」

進也はつい大きな声を出してしまった。が、この後、否定の言葉が聞かれるに違いないと胸をなだめた。

「それは噂でしょ。悪質なデマですよね」

「まあ、だいたい本当のことよね」

それがどうしたの、と言いたげに志帆子は進也を見つめる。唇が酒で濡《ぬ》れている。男に「そうですか」ではなく、「とんでもない」と激昂《げっこう》を求める女の顔だ。そして進也は彼女の罠にからめとられていく。

「とんでもない。どうしてシーナともあろう人が、あんな俗っぽい、金儲けのうまい男とつき合わなきゃいけないんですか」

「それはあなたが、彼のことを知らないからじゃないの。彼は頭がよくて、とってもチャーミングな男よ」

志帆子は〝チャーミング〟というやや古めかしい言葉を、独得の節をつけて発音した。それがまた進也の怒りをかきたてる。

「冗談じゃない。それにあの理事長は、医療訴訟で、あなたの元のご主人と争っていた人じゃないですか」

「そうらしいわね」

「そうらしい、なんて、そんな言い方はあなたらしくない。あなたほどの冷静な人が、この事件を調べていないはずはないでしょう。それに世間では、あなたが元のご主人に頼んで提訴を取り下げてもらったって言ってるんですよ」

その時、一人のウェイターが近づいてきて進也に恭々《うやうや》しく告げた。

「お客さま、もう少し小さな声でお話しいただけますか」

「わかったわ。部屋に行きましょう」

「そうですね」

エレベーターの中で、初めて進也はことのなりゆきに困惑した。勢いでつい従《つ》いてきてしまったが、夜の十時に女の部屋に行くことの重大さは、二人きりになり初めてわかった。

無言で志帆子はカードキーを使い、ドアを開けた。

「どうぞ」

セミスイートの部屋だということに少し安堵《あんど》した。いきなりベッドではなく、リビングとの間に日本風の衝立《ついたて》が置かれている。

「あんまりカリカリしないでね。ビールでも飲む」

冷蔵庫から出された缶ビールを、進也はひと息に飲み干した。

「カリカリしているわけじゃありません。ただ僕は真相を知りたいだけなんです」

「真相も何もないわよ」

志帆子は脚を組む。タイトスカートのスリットから肉づきのいい太ももが見える。どうして志帆子のような女が、しょっちゅうこのポーズをとるのか全くわからない……。苛立《いらだ》ちが進也に強い言葉を次々と吐かせる。

「僕は口惜しい。シーナが昔の亭主に頭を下げて、今の愛人の窮地を救った、なんて言われるのがつらいんです。いいですか、あなたは特別の女性なんです。どうかそういう世俗にまみれた中に入らないでください。そうですよ、小原理事長みたいな男と、つき合っちゃいけないんですよ、絶対に」

「だって好きなんですもの」

「シーナ！」

たまりかねて叫んだ。

「どうして僕じゃいけないんですか。どうしてあの男なんですか」

「それが男と女ってもんじゃないのかしら」

志帆子はふんふんと歌うように言う。

「あのね、あなたたちはよく私のことを尊敬してるとか言うけど、そういう言い方っていちばん女をつまらなくさせるの」

「僕は、あなたのことを愛しています」

進也は志帆子の手を握った。やわらかいが冷たい女の手だ。ふつうの女の手ではない。さまざまな国の奥地へ行き、たくさんの人間の命を救う手。国際電話をかけ、大臣たちを動かす手……。

「最初に会った時から、どうしようもないぐらいあなたに惹《ひ》かれていた。日本に帰ってきてからも、ずっとあなたのことを考えていた」

「あのね、そういう男の人はとても多いわ。たいていの男が私に夢中になるのよ。それは私が誘っているから、って言うけど違うわ。どうして男を誘う、って言われるのかしら……」

「あなたは実際に誘っている」

「まあ、あなたまでがねぇ……。そんなことを言うのねぇ……」

志帆子はひとり言のようにつぶやき始める。

「あなたの仕事は過酷すぎる。だから心のバランスを少し欠いているのではないだろうか」

「まさか！　そういうわかりやすい解釈は大嫌いよ」

「だけどそういう欠けたところが、どうしようもなく僕を惹きつけるんだ」

進也は握っている志帆子の手の甲に、唇をあてた。このような口づけは、まるで騎士のようだと思う。

「シーナ、あなたを守りたい」

「まあ、シンが私を守ってくれるの」

「そう。シーナは僕よりもはるかに頭がよく、はるかに勇敢だ。だけどあなたには、あなたを大切にしてくれる男の人が必要なんです。僕はもし、あなたが望むならば、妻や子どもを捨ててジュネーブへ行ってもいいと思っているんです。一生あなたの側《そば》にいて、あなたを守る。僕はジュネーブで細々と研究を続けながら、あなたの帰りを待つ。そんな人生があってもいいと思うようになっている」

「まあ、まあ、そんなだいそれたことを考えなくてもいいわよ」

「茶化さないでください」

罠にかけられ、落とされた穴から、やっと言《は》い出すことが出来た。今度は自分が追いつめる番だと、進也はじわじわと志帆子に近づく。左手で手を握ったまま、右手で志帆子の肩を抱く。唇はもうじきだ。ようやくとらえた。手と同じように冷たい感触の唇。が、進也は唇を重ねた時、志帆子が舌を入れてきたことに気づいた。それがならいなのか、志帆子は舌の先を少し入れチロチロと動かす。進也はそのことが少し悲しい。

「シーナ、どうか僕だけを信じてください。僕はあなたが今までつき合ってきた男たちとは違うんだから」

「どう違うのかしら……」

「金儲けのうまい美容外科医や、やり手の大病院の理事長なんかとは違う。医者であることに純粋な誇りと使命感だけを持っているんです。僕はシーナとよく似ている。シーナ、これからの人生を共に生きていく男として、僕を選んでください。僕は今は若造かもしれませんが、あと十年たてばきっとあなたにふさわしい男になれると思うんですよ」

「なんだかおかしい」

志帆子はするりと男の手をはずした。そしてくっと笑い始める。しゃっくりのように肩が揺れている。

「あと十年たつと、私は完全なおばあちゃんになってしまうわ。シン、あなたね、すべてのことにそんなに真剣になることはないの。そこがあなたの欠点ね。さあ、そろそろお帰りなさい。部屋に来てもらって悪かったわ。いくらシンみたいな人でも、二人きりになったら、ちょっとおかしな気分になるわよね。私、今回は時差がうまく解消出来なくてつらいの。もう寝るわ。だからもう帰って」

「嫌だ」

進也はきっぱりと言った。

「僕は本気ですよ」

志帆子の肩をつかみ、自分の体重をかけてソファに押し倒す。志帆子は抵抗しない。ああ、また罠にはめられたと気づいたが、もう遅かった。

進也は激しい口づけで志帆子の唇をふさぐ。もしこの口から、拒否や罵倒《ばとう》、あるいはからかいの言葉が漏れたりしたら、自分はとたんに萎《な》えてしまうであろう。だから必死で唇を吸い続ける。

そうしながら進也は、志帆子の太ももに手をはわせた。先ほどからちらちらと見えたスリットは、思っていたよりも切れ込みが深い。スリットから手を入れ、パンティストッキングをおろそうとした。薄い肌色のそれは肌に密着していて手間がかかった。が、突然、進也は奇妙な感触を得た。ある瞬間からなめらかにそれは動いたのだ。志帆子が腰を上げ、脱がせやすくしたのはあきらかであった。

意外さに、思わず唇を離した。その時、進也は「ああ」という声を聞いた。それは歓喜ゆえのものではない。「あーあ」といった方が正しかったかもしれない。志帆子はこう言っているのだ。

こうなったからには仕方ないわ。めんどうくさいから早くしなさいよ……。

進也の中で怒りがわく。それは欲望と手を結び大きな力となった。今までどこか遠慮していた手に力を込める。順番にしていくつもりであったが、ナイロンストッキングの下の、下着もいっきにおろす。白い木綿のそれは、清潔で日常的なものであった。情事を期待していた女なら、決して身につけないものであろう。

が、下着の思惑に反して、その内部は充分に潤《うるお》っていた。

結局明け方までに、進也は志帆子と三回交わった。自分でも驚くほど力が湧《わ》いてきたのは、その都度、志帆子が違った姿態を見せたからである。

一度めの反応と二度めの反応はまるで違う。三度めは志帆子の方が積極的であった。その後、二人は少しまどろみに入った。志帆子は進也の腕を枕《まくら》に、軽い寝息をたて始めた。早春の夜明けはまだ遅い。薄い紫色の闇《やみ》の中で、進也は志帆子の寝顔を見つめる。化粧はすっかりはげ落ちていて、目の下にマスカラの跡がついている。小鼻の両《りよう》脇《わき》に年齢相応の皺《しわ》があった。それでも志帆子の寝顔は愛らしい。ほんの少し口を開けているのが、いかにも無防備であった。

こんな志帆子の顔を見ることが出来るのは、まるで奇跡のようだと進也は思う。奇跡といえば、先ほどまで志帆子の裸体を眺め、味わい、その中に入ったことこそ、信じられない出来事だ。

やがて進也は重要なことに気づいた。腕をそっとはずし、ベッドの下に投げ捨てるように置かれた、自分のアタッシュケースを開く。中からスマートフォンを取り出し、妻にメールをうった。

「おハヨー。昨夜帰ろうとしたら緊急の患者が入ってオペをした。気づいたらこんな時間でびっくりしたよ。今日はこのまま帰らずに宿直室に泊まる」

あとは病院にどう言うかだ。朝から外来が入っているが、行く気持ちはまるで失《う》せていた。風邪だとでも言って休むことにしよう。後輩の小児科医に迷惑をかけることになるが仕方ない。奇跡が起こったのだ。今日一日、日常に戻ることは出来そうもなかった。七時になるのを待って、夜勤のナースに連絡したが、あまり後ろめたさを感じなかった。

進也は再びベッドに戻り、志帆子の頭の下に腕を伸ばした。出来ることならば、一日中ずっとこうしていたい気分だ。が、彼はこの決心をやがて覆《くつがえ》すことになる。志帆子はなかなか目覚めず、腕が痺《しび》れてきたのである。

そろそろと気をつけてはずそうとしたが、志帆子が目覚めてしまった。ごく平然と尋ねる。

「今、何時かしら……」

「九時四十分になったところだ」

「信じられないわ……」

志帆子は大きく息を吐いた。

「私、やっぱりおかしいわ。時差ボケがこんなに抜けないなんて……」

「シーナはとても疲れているんだ」

進也は志帆子の額に軽くキスをした。

「もうちょっと眠るといいよ。僕ももう少し眠る……」

「あと三十分したら起こしてね。私、お昼からランチしながら、雑誌の取材を受けることになっているから」

「もちろんだよ。さあ、お休み」

しかし進也にそんなつもりはまるでなかった。明け方起きた時に、カーテンをぴっちりと閉めた。陽の光を遮り、今日一日は志帆子を閉じ込め、また何回か愛し合うつもりであった。

進也は腕をまわし、志帆子の裸の肩を抱く。やわらかい肌は、妻の仁美の張りのある肌とは違っていた。進也はゆっくりと昨夜のことを反芻する。少し弛《たる》みを見せ始めた乳房、薄い繁み、思いがけぬ手ごたえ、信じられぬ動き、丸い尻《しり》、初めて聞く叫び。なんという喜び。なんという幸福……。

いつのまにか進也は眠っていたらしい。チャイムの音で目を覚ました。

「いいわ、私が出るから」

志帆子は今まで熟睡していたとは思えぬほどの早さで起き上がると、何のためらいも見せず、全裸の後ろ姿を見せてバスローブを羽織った。そしてドアに向かう。

「あら、どうしたの」

志帆子の声がしたかと思うと、同時に部屋の明かりがつけられた。ずかずかと入ってくる女がいた。女はベッドのそばまで進み、中にいる進也を睨《にら》みつける。そして問うてきた。

「あなた、誰なんですか」

全裸をシーツでくるんだ進也は、他にすべがなく怒鳴りつけた。

「そういうあんたこそ誰なんだ」

「私は、娘のれおなです」

あまり似ていないと進也は思った。綺麗な若い女、それだけだ。志帆子の持つ強烈な光はまるでなかった。

「ああ、そうですか。僕は村岡と言って、お母さんにお世話になっている者です」

娘と名乗られたら、こう答えるしかなかった。

「ママってば、お世話ついでにこういうこともするわけ」

れおなは母親の方に顔を向ける。母への軽蔑《けいべつ》と悲しみで、顔が大きくゆがんでいる。

「私だってことのなりゆきに驚いているわ。下のバーで飲んでいるうち、こういうことになったんですもの」

バスローブ姿の志帆子に、いつもの威厳を保つことはやはり不可能であった。

「もういい。いいから二人とも着替えて。早く、早くってば」

れおなは悲鳴のような声をあげた。

急いで服を身につけ進也がバスルームから出てくると、テーブルの前にワンピースに着替えた志帆子がいて、その向かい側にれおなが座っていた。れおなはグレイのセーターにジーンズというでたちで、年よりも少女じみて見える。確かどこかの医学部に通っていたはずだと進也は思い出す。

しかし彼女はどうしてここにいるのだろうか。母を弾劾《だんがい》するためなのだろうか。まさか。別れて暮らしている母と娘で、しかも志帆子は独身である。誰と恋愛しようと勝手のはずだ。それなのに寝覚めを襲うというのはよっぽどのことだ。よほど深い意図があるに違いない。

誰かの手によってカーテンはすっかり開けはなたれ、初春の光が部屋になだれ込んでいた。化粧をしていない志帆子は、ぼんやりと窓の外を眺めている。ふだんの彼女からは想像出来ぬほど、疲れ切った放心した表情だ。昨夜の後悔や、娘に見られたことの恥ずかしさにさいなまれているのかと思ったが、そうではなかった。

「お腹が空いたわ……」

志帆子は言った。

「まだ私、何も食べていないのよ。私が朝、しっかり食べるの、れおな、知っているでしょう」

「ルームサービスでも頼んだら」

娘は声も母親に似ていなかった。冷たい声を出そうとしているが、ふだんは甘やかな愛らしい声に違いない。

「もっとも、もうランチメニューになってますけどね」

「それでもいいわ。コーヒーにサンドウィッチ……ううん、ここの特製ハンバーガーというやつにしてみようかしら」

「ママって、いったい、何考えてんのッ」

れおなは志帆子が手にしかけたメニューをばしっとはらう。

「ねえ、ママは今日と明日、男の人と温泉へ行くんでしょ。しかもその相手は、パパとずっと裁判で争っていた、白金ソフィア病院の小原理事長じゃないの」

やはりそうなのか。そのことは娘も知っている事実なのだと、進也は息を呑《の》んだ。

それにしても、自分はいったいなぜここに立っているのだろうか。いつのまにかとんでもなくみっともない役割を演じていたのではないだろうか。自分は志帆子に小原という長年の愛人がいたにもかかわらず、その隙間《すきま》に暴力的に割り込んだ男ということになる。

「それなのにママは、その前に男の人を呼び出して、自分の部屋に連れ込むんだわ。私は信じられない。私、ママに失望した。どうしようもないぐらい失望した」

れおなはいきなり顔を覆《おお》った。そして激しく泣き出した。

「ママが男の人と何をしようと勝手だわ。だけどね、私はあの人とママがつき合っていると知った時、本当にショックだった。だってね、私はあの裁判で自分の生き方が変わっちゃったんだもの。医者になるのが本当にイヤになって、医学部やめようとしたの、ママ、知ってるでしょ。そのくらい悩んでたのよ。それなのにママは裁判になってもあの人とつき合って、バンコクでも自分の部屋に入れているの。でもね、ママが本当にあの人を好きなら仕方ない、私は我慢しようって思った。だけどね、ママはあの人と旅行に行く前に、別の男の人を部屋に呼んで泊まらせるのね。私、信じられない。ママっていったい何よ。WHOのえらい人ってことで、いろんなところに出てもてはやされているけど、本当は違うんじゃない。ただのインランなおばさんじゃないの」

「れおなさん……それは違うんだよ。僕がいけないんだ。ちょっと話を聞いてほしい」

「馬鹿馬鹿しい」

志帆子が遮った。

「どうして私が、娘のセンチメンタリズムにつき合わなきゃいけないの。私はもう行くわ。約束があるのよ」

「いや、それは違うよ」

進也は一歩前に出た。何か大切なことを口にしないと、この母と娘を完全に別れさせることになってしまうと思った。

「いい医者っていうのは、みんな心の中にセンチメンタリズムを抱えている、って教えてくれたのは、シーナ、あなただ。それなのにどうして、娘さんのそういうナイーブな心を拒否するんですか。れおなさん、ごめん。昨日のことは僕がすべて一方的に、暴力的に行なったことで……」

「シン、もうやめなさい。私、こういうごちゃごちゃしたこと大嫌いなのよ」

「大嫌いでも、今言わなくてはいけない。シーナ、あなたはいつも、いったい何を望んでいるんですか。こんなに多くのものを手に入れているのに……」

その時、自分の視界がぐらりと揺れた。めまいかと思って足を踏んばったがそうではない。壁にかかった絵が、ガタガタと大きな音をたてて揺れ始めた。

「地震だ！」

三人はとっさに壁から離れ、いっせいに身をかがめた。

「まあー、何てこと！　あれ、見て」

れおなが窓に目を向け大声を出す。視線の先には左右にゆらゆら動く高層ビルがあった。

揺れがおさまったとたん、館内放送があり、客は全員外に出るようにと指示された。

「別に出ることはないと思うわ。このくらいの揺れなら、東京にはたいした被害はないと思うから」

志帆子はきっぱりと言い、傍のパソコンをひらいた。そしてテレビをつける。緊急地震速報が流れていたが、まだはっきりした被害状況は出ていない。アナウンサーが、

「落ち着いて行動してください」

という言葉を繰り返すだけだ。進也は二人の視線を気にしながら、仁美に電話をかけた。ケータイは通じなくなっていたが固定電話は何とかなった。家の中も何ともなく、これから息子を迎えに学校に行くという。その次に勤務している病院に状況を聞いた。幸い停電もなく大きな混乱もなかったが、大事をとって外来の患者はすべて帰

したという。

「僕もすぐそちらへ向かうよ」

「でも先生、交通機関はすべてストップしてますよ」

「そうか……じゃ、車で行くよ。こんな時だから時間はかかるかもしれないけど」

電話を切ると、志帆子が深刻な顔でテレビの画面に見入っている。信じられないような光景がそこには映し出されていた。

「今、津波が来たわ。それも信じられないぐらい巨大な……」

ああーっとれおなが声をあげる。大きな波が住宅地を丸ごと飲み込むところであった。

「ここは小原病院があるところだわ」

「小原病院って……」

「そうよ。あなたの嫌いなあの理事長のルーツ。小原グループは、この東北の病院から始まっているのよ」

志帆子は部屋の電話に手をかけた。

「もしもし、理事長を呼んで頂戴《ちょうだい》……。手が離せないのはわかっているわ。佐伯志帆子と言ってください。ええ……そうよ」

しばらく待たされた後、小原にかわったのか、志帆子は電話から離れない。幾つかのことをメモしていく。

「ええ……わかったわ。はい……そうね。ええ、もちろん」

受話器を置くなり言った。

「小原病院に、ケガ人や水を飲んだ人たちが続々運ばれてくるのは間違いないわ。今日の夕方、医薬品とドクターを乗せたバスが出るわ。私はそれに乗るつもりよ。れおな、あなたも来なさい。医学生なら、ナースの手伝いぐらい出来るでしょう」

「でも、私、小原理事長と会いたくはないし……」

「何言ってるの！」

志帆子は大声をあげ、娘を睨んだ。

「いったん医学の道を志した者なら、こういう時には降りられないの。今、私が誰と寝たとか、そんなこと言ってられないぐらいの大惨事が起こっているのよ。どれがいちばん優先されるか、わからないほどのバカでもないでしょう。それからシン、あなたもバスに乗るのよ」

「えっ、僕が」

「神奈川の病院ならほとんど被害はなかったはずよ。あなたの上司は知っている。私から連絡します。さあ、早く用意をしなさい」

志帆子はてきぱきと動き始め、スーツケースから必要なものを取り出す。

「さあ、二人とも、さあ、早く」

志帆子は逆光を浴びて立っている。

「れおな、ぐずぐずしないの。私のことを憎んでも、何をしてもいい。だけどすべてのことは、これが終ってからにしなさい。私たちは、今これから命じられて行くのだから」

いったい誰に命じられて行くのか。その答えを村岡は知っているような気がした。逆光を浴びて志帆子は立っている。光の眩《まぶ》しさが、志帆子を常ならぬものに見せている。その後ろに立つ大きなものに命じられて行くのだ。その大きさに比べれば、人間の愛憎など取るにたらないものだと、志帆子の表情は告げていた。

ぐらりと三人が立っている大地が再び大きく揺れた。それを啓示のように村岡は受け取る。志帆子と結ばれた初めての日に大地が動いたのだ。禁忌《タブー》を犯したのだろうか。そんなわけはない。けれど大きなものは「行け」と命じている。村岡は頷く。今、その大きなものの代理人に違いない志帆子に向けて言った。

「あなたの思うままに、僕を使ってください」

この本はＷＨＯメディカル・オフィサーである進藤奈邦子さんの協力なくては書けませんでした。

人物造形は私の全くの創造ですが、ＷＨＯの活動内容について多くの教えをいただきました。深くお礼を申し上げます。また多くの医師の方々からお話をうかがいました。お名前は出せませんが、この場を借りて感謝の意を表します。医療裁判にお詳しい弁護士の鈴木利廣さん、松井菜採さん。そして引用を快くお許しいただいた『小説 医療裁判――ある野球少年の熱中症事件』（法学書院、二〇一一年）の著者、小林洋二さんにもお礼を申し上げます。

最後に、平成の『白い巨塔』を書けと示唆《しさ》してくれた新潮社の石井昂さん、一緒にジュネーブ、バンコクと取材に行ってくれた中瀬ゆかりさん、藤本あさみさん、井上保昭さん、本当に感謝します。

# 解説

中川恵一

林真理子さんとは、もともとボランティア活動などを通して旧知の仲ではありましたが、最近になって何度かご一緒に講演やお食事をさせて頂く機会があったため、私のような一介の臨床医（がんの放射線治療や緩和ケアが専門）に本書の解説を依頼されたのだと思います。

この本を読む前、「林真理子さんって、きっと医者が好きなんだろうな」と思っていました（医者好きの女性って多いですよね）。しかし、実際に読んでみると、この女流作家は、医師ではなく、医療という行為（あるいは医療を行う者としての医師）に関心があるのだということが分かります。きっと、照れ屋な?彼女は、世俗的な「医者好き」というイメージをわざわざ、あらかじめ用意した上で、そして、この本のなかですらそのムードを残しながら、医療というテーマに挑戦しようとしたのでしょう。この辺の入り方が絶妙に〝マリコ的〟で、この作家が極めて例外的に売れっ子の位置をキープし続けてきた理由の一つだと思います。

さて、本書のタイトルのアスクレピオスですが、ギリシャ神話に登場する名医で、アポロンと人間の娘の間に生まれています。医術を極め、死者をも蘇生させたため、冥界《めいかい》の王ハーデースが生老病死という人間界の秩序を乱すとして、最高神ゼウス（アスクレピオスの祖父にあたる）に抗議。アスクレピオスはゼウスの雷

撃で殺されますが、死後、蛇つかい座として天に上り、「医神」となりました。病人を治すこの医神の杖《つえ》にはつねに大蛇がからみついています。ＷＨＯ（世界保健機関）の紋章（右図）が、国連旗の図柄に蛇がからみつく杖をあしらっているのも、アスクレピオスが今も、医療のシンボルになっているからです。

さて、本書のヒロイン、ＷＨＯメディカル・オフィサー「佐伯志帆子《さえきしほこ》」を語る前に、ＷＨＯと公衆衛生や国際保健について簡単に触れたいと思います。ＷＨＯは国際連合の専門機関の一つで、人間の健康を基本的人権の一つととらえ、「すべての人々が可能な最高の健康水準に到達すること」を目的に掲げています。とりわけ、感染症対策を重要なミッションとしており、天然痘の撲滅はＷＨＯの輝かしい業績とされています。

本書の第一章は新型インフルエンザに対する「機内検疫《けんえき》」の場面から始まっていますが、２０１４年も年末に差し掛かる今、エボラ出血熱が猛威を振るっています。WHOが11月19日に行った発表によると、エボラ出血熱の感染やその疑いがある人は、西アフリカのギニア、リベリア、シエラレオネを中心に合わせて１万５１４５人に上り、このうち５４２０人が死亡しています（致死率は約１／３！）。感染が全土に広がっているシエラレオネでは、隔離される患者はたった13％で、広がり続ける感染に対応が追いついていません。シエラレオネで医療活動に当たっていたキューバ人の医師がエボラウイルスに感染したことが確認され、WHOがあるジュネーブの病院に搬送され、治療を受けることになりましたが、医療従事者への感染も５８４人に上り、このうち３２９人が死亡しています。それでも、WHOは、幹部を西アフリカ諸国に派遣し、政府トップと対応を協議、各国や国際機関からの資金調達に奔走し、世界銀行から2億ドルの資金援助を引き出すなど、今回も対策の中心を務めてきました。

そして、ヒロイン佐伯志帆子医師ですが、WHOの本部グローバルインフルエンザプログラム・メディカルオフィサーであり、今回のエボラ出血熱のアウトブレイクに際しても、チームリーダーとして大活躍している進藤奈邦子医師をモデルにしていることは広く知られています。進藤医師は、英国での脳外科の臨床研修後、国立感染症研究所主任研究官を経て、2002年、厚生労働省からの派遣でWHOに赴任、2005年には600人以上が応募した採用試験で正規職員に選ばれ、現在、感染症対策の実質ナンバー2の要職にあります。

進藤奈邦子、いや、佐伯志帆子医師の仕事は、臨床医学でも医学研究でもありません。公衆衛生（パブリックヘルス）の一分野である国際保健です。私もその一人ですが、臨床医は目の前の患者さんを救おうとしますが、公衆衛生の立場は、病気になる人を減らそうというものです。

たとえば、肺がんは日本人のがん死亡のトップですが、次々と診断される肺がん患者さんを放射線治療で治すことが、私のような放射線治療医の仕事です。一方、肺がんが増える原因を取り除こうとするのが公衆衛生のミッションで、WHOの禁煙キャンペーンをいち早く取り入れた米国では肺がんは減少に向かっています。志帆子は地球レベルでこうした活動を行う国際保健のエキスパートです。

臨床医が、悩んだ末に研究者になったり、厚生労働省の「医系技官」になったりするのは、一人一人の患者さんに向き合う臨床業務では力の及ぶ範囲が限られるからです。たとえば、タバコがこの世からなくなれば、日本人男性のがん死亡は3割も減ります（年間で6万人近い死亡を救済）。どんなに腕のよい臨床医にも、こんな芸当はできません。

しかし、日本の健康や医療に関する議論には公衆衛生の視点が抜け落ちていると私は思っています。たとえば、国民の寿命にもっとも影響を与えるのは国の豊かさです。横軸に各国の所得水準（人口1人当たりのGDP）、縦軸に平均寿命をとったグラフを描くと、所得と寿命は見事に相関します。所得が高い国ほど平均寿命が長く、低い国ほど平均寿命が短くなるのです。ほぼ直線的な相関関係にある所得と平均寿命ですが、たとえば、アメリカはその直線よりも平均寿命が低く、日本は若干上で、キューバはかなり上です。北朝鮮もベトナムも直線より上に位置します。平等で格差の少ない共産圏の人は経済力以上に長生きするのです。社会に格差が拡《ひろ》がると平均寿命が下がる（格差大国アメリカの平均寿命は日本より4歳も短い）だけでなく、高所得者も短命になることが分かっていますから、今、官邸主導で国が進めようとしている混合診療（保険診療と保険外診療の併用。お金持ち優遇との批判あり）の大幅な導入は、公衆衛生の立場ではマイナスになる可能性があります。

日本の場合、公衆衛生を志す医師の数も少なく、WHOへの拠出金額では世界トップクラスですが、専門委員会への貢献では11位。拠出金の規模からは、本来121〜166人の職員がいるべきですが、実際には35人程度しか勤務していません。しかも、邦人職員数は年々減っている状況ですが、志帆子のようなエリート国際公務員がもっと増えることを願っています。

がん治療医になってもう30年が経ちますが、10年ほど前から、私も、自分の臨床活動だけではとても日本のがん死亡を減らすことができないと気づき、厚生労働行政にも多少関わるようになっています。先進国のなかで日本でだけ増え続けるがん死亡数（人口10万人あたりのがん死亡数はアメリカの1.6倍！）、まだまだ高い喫煙率と遅れる受動喫煙対策、低いがん検診受診率、手術偏重のがん治療、遅れている緩和ケア、などなど、世界一のがん大国となった日本はがん対策後進国に甘んじています。

私自身、がん対策推進協議会委員など国のがん対策関連の委員も拝命しており、厚生労働省の医系技官との接点も少なくありませんが、彼らのなかでも進藤奈邦子医師はとても有名で、「シーナの会」も（志帆子の奔放な性愛は別として）フィクションとは言えないようです。熊田医師のモデルとなったがん対策の司令塔役の医系技官（実際に〝歌舞伎《かぶき》役者のように整った顔〟をしています）もジュネーブでの日本人医師のパーティーに登場します。

実は、もう25年も前のことですが、私もスイスに留学したことがあります。ライン川にほど近いブルックという田舎町（ハプスブルグ家の発祥の地）に住み、ポール・

シェラー研究所という原子核物理の研究所で、湯川秀樹博士が存在を予言したπ中間子によるがん治療の研究に取り組んでいました。家の鍵《かぎ》をかける必要がないくらい平和で穏やかなところでしたが、スイスは国民皆兵制で、日曜になると射撃訓練の音が響いたものでしたし、私が住んでいた安アパートにも核戦争に備えたシェルターがありました。平和な暮らしを自分たちの手で守ろうという静かな決意を感じたものでした。

ただ、スイスのドイツ語圏とフランス語圏では生活様式や食事にも差があって、当時は（ジュネーブやローザンヌの洗練とはかけ離れた）豚とジャガイモの料理ばかり食べていた記憶があります。この本に彩りを与えているレストランやワイン、ホテルにまつわる描写は、ご存じの通り、作家の得意とするところ。読んでいて、今後は、私もＷＨＯで働きたいとさえ思いました（笑）。

最終章「逆転」では、大震災の発生を契機に急展開が訪れ、「大きなものに命じられて行く」、「あなたの思うままに、僕を使ってください」といった〝（医）神がかった〟表現とともに物語は終わります。本書は週刊新潮で、２０１１年７月７日号から２０１２年４月26日号まで連載されたものですから、東日本大震災は、人間存在の矮《わい》小《しよう》性の再確認といった点で、作家の心理に大きな影響を与えたことが窺《うかが》えます。ラストシーンで、志帆子は東北の被災地に向いますが、その後の彼女の活動の有り様とその成果は読者に委《ゆだ》ねられる形となっています。

ただ、公衆衛生のエキスパートである彼女をもってしても、福島第一原発による大混乱は収拾が難しかったかもしれません。現実には、いまだに13万人もの避難者が不自由な暮らしを強いられていて、長い避難生活で肥満や糖尿病が増えています。住民の被ばく量はわずか（内部被ばくはほぼゼロ）ですから、放射線でがんは増えませんが、糖尿病は膵臓《すいぞう》がんを2倍、がん全体でも2割増やしますから、避難による発がんの増加が懸念されるという皮肉な事態となっています。小児甲状腺《こうじょうせん》がんの増加が懸念されていますが、「自然発生型」のがんをただ見つけ出しているだけです。それでも、国連科学委員会や国際原子力機関など、関係する国際機関は「福島はチェルノブイリと違い、放射線による健康影響は見られないだろう」という見解を発表しています。原発事故の被害を最小限に抑え込めた背景には、志帆子のような公衆衛生関係者の地道な努力があったはずで、彼らも志帆子と同じく、アスクレピオスに愛された者たちなのかもしれません。

最後に、この本の続編も読んでみたいと思うのは私だけではないはずです。精神科医の和田秀樹君（東大医学部の同級生）や私など、バックアップ体制も十分だと思います（笑）。たとえば、志帆子の福島での活躍をテーマにするのはどうでしょうか？

ぜひ、ご検討のほどを！

長野での地震の直後、雲一つない東京にて

（二〇一四年十一月、東大病院放射線科准教授）

この作品は平成二十四年九月新潮社より刊行された。

林 真理子著

ミカドの淑女《おんな》

その女の名は下田歌子。明治の宮廷を襲った一大スキャンダルの奇怪な真相を、当時の異様な宮廷風俗をまじえて描く異色の長編小説。

林 真理子著

着物の悦び
—きもの七転び八起き—

時には恥もかきつつ、着物にのめり込んでいったマリコさん。まだ着物を知らない人にもわかりやすく楽しみ方を語った着物エッセイ。

林 真理子著

花 探 し

男に磨き上げられた愛人のプロ・舞衣子が求める新しい「男」とは。一流レストラン、秘密の館、ホテルで繰り広げられる官能と欲望の宴。

林 真理子著

知りたがりやの猫

猫は見つめていた。飼い主の不倫の恋も、新たな幸せも——。官能や嫉妬、諦念に憎悪。女のあらゆる感情が溢れだす11の恋愛短編集。

林 真理子著

アッコちゃんの時代

若さと美貌で、金持ちや有名人を次々に虜にし、伝説となった女。日本が最も華やかだった時代を背景に展開する煌びやかな恋愛小説。

阿川佐和子・角田光代
沢村凜・柴田よしき
谷村志穂・乃南アサ 著
松尾由美・三浦しをん

最 後 の 恋
—つまり、自分史上最高の恋。—

8人の女性作家が繰り広げる「最後の恋」をテーマにした競演。経験してきたすべての恋を肯定したくなるような珠玉のアンソロジー。

山崎豊子著

# 沈まぬ太陽

(一)アフリカ篇・上
(二)アフリカ篇・下

人命をあずかる航空会社に巣食う非情。その不条理に、勇気と良心をもって闘いを挑んだ男の運命。人間の真実を問う壮大なドラマ。

山崎豊子著

# 女系家族

(上・下)

代々養子婿をとる大阪・船場の木綿問屋四代目嘉蔵の遺言をめぐってくりひろげられる遺産相続の醜い争い。欲に絡む女の正体を抉る。

山崎豊子著

# 白い巨塔

(一〜五)

癌の検査・手術、泥沼の教授選、誤診裁判などを綿密にとらえ、尊厳であるべき医学界に渦巻く人間の欲望と打算を迫真の筆に描く。

山崎豊子著

# 女の勲章

(上・下)

洋裁学院を拡張し、絢爛たる服飾界に君臨するデザイナー大庭式子を中心に、名声や富を求める虚栄心に翻弄される女の生き方を追究。

山崎豊子著

# 不毛地帯

(一〜五)

シベリアの収容所で十一年間の強制労働に耐え、帰還後、商社マンとして熾烈な商戦に巻き込まれてゆく元大本営参謀・壹岐正の運命。

山崎豊子著

# 二つの祖国

(一〜四)

真珠湾、ヒロシマ、東京裁判——戦争の嵐に翻弄され、身を二つに裂かれながら、祖国を探し求めた日系移民一家の劇的運命を描く。

江國香織著
号泣する準備はできていた
直木賞受賞

孤独を真正面から引き受け、女たちは少しでも前進しようと静かに歩き続ける。いつか号泣するとわかっていても。直木賞受賞短篇集。

江國香織著
ぬるい眠り

恋人と別れた痛手に押し潰されそうだった。大学の夏休み、雛子は終わった恋を埋葬した。表題作など全9編を収録した文庫オリジナル。

江國香織著
雨はコーラがのめない

雨と私は、よく一緒に音楽を聴いて、二人だけのみちたりた時間を過ごす。愛犬と音楽に彩られた人気作家の日常を綴るエッセイ集。

江國香織著
ウエハースの椅子

あなたに出会ったとき、私はもう恋をしていた。出会ったとき、あなたはすでに幸福な家庭を持っていた。恋することの絶望を描く傑作。

江國香織著
がらくた
島清恋愛文学賞受賞

海外のリゾートで出会った45歳の柊子と15歳の美しい少女・美海。再会した東京で、夫を交え複雑に絡み合う人間関係を描く恋愛小説。

江國香織著
銅版画 山本容子
雪だるまの雪子ちゃん

ある豪雪の日、雪子ちゃんは地上に舞い降りたのでした。野生の雪だるまは好奇心旺盛。「とけちゃう前に」大冒険。カラー銅版画収録。

恩田陸著
図書室の海
学校に代々伝わる〈サヨコ〉伝説。女子高生は伝説に関わる秘密の使命を託された――。恩田ワールドの魅力満載。全10話の短篇玉手箱。

恩田陸著
夜のピクニック
吉川英治文学新人賞・本屋大賞受賞
小さな賭けを胸に秘め、貴子は高校生活最後のイベント歩行祭にのぞむ。誰にも言えない秘密を清算するために。永遠普遍の青春小説。

恩田陸著
中庭の出来事
山本周五郎賞受賞
瀟洒なホテルの中庭で、気鋭の脚本家が謎の死を遂げた。容疑は三人の女優に掛かるが。芝居とミステリが見事に融合した著者の新境地。

恩田陸著
朝日のようにさわやかに
ある共通イメージが連鎖して、意識の底にある謎めいた記憶を呼び覚ます奇妙な味わいの表題作など14編。多彩な物語を紡ぐ短編集。

恩田陸著
猫と針
葬式帰りに集まった高校時代の同窓生。やがて会話は、15年前の不可解な事件へと及んだ。著者が初めて挑んだ密室心理サスペンス劇。

恩田陸著
隅の風景
ビールのプラハ、絵を買ったロンドン、巡礼旅のスペイン、首塚が恐ろしい奈良……求めたのは小説の予感。写真入り旅エッセイ集。

唯川恵著
**ため息の時間**
男はいつも、女にしてやられる――。裏切られても、傷つけられても、性懲りもなく惹かれあってしまう男と女のための恋愛小説集。

唯川恵著
**人生は一度だけ。**
恋って何？　愛するってどういうこと？　友情とは？　人生って何なの？　答えを探しながら、私らしい形の幸せを見つけるための本。

唯川恵著
**100万回の言い訳**
恋愛すると結婚したくなり、結婚すると恋愛したくなる――。離れて、恋をして、再び問う夫婦の意味。愛に悩むあなたのための小説。

唯川恵著
**恋せども、愛せども**
会社員の姉と脚本家志望の妹。郷里の金沢に帰省した二人は、祖母と母の突然の結婚話に驚かされて――。三世代が織りなす恋愛長編。

唯川恵著
**とける、とろける**
彼となら、私はどんな淫らなことだってできる――果てしない欲望と快楽に堕ちていく女たちを描く、著者初めての官能恋愛小説集。

唯川恵著
**一瞬でいい**（上・下）
もしあの一瞬がなかったら、どんな人生になっていたのだろう……。18歳の時の悲劇が三人の運命を狂わせてゆく。壮大な恋愛長編。

吉本ばなな著
# キッチン
海燕新人文学賞受賞

淋しさと優しさの交錯の中で、世界が不思議な調和にみちている――〈世界の吉本ばなな〉のすべてはここから始まった。定本決定版！

吉本ばなな著
# うたかた／サンクチュアリ

人を好きになることはほんとうにかなしい――運命的な出会いと恋、その希望と光を瑞々しく静謐に描いた珠玉の中編二作品。

吉本ばなな著
# 白河夜船

夜の底でしか愛し合えない私とあなた――生きてゆくことの苦しさを「夜」に投影し、愛することのせつなさを描いた〝眠り三部作〟。

よしもとばなな著
# ハゴロモ

失恋の痛みと都会の疲れを癒すべく、故郷に舞い戻ったほたる。懐かしくもいとしい人々のやさしさに包まれる――静かな回復の物語。

よしもとばなな著
# なんくるない

どうにかなるさ、大丈夫。沖縄という場所が、人が、言葉が、声ならぬ声をかけてくる――。何かに感謝したくなる四つの滋味深い物語。

よしもとばなな著
# どんぐり姉妹

姉はどん子、妹はぐり子。たわいない会話に命が輝く小さな相談サイトの物語。メールに祈りを乗せて、どんぐり姉妹は今日もゆく！

# 新潮文庫最新刊

椎名誠著
国境越え
バリ島の濃厚な花の匂いのもとで、チリの娼館で、塩が浮くほど乾いたアンデスの山道で……。滴る旅の官能を五感で紡いだ物語。

谷村志穂著
尋ね人
失踪した母のかつての恋人を捜す娘。洞爺丸の遭難が男女の願いを切り裂いた——。『海猫』『余命』を越えた、恋愛小説の最高峰。

高橋由太著
新選組ござる
実家は拝み屋。ご先祖様はぬらりひょん。源義経に憑かれた少年が沖田総司を守るため、最強人斬りと対決する。書下ろし時代小説。

吉川英治著
新・平家物語（十四）
南都焼亡の罪を負う囚われの平重衡と、白拍子との儚い交情。一方、義経は頼朝の不興を買い、平家追討使の大役は範頼に下される。

池波正太郎・柴田錬三郎
織田作之助・平岩弓枝著
山田風太郎
縄田一男編
忍者だもの
—忍法小説五番勝負—
思わず涙こぼす日もある。狂おしいほどの恋だってする。忍者もまた、ひとりの男——。笑って泣ける、傑作〈忍び〉小説5編を厳選。

池内紀
川本三郎編
松田哲夫
日本文学100年の名作
第6巻
1964-1973
ベトナム姐ちゃん
新潮文庫100年記念刊行第6弾。好景気に沸く時代にも、文学は実直に日本の姿を映し出す。大江健三郎、司馬遼太郎らの名作12編。

アスクレピオスの愛人《あいじん》

新潮文庫　は－18－13

平成二十七年二月一日発行

著者　林《はやし》真《ま》理《り》子《こ》

発行者　佐藤隆信

発行所　株式会社新潮社

郵便番号　一六二―八七一一
東京都新宿区矢来町七一
電話　編集部(〇三)三二六六―五四四〇
　　　読者係(〇三)三二六六―五一一一
http://www.shinchosha.co.jp

価格はカバーに表示してあります。

乱丁・落丁本は、ご面倒ですが小社読者係宛ご送付ください。送料小社負担にてお取替えいたします。

印刷・大日本印刷株式会社　製本・加藤製本株式会社


ISBN978-4-10-119123-2 C0193